Bernard Evslin

Götter, Helden, Ungeheuer

Bernard Evslin

# Götter, Helden, Ungeheuer

Die Welt der
griechischen Mythen

Aus dem Amerikanischen von
Isabell Lorenz

Mit Bildern von
Jacky Gleich

Sanssouci

Die Originalausgabe erschien unter dem Titel
*Heroes, Gods and Monsters of The Greek Myths*
bei Bantam Books, New York 1975

1 2 3 4 5 01 00 99 98 97

ISBN 3-7254-1116-6

Satz und Lithos:
Reinhard Amann, Aichstetten
Druck und Bindung:
Franz Spiegel Buch GmbH, Ulm
Printed in Germany

# Inhalt

## Halbgötter



## Legenden

# Einleitung

Dies sind die ersten Geschichten, die ich je zu hören bekam. Ich war vier Jahre alt, und mein junger Onkel probierte sein Griechisch an mir aus. Er las mir die Ilias und die Odyssee vor und übersetzte gleichzeitig. Die fremden Worte ergossen sich über mich wie dunkle Musik, und wenn er wieder zum Englischen überging, war das immer eine Enttäuschung für mich. Ich hörte diese Geschichten zu gerne und wollte immer wissen, wie es weiterging – und doch schien nie etwas zu fehlen: Da waren die goldenen Heldenstimmen, das Raunen der See, das Aufschlagen der Speere. Heimlich hatte die Dichtung nach mir gegriffen, und ich hatte es nicht gemerkt.

Später folgte ich dem Beispiel meines Onkels, studierte Latein und Griechisch und las die Geschichten, wie Hesiod sie erzählte, las Herodot, Homer, Vergil, Ovid ... und war wieder im Bann des alten Zaubers. Dann las ich sie in ihren englischen Übersetzungen und empfand wieder diesen schrecklichen Verlust.

So begann ich schließlich, sie selbst zu erzählen.

Was hat es also auf sich mit diesen so oft nacherzählten Geschichten?

In der griechischen Mythologie sind sowohl die Helden als auch die Ungeheuer Abkömmlinge der Götter. Die Gorgonen, jene schlangenhaarigen Schreckgestalten, sind die Enkelinnen von Rhea, der Mutter des Zeus, was sie zu Kusinen ihres Erzfeindes Perseus macht. Mit anderen Worten: Sowohl Gut als auch Böse stammen von den Göttern. Das Gute ist die göttliche Energie, die in den heldenhaften Taten der Menschen zum Ausdruck kommt. Das Böse ist dieselbe, nur in ihr Gegenteil verkehrte Energie. Wenn in diesen Mythen ein Held einem Ungeheuer gegenübersteht, handelt es sich aller Wahrscheinlichkeit nach um einen Familienzwist.

Diese heidnische Tradition hatte großen Einfluß auf alle folgenden Religionen.

Die Geburt eines Ungeheuers geht einher mit Zorn, und das ist es auch, was dieses Wesen so ungeheuerlich macht: der Zorn von Göttern – oder, öfter noch, von Göttinnen –, die aus lebendem Fleisch eine Gestalt erschaffen, nur um der Gefahr und der Häßlichkeit willen.

Die griechischen Mythen sind vom Licht der Sonne durchtränkt, und dieses Sonnenlicht ist mehr als nur eine klimatische Erscheinung; es ist etwas zutiefst Moralisches. Zu den Lieblingsbeschäftigungen der mythischen Helden gehört es, sich im Freien zu tummeln, zu fliegen, die tosende See zu durchpflügen, Hügel hinaufzustürmen und durch die Felder zu jagen. Die Ungeheuer dagegen hausen in der Dunkelheit. Wo die Gorgonen leben, herrscht ewiger Winter. Kerberos, der dreiköpfige Höllenhund, bewacht den Eingang zum dunklen Tartaros, dem Reich der Toten. Skylla und Echidne, die gefürchteten Schlangenweiber, lauern in einer Meereshöhle, um die Fluten zu verschlingen, lassen Schiffe untergehen, fangen Seeleute ein und brechen ihnen krachend die Knochen. Der Minotauros wartet in der Dunkelheit. Und wenn die Helden diese Wesen jagen, müssen sie aus der Sonne ins Dunkel treten, und auf der Stelle entbrennt ein schrecklicher Zweikampf.

Hier sehen wir etwas, das noch heute die Religionen beherrscht – der ewige Kampf zwischen den Mächten des Lichts und den Mächten der Finsternis, ein Kampf, der in diesen einfachen Geschichten auf eine Weise verkörpert ist, die sich dem menschlichen Bewußtsein auf immer eingegraben hat.

# Die Götter

# Zeus

Kronos, der Göttervater, der der Zeit seinen Namen gab, heiratete seine Schwester Rhea, die Göttin der Erde. Nun war aber Kronos der König der Götter geworden, indem er seinen Vater Uranos, den Ersten von allen, getötet hatte. Der sterbende Uranos hatte prophezeit: »Jetzt tötest du mich und raubst mir den Thron – doch bald wird einer deiner eigenen Söhne dich entthronen, denn Frevel erzeugt wieder Frevel.«

Daher war Kronos aufs äußerste besorgt. Eines nach dem anderen verschlang er seine Kinder, kaum daß sie geboren waren. Zuerst drei Töchter – Hestia, Demeter und Hera; dann zwei Söhne – Hades und Poseidon. Eines nach dem anderen verschlang er sie alle.

Rhea raste vor Wut. Sie war entschlossen, ihr nächstes Kind, von dem sie mit Gewißheit annahm, es würde ein Junge werden, nicht fressen zu lassen. Als die Zeit nahte, da sie niederkommen sollte, stahl sie sich die Hänge des Olymp hinab, hin zu einem geheimen Ort, an dem sie ihr Kind zur Welt bringen wollte. Es war ein Sohn, und sie nannte ihn Zeus. Sie hängte eine goldene Wiege in die Zweige eines Olivenbaumes und legte ihn dort schlafen. Dann stieg sie wieder hinauf auf den Gipfel des Berges. Sie nahm einen Stein und wickelte ihn in Windeln, preßte ihn an ihre Brust und summte ein Schlaflied dabei. Schnaubend und brüllend stieg Kronos aus seinem großen Bett, entriß ihr das Bündel und verschlang es mitsamt den Windeln.

Rhea schlich sich den Berg hinab zu der hin- und herschwingenden Wiege und trug ihren Sohn in die Felder. Sie gab ihn zu einer Schäferfamilie, die ihn aufziehen sollte, und versprach den Leuten dafür, daß nie ein Wolf ihre Schafe reißen würde.

Hier wuchs Zeus zu einem schönen Jüngling heran, und Kronos, sein Vater, wußte nichts von ihm. Doch schließlich sehnte sich Rhea nach ihrem Sohn, brachte ihn zurück zum Sitz der Götter und stellte ihn Kronos als neuen Mundschenk vor. Kronos fand Gefallen an ihm, weil der Jüngling so schön war.

Eines Abends bereiteten Rhea und Zeus einen besonderen Trank zu. Sie mischten Salz und Senf in den Nektar. Am nächsten Morgen, nachdem Kronos einmal heftig geschluckt hatte, erbrach er zuerst einen Stein und dann Hestia, Demeter, Hera, Hades und Poseidon, die – sie waren ja Götter – immer noch unverdaut in seinem Magen gelegen hatten und immer noch am Leben waren. Sie dankten Zeus und wählten ihn sogleich zu ihrem Anführer.

Daraufhin entbrannte ein schrecklicher Kampf. Kronos erhielt Hilfe von den Titanen, seinen Halbbrüdern, riesigen, verkrümmten, finsteren Gestalten, größer als Bäume, die er in den Bergen gefangenhielt, bis er sie für eine Schlacht brauchte. Rasend vor Wut griffen sie die jungen

Götter an. Doch auch Zeus hatte Verbündete. Er war in noch finsterere unterirdische Behausungen vorgedrungen – Höhlen unter Höhlen unter Höhlen, tief im Innern der Berge, die aus den Luftblasen der erkaltenden Erde entstanden waren. Hier hatte Kronos Hunderttausende von Jahren zuvor (eine kurze Zeitspanne im Leben eines Gottes) noch andere Ungeheuer gefangengesetzt, nämlich die einäugigen Zyklopen und die hundertarmigen Riesen. Zeus befreite diese häßlichen Vettern von ihren Fesseln und führte sie gegen die Titanen.

Ein heftiges Lärmen und Stürmen erhob sich in den Lüften. Die Menschen auf der Erde hörten tosenden Donner und sahen die Berge einstürzen. Die Erde bebte, und Flutwellen rollten heran, als die Götter kämpften. Die Titanen waren riesig wie Bäume, und der alte Kronos war ein erfahrener Heerführer. Voller Ungestüm griff er an und trieb die jungen Götter vor sich her. Doch Zeus hatte ihm eine Falle gestellt. Auf halber Höhe des Olymp pfiff er, um seinen Vettern, den hundertarmigen Riesen, die dort im Hinterhalt lagen, ein Zeichen zu geben. Sie hoben gewaltige Felsblöcke in die Höhe, jeder von ihnen einhundert an der Zahl, und schleuderten sie den Titanen entgegen. Die Titanen meinten, der ganze Berg stürze über ihnen zusammen. In ungeordneten Scharen flohen sie Hals über Kopf.

Der junge Hirtengott Pan jubelte vor Freude. Später sagte er, es sei sein Jubelschrei gewesen, der die Titanen in die Flucht geschlagen habe. Daher stammt unser Wort »Panik«.

Da stiegen die jungen Götter auf den Olymp, nahmen die Götterburg in Besitz, und Zeus wurde ihr König. Niemand weiß, was aus Kronos und seinen Titanen geworden ist. Doch immer noch speien die Berge gelegentlich Feuer, und immer noch bebt die Erde, und niemand kann genau sagen, warum.

# Hera

Nun regierten diese Götter bereits seit nahezu drei Jahrtausenden. Es waren ihrer viele, doch gab es zwölf Hauptgötter. Zeus heiratete seine Schwester Hera – eine Familiensitte. Sie stritten sich ohne Unterlaß. Er erzürnte sie durch seine Seitensprünge, und sie erboste ihn mit ihren ständigen Verdächtigungen. Sie war eine Meisterin im Ränkeschmieden und hatte keine Mühe, Zeus, der mit so vielen anderen Dingen beschäftigt war, zu überlisten.

Einmal überredete sie die anderen Götter zu einer Verschwörung gegen ihn. Sie mischte seinem Trank ein Schlafmittel bei; die anderen umringten ihn, während er schlief, und banden ihn mit Lederriemen. Er wütete und tobte und schwor, er würde sie alle vernichten, aber sie hatten seinen Donnerkeil gestohlen, und er konnte sich nicht von seinen Fesseln befreien.

Doch sein treuer Vetter, der hundertarmige Briareos, der ihm schon gegen die Titanen beigestanden hatte, arbeitete für ihn als Gärtner. Er hörte den Streit, als er gerade unter dem Burgfenster stand, schaute hinein und sah seinen Herrn gefesselt auf seiner Lagerstatt. Er reckte seine hundert langen Arme durch das Fenster und löste die hundert Knoten.

Zeus sprang auf und griff nach seinem Donnerkeil. Die zu Tode erschrockenen Verschwörer fielen auf die Knie und weinten und flehten. Er ergriff Hera, legte sie in goldene Ketten und hängte sie an den Himmel. Und die anderen wagten nicht, sie zu befreien, obwohl ihre Stimme klang wie der klagende Wind. Doch ihr Weinen ließ Zeus nicht

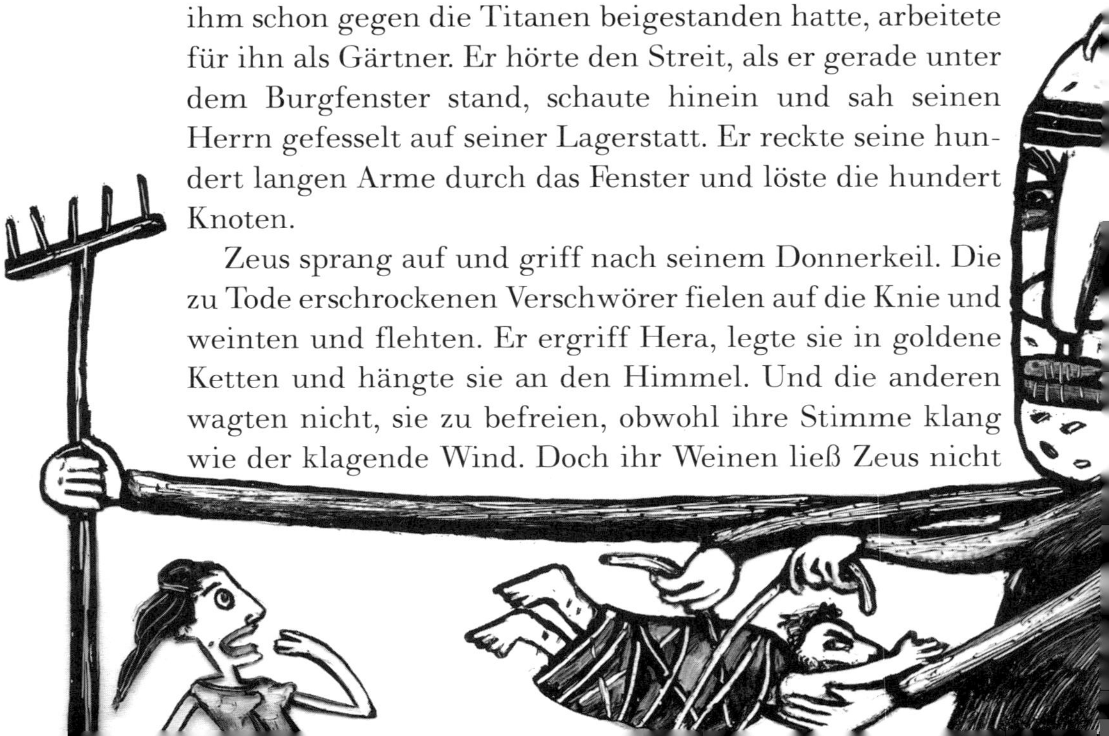

schlafen. Am nächsten Morgen erklärte er ihr, er werde sie freilassen, falls sie ihm ihr Wort gebe, sich nicht mehr gegen ihn zu erheben. Sie versprach es, und auch Zeus versprach, er werde sich bessern. Doch sie beobachteten einander doppelt aufmerksam.

Zeus war der König der Götter, der Herr des Himmels. Seine Schwester Demeter war die Erdgöttin, die Herrin über alles, was auf Wiesen und Feldern wächst. Seine Schwester Hera, die Königin der Götter, war gleichzeitig seine Gemahlin. Sein Bruder Poseidon war der Meeresgott. Sein anderer Bruder Hades herrschte über ein dunkles Reich, die Unterwelt, das Land jenseits des Todes.

Die anderen Götter des Pantheons waren Kinder des Zeus; drei von ihnen waren auch Heras Kinder, nämlich Ares, der Kriegsgott, Hephaistos, der Gott des Feuers und der Schmiedekunst, und Eris, die Göttin der Zwietracht, die schreiend und kreischend neben Ares auf dessen Streitwagen fuhr. Die übrigen Kinder des Zeus entstammten außerehelichen Verbindungen. Drei von ihnen fanden Aufnahme im Pantheon.

Das erste dieser Kinder war Athene, und wie sie zur Welt kam, soll im nächsten Kapitel erzählt werden.

# Athene

Eines Morgens schlenderte Zeus die Hänge des Olymp entlang, da sah er ein neues Mädchen in seinem Garten spazierengehen. Es war Metis, eine Titanin, Tochter eines seiner alten Feinde. Doch der Krieg war längst vorüber, und sie war schön. Er eilte den Hügel hinab, hinter ihr her.

Sie verwandelte sich in einen Habicht und flog davon. Da verwandelte auch er sich in einen Habicht und flog hinter ihr her. Sie flog über einen See, tauchte hinein und wurde zu einem Fisch. Auch er wurde zu einem Fisch und schwamm hinter ihr her. Sie kletterte ans Ufer, wurde zu einer Schlange und schlängelte davon. Er verwandelte sich ebenfalls in eine Schlange und schlängelte hinter ihr her und holte sie ein. Und in wunderschönen Windungen verflochten sich die beiden Schlangen ineinander.

Nachdem er sie verlassen hatte, hörte er einen Vogel schreien und einen Fisch springen, und diese Geräusche der Natur vereinigten sich zu einer Prophezeiung, die aus dem raschelnden Laub widerhallte: »O Zeus, Metis wird ein Kind gebären, ein Mädchen. Doch falls sie noch einmal gebären sollte, wird es ein Sohn sein, der dich entthronen wird, so wie du Kronos entthront hast.«

Am nächsten Tag ging Zeus wieder in seinen Garten und traf dort Metis an. Diesmal floh sie nicht vor ihm. Sanft sprach er zu ihr und lächelte. Sie kam auf ihn zu. Plötzlich öffnete er seinen Mund und verschlang sie.

Am selben Nachmittag bekam er Kopfschmerzen – die heftigsten Kopfschmerzen, die je ein Wesen, Gott oder

Mensch, seit Anbeginn der Zeiten erlitten hatte. Es war genau so, als wäre jemand in ihm und stoße mit einem Speer gegen alle empfindlichen Stellen seines Kopfes. Er rief nach Hephaistos, der mit Hammer und Keil herbeieilte. Zeus legte seinen Kopf auf den Amboß, und Hephaistos spaltete den mächtigen Schädel. Dann sprang Hephaistos erschrocken zurück, denn aus dem Haupt des Zeus stieg eine große junge Frau in voller Rüstung, mit einem langen Speer in der Hand.

Es war Athene, die Grauäugige, die Hochstirnige. Die Art und Weise ihrer Geburt machte sie zur Herrscherin über alle geistigen Tätigkeiten. Sie war es, die den Menschen lehrte, mit Werkzeugen umzugehen. Sie lehrte ihn, die Axt zu erfinden, den Pflug, das Joch, das Rad und das Segel. Sie lehrte sein Weib das Spinnen und Weben. Sie ersann die Wissenschaft der Zahlen und brachte sie dem Mann bei – nicht jedoch der Frau. Sie haßte Ares und machte sich ein Vergnügen daraus, auf dem Schlachtfeld seine Pläne zu vereiteln. Trotz all seiner gewaltigen Kraft besiegte sie ihn oft, denn sie war eine Meisterin der Strategie. Vor der Schlacht beteten die Heerführer zu ihr und flehten um taktisches Geschick. Vor dem Prozeß beteten die Richter zu ihr und flehten um Weisheit. Sie war es, die behauptete, Mitleid sei der beste Teil der Weisheit. Die anderen Götter wußten nicht, was sie damit meinte. Doch der eine oder andere Mensch verstand sie und war dankbar. Alles in allem war sie von den Göttern und Göttinnen des Pantheons wohl die meistgeliebte. Die Bewohner von Athen benannten ihre schöne Stadt nach ihr.

Es gibt viele Geschichten über Athene – über ihr Kampfgeschick, ihre Weisheit und ihre Güte. Doch wie die anderen Götter war auch sie sehr eifersüchtig. Eine der eindrucksvollsten Geschichten über sie ist die mit Arachne.

Arachne war ein junges Mädchen und lebte in Lydien,

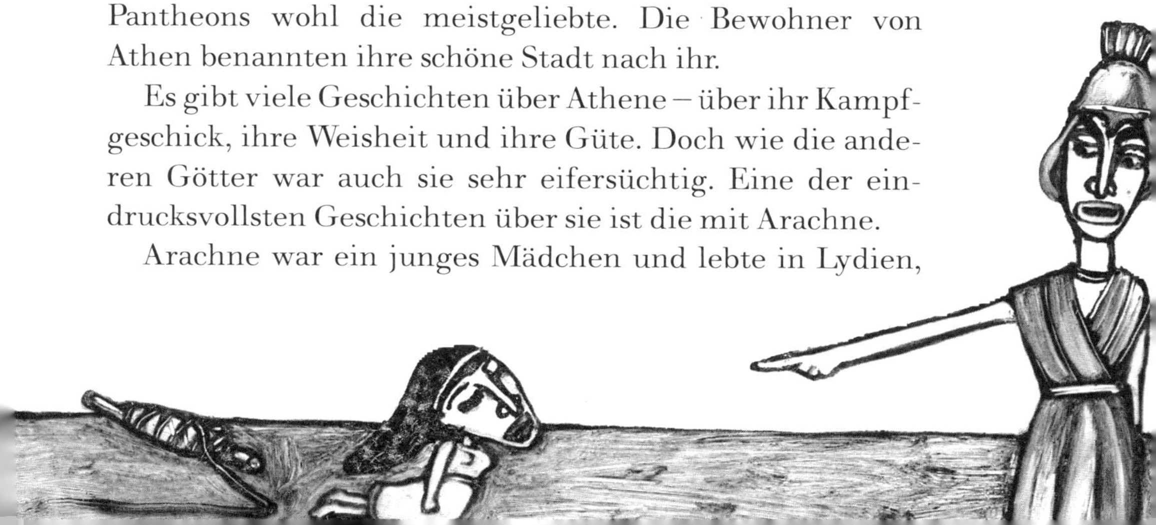

einer Landschaft, die berühmt war für ihren purpurnen Farbstoff. Arachnes ganze Freude war das Weben, und sie webte die schönsten Dinge, die je ein Mensch zu Gesicht bekam: Umhänge, wärmer als Pelze, doch so leicht, daß man sie auf den Schultern kaum spürte; Wandbehänge, mit so wunderbaren Bildern bestickt, daß Vögel durchs Fenster hereinflogen und die Kirschen von dem gewebten Zweig zu fressen versuchten. Sie war noch sehr jung, und jedermann lobte sie – und bald fing sie an, sich selbst zu loben. Sie sagte: »Ich, ja ich, bin die beste Weberin auf der ganzen Welt. Und sicher die beste seit Anbeginn der Erde. Wahrlich, ich kann sogar besser weben als Athene.«

Natürlich kam dies Athene zu Ohren. Die Götter sind sofort zur Stelle, wenn sie Kritik hören, und sie reagieren prompt. So kam sie auf die Erde, in das kleine Dorf, in dem Arachne lebte.

Arachne war im Haus. Sie saß am Spinnrad. Da hörte sie ein Klopfen an der Tür und öffnete. Draußen stand eine so große Dame von so strenger Schönheit, daß Arachne wußte, es müsse eine Göttin sein, und sie fürchtete zu wissen, welche. Sie sank auf die Knie. Hoch über ihrem Kopf hörte sie eine Stimme, die sanft zu ihr sprach und dabei schreckliche Dinge sagte:

»Ja, elendes Mädchen, ich bin Athene. Ich bin die Göttin, die du verspottet hast. Gibt es irgendeinen Grund, warum ich dich nicht töten sollte?«

Arachne schüttelte den Kopf und weinte. Sie konnte nicht antworten.

»Nun, wohlan«, sprach Athene. »Bereite dich auf den Tod vor. Du hast die Götter herausgefordert und mußt sterben.«

Da stand Arachne auf und sagte: »Bevor ich sterbe, edle Athene, laß mich dir ein Geschenk machen.« Sie ging hinein und holte einen prachtvollen Umhang, den sie gewebt hatte, und gab ihn der Göttin. Und sie sagte: »Nimm diesen Umhang. Hoch oben auf dem Olymp muß es oft bitterkalt sein. Er wird dich vor dem Wind schützen. Bitte nimm ihn. Etwas so fein Gewebtes besitzt du sicher nicht.«

Athene schüttelte den Kopf und sagte: »Armes Kind. Deine Fähigkeiten werden dir zum Verhängnis. Dein Talent hat dich mit Stolz vergiftet, so als hätte dich ein Skorpion gestochen. Was Schönheit schafft, bringt so den Tod. Doch es ist ein hübscher Umhang, und ich weiß das Geschenk zu schätzen. Ich werde dir noch eine Chance geben. Du hast dich gebrüstet, du könntest besser spinnen und weben als ich – ich, die ich den Webstuhl, den Rocken und die Spindel erfunden habe, die ich aus der Wolle der Schäfchenwolken die erste Bettdecke gewebt habe für meinen Vater Zeus, der gerne warm schläft, und die ich diese Decke mit den Farben des Sonnenuntergangs gefärbt habe. Doch du sagst, du kannst besser weben als ich. Nun, wohlan, du sollst Gelegenheit bekommen, es zu beweisen. Und die Bewohner deines eigenen Dorfes sollen die Richter sein. Heute in sieben Tagen werden wir uns treffen. Du wirst dein Spinnrad dort auf die Wiese bringen, und auch ich werde zur Stelle sein, und wir werden einen Wettstreit austragen. Du darfst weben, was du willst, und ich werde es ebenso machen. Dann werden wir zeigen, was wir geschaffen haben, und die Dorfbewohner werden die Richter sein. Falls du gewinnst, werde ich die Strafe aufheben. Falls du verlierst, verwirkst du auch dein Leben. Bist du einverstanden?«

»O ja«, sagte Arachne. »Ich danke dir, edle Göttin, daß du mir das Leben gerettet hast.«

»Noch bist du nicht gerettet.«

Die Kunde wurde von Dorf zu Dorf getragen. Als die Zeit gekommen war, hatten sich nicht nur Arachnes Nachbarn, sondern die Menschen der ganzen Gegend auf der großen Wiese zusammengefunden, um Zeuge des Wettstreits zu werden. Arachnes Haus war das letzte im Dorf und lag der großen Wiese gegenüber. Sie hatte ihren Webstuhl draußen vor ihrer Tür aufgestellt. Athene saß auf einem flachen, niedrigen Hügel, der Aussicht auf die Wiese gewährte. Ihr Webstuhl war so groß wie Arachnes Hütte.

Arachne machte sich als erste ans Werk. Als die Menge sie da im Sonnenlicht sitzen und spinnen sah, drängte sie sich so dicht um sie, daß sie kaum arbeiten konnte. Ihre weißen Hände tanzten den Flachs auf und ab, und sie arbeitete so schnell, so geschickt, daß sie den Webstuhl und ihren Arbeitsplatz im Freien vergessen zu haben schien. Flinker und immer flinker bearbeitete sie mit ihren Fingern die Wolle, wellte und kräuselte sie, rollte sie geschwind zusammen, schüttelte sie wieder aus, glättete die Wolle und zog sie zu glänzenden Fäden auseinander, indem sie den Daumen mit schnellen, kleinen Stößen auf die Spindel niedergehen ließ. Es hieß, die Art und Weise, wie sie ihr Werk schuf, sei genauso schön wie das Werk selbst, und wenn man ihr das sagte, pflegte sie zu lächeln und zu antworten: »Es ist ein und dasselbe.« So webte sie, und die Menschen standen und sahen ihr dabei zu. Dann zeigte sich allmählich das fertige Stück Stoff auf dem Webstuhl, und alle, die es sahen, lachten. Denn man erblickte fröhliche Szenen. Morgendliche Szenen: Ein kleiner Junge und ein kleines Mädchen tollten auf einer grünen Wiese inmitten gelber Blumen herum, und ein schwarzer Hund lief hinterher; ein junges Mädchen lehnte an einem Fenster und kämmte sich verträumt das Haar; ein junger Mann sah aufs Meer hinaus und zählte die Wellen. Und später sah man in einem purpurnen Sonnenuntergang denselben jungen Mann und dasselbe junge Mädchen, wie sie unter einem Baum standen und einander in die Augen blickten. Flinker und immer flinker tanzten die weißen Hände zwischen

Webstuhl und Spindel hin und her. Arachne webte Blumensträuße für die Hochzeit und ein Hochzeitskleid für die Braut und einen prachtvollen Umhang für den jungen Bräutigam. Und weil sie sich an das erinnerte, was Athene ihr gesagt hatte, webte sie noch eine Decke für das Bett der beiden. Jedes Quadrat war nicht etwa nur ein farbiges Viereck, sondern ein richtiges kleines Bild – eines aus der Kindheit des Mannes, eines aus der Kindheit der Braut, und alle zusammen vermischten sich, wie sich von nun an ihrer beider Erinnerungen vermischen würden.

Die Decke kam ganz zum Schluß. Als Arachne sich erhob und schnell den Stoff aus dem Webstuhl zog, stockte den Menschen der Atem, und sie lachten und weinten vor Freude. Und Arachne verneigte sich gegen den flachen Hügel hin, und Athene begann zu spinnen.

Die Göttin hatte eine Herde rundlicher, wolliger weißer Wolken über der Hügelspitze hervorgezaubert. So mußte sie weder Wolle auskämmen noch Fäden spinnen; sie nahm einfach Wolkenwolle, das zarteste Material der Welt. Und sie färbte sie mit den Farben der Morgendämmerung und den Farben des Sonnenuntergangs und den Farben des Schlummers und den Farben des Sturms. Und der ganze westliche Teil des Himmels war ihr Webstuhl. Sie warf große Wandbehänge über den Horizont. Szenen vom Olymp – Dinge, die zu sehen kein Sterblicher jemals zu hoffen gewagt hatte. Beinahe zu schrecklich anzusehen ... Kronos, der Uranos mit einer Sichel zerstückelt ... Zeus, der mit seinen hundertarmigen Riesen das Firmament entlangstürmt und die Titanen vernichtend schlägt ... Zeus in Fesseln ... Heras Bestrafung. Zeus als Habicht und als Fisch und als Schlange, wie er Metis verfolgt. Dann Athenes eigene Geburt, wie sie dem entzweigeschlagenen Haupt des Zeus entspringt. Ruhigere Szenen dann: Athene, wie sie die Menschen allerlei Künste lehrt; wie sie die Männer lehrt zu pflügen, zu segeln, in Wagen zu fahren; wie sie die Frauen lehrt zu spinnen. Dann schließlich – indem sie alles in Unordnung bringt, mit ihrer langen Spindel kreuz und quer durch die gewebten Wolken fährt, sie alle durcheinanderrührt und ein seltsames Bild heraufbeschwört – die Zukunft des Menschen. Der Mensch wird riesig und ungeheuerlich, seine Bäume werden zu Dornen, seine Felder zu Stein. Stolzgeschwellt und trunken vor Hochmut baut er etwas so Abscheuliches, daß er nicht hinsehen kann, während er es erschafft.

Das war zu viel für die Menge. All die Menschen fielen auf die Knie und weinten. Arachne schaute zu. Von dem Moment an, wo Athene begonnen hatte zu arbeiten, hatte sie sich nicht gerührt, sondern mit bleichem Gesicht und leuchtenden Augen dagestanden und zugesehen. Und als die Menschen auf die Knie fielen, drehte sie sich um und ging fort. Ruhig ging sie zu einem kleinen Hain und nahm dort einen Strick und erhängte sich.

Athene kam den Hügel herunter und sprach kein Wort zu den Menschen, die sich zerstreuten. Dann ging sie zu dem Hain und sah dort Arachne hängen. Das Gesicht der jungen Frau war schwarz, ihre Augen quollen hervor, ihr Haar flatterte im Wind. Athene streckte ihren langen Arm aus und berührte die junge Frau an der Schulter. Das Gesicht wurde noch schwärzer, die Augen quollen noch stärker hervor. Der Körper fiel in sich zusammen; Arme und Beine verkümmerten und vervielfachten sich. Dann berührte Athene den Strick. Er schrumpfte, wurde dünner und dünner, bis er ein zarter, glänzender Faden war. Und da am Ende dieses glänzenden, seidenen Haars hing ein kleines haariges Geschöpf mit vielen Beinen.

Es schaute auf zu Athene, dann drehte es sich um und lief eilig an seinem Faden empor, den es aufwickelte, während es hochkletterte. Es glitt über das Gras hinweg, bis es zu einem niedrigen Strauch kam, warf eine neue Schlinge aus, hockte dort und arbeitete vor sich hin, denn es wußte: Von nun an war es seine Bestimmung, bis ans Ende aller Tage zu spinnen, ohne daß je ein anderes Wesen ihm seine Kunst streitig machen würde.

So kommt es, daß die Spinnen von denen, die sie besonders gut kennen, Arachnida genannt werden.

# POSEIDON

Nachdem Kronos abgesetzt worden war, würfelten die drei Söhne um die Aufteilung seines Reiches. Zeus, der jüngste, gewann und wählte den Himmel. Poseidon lächelte still in sich hinein, denn der Himmel war leer, und er wußte, der impulsive Zeus hatte ihn gewählt, weil er so hoch wirkte. Und jetzt konnte er, Poseidon, sich genau für das entscheiden, was er gewählt hätte, wenn er gewonnen hätte. Er wählte das Meer. Schon immer hatte er das Meer gewollt; es war der beste Platz für Abenteuer und Geheimnisse und hatte Macht sowohl über die Erde als auch über den Himmel. Hades, der immer Pech hatte, mußte die Unterwelt nehmen. Die Erde galt als gemeinschaftlicher Besitz und wurde den Göttinnen überlassen, die sie verwalten sollten.

Poseidon verließ den Olymp und kam in sein Königreich. Sogleich machte er sich daran, einen riesigen Unterwasserpalast zu bauen mit einem großen mit Perlen und Korallen besetzten Thron. Er brauchte eine Königin und wählte Thetis, eine wunderschöne Nereide, also eine Wassernymphe. Doch es gab eine Prophezeiung, daß jeder von Thetis geborene Sohn mächtiger als sein Vater werden würde, also entschloß sich Poseidon, sein Glück anderswo zu versuchen. Die Prophezeiung allerdings wurde wahr. Der Sohn der Thetis war Achilles.

Poseidon wählte eine andere Nereide mit Namen Amphitrite. Doch wie sein Bruder Zeus war auch Poseidon ein großer Wanderer und hatte Hunderte von Kindern an den verschiedensten Orten. Er war ein sehr schwieriger Gott, wankelmütig und streitsüchtig. Er konnte sehr zornig werden; aber er ließ sich auch besänftigen, und dann zeigte er ein strahlendes Lächeln. Er liebte Späße und dachte sich für seine Geschöpfe höchst merkwürdige Gestalten aus. Es machte ihm Spaß, die Nymphen mit Ungeheuern zu erschrecken, und er erfand die Krake, den Tintenfisch, den Polyp, auch Qualle genannt, den Schwertfisch, den Kugelfisch, die Seekuh und viele andere. Einmal, als er Amphitrites rasende Eifersucht besänftigen wollte, schuf er den Delphin und machte ihn ihr zum Geschenk.

Er war gierig und angriffslustig und versuchte stets, sein Königreich zu vergrößern. Einmal erhob er Anspruch auf Attika und stieß seinen Dreizack in den Hang, an dem heute noch die Akropolis steht, und eine Salzwasserquelle begann zu sprudeln. Nun wollten aber die Bewohner Athens nicht zum Königreich des Meeres gehören. Sie hatten Angst vor Poseidon und vor seiner Angewohnheit, alle jungen Leute einer Stadt in seine Gewalt zu bringen, wenn ihm danach war. So beteten sie und flehten darum, unter den Schutz eines anderen Gottes gestellt zu werden. Athene hörte ihre Gebete. Sie kam auf die Erde und pflanzte genau neben der Quelle einen Olivenbaum. Poseidon war aufs höchste erzürnt. Sein Gesicht verdüsterte sich, und er raste vor Wut und beschwor einen Sturm herauf. Eine Flotte von Fischerbooten wurde von der Meeresoberfläche hinweggefegt und kam nie wieder in den Hafen zurück. Er forderte Athene zu einem Zweikampf heraus und drohte, er werde eine Flutwelle entsenden, um die Stadt zu zerstören, falls sie sich weigere. Sie willigte ein. Doch Zeus hörte den Streit und kam auf die Erde und ordnete einen Waffenstillstand an. Dann trat der Rat der Götter zusammen, um die Ansprüche der beiden Kontrahenten anzuhören. Nachdem sowohl Athene als auch Poseidon zu Wort gekommen waren, entschlossen sie sich, die Stadt Athene zu geben, denn ihr Olivenbaum war das bessere Geschenk. Von diesem

Zeitpunkt an mußten die Athener immer besonders vorsichtig sein, wenn sie zur See fuhren, und oftmals waren sie in ihren Seeschlachten nicht vom Glück begünstigt.

Poseidon hatte sich in Demeter verliebt und verfolgte sie voller Leidenschaft, wann immer es ihm in den Sinn kam. An einem heißen Nachmittag trieb er sie schließlich auf einem Gebirgspaß in die Enge und verlangte von ihr, ihn zu lieben. Sie wußte sich kaum zu helfen – er war so riesig, so unerbittlich, so hartnäckig.

Schließlich sagte Demeter: »Mach mir ein Geschenk. Du hast Meerestiere erschaffen; jetzt erschaffe ein Landtier für mich. Aber ein schönes, das schönste, das je auf Erden gelebt hat.«

Sie dachte, nun wäre sie gerettet, denn sie war überzeugt, er könne nur Ungeheuer erschaffen. Sie war höchst erstaunt, als er ein Pferd für sie machte, und sie rang nach Luft vor lauter Freude, als sie es sah. Und Poseidon war so hingerissen von seinem Werk, daß er geschwind eine ganze Herde erschuf, Pferde, die sofort auf der Wiese hin und her zu galoppieren begannen, ihre Köpfe hochwarfen, ihre Schweife durch die Luft flattern ließen, nach hinten ausschlugen und fröhlich wieherten. Und er war so fasziniert von den Pferden, daß er Demeter darüber völlig vergaß, sich auf ein Pferd schwang und davonritt. Später erschuf er noch eine Herde grüner Pferde für seine unterseeischen Stallungen. Doch Demeter behielt die erste Herde; von dieser Herde stammen alle Pferde der Welt ab.

Eine andere Geschichte besagt, daß Poseidon eine volle Woche brauchte, um das Pferd zu erschaffen. Während dieser Zeit schuf und verwarf er viele andere Geschöpfe, die nicht so geworden waren, wie er es wollte. Doch er warf sie einfach fort, ohne sie zu töten, und so fanden sie den Weg auf die Erde. Von ihnen stammen das Kamel, das Flußpferd, die Giraffe, der Esel und das Zebra ab.

In einer anderen Geschichte verwandelte Demeter selbst sich in eine Stute, um vor Poseidon zu fliehen. Doch er selbst nahm sogleich die Gestalt eines Hengstes an, galoppierte ihr nach und holte sie ein. Aus dieser Zeit des Werbens und der Liebe stammen das Wildpferd Arion und eine Nymphe namens Despoina.

Demeter war auch eine Mondgöttin. Und durch die ganze griechische und römische Sagenwelt zieht sich eine Verbindung zwischen Pferd und Mond und Meer. Unser Wort »Mähre« erinnert an »mare«, das lateinische Wort für Meer; der Mond ist verantwortlich für den Wechsel der Gezeiten, die Schaumkronen der Wellen gleichen weißen Pferdemähnen, die triefend nassen Pferde laufen über den Strand, und ihre Hufe hinterlassen mondförmige Abdrücke. Eine alte, uralte Verwandtschaft, die noch nicht völlig verschwunden ist.

# Hades

Wenn die Griechen ihre Toten begruben, legten sie dem Verstorbenen eine Münze unter die Zunge, damit seine Seele den Fährmann bezahlen konnte, mit dem er den Styx überquerte. Charon ruderte das Boot; und er war habgierig. Seelen, die für das Übersetzen nicht bezahlen konnten, mußten diesseits des Flusses warten. Zuweilen kehrten sie zurück, um als Geister diejenigen heimzusuchen, die ihnen das Geld für die Überfahrt nicht gegeben hatten.

Jenseits des Flusses befand sich eine große Mauer. Ihr Tor wurde von Kerberos, einem dreiköpfigen Hund, bewacht, den es nach Menschenfleisch gelüstete und der jedermann angriff, es sei denn, er war ein Geist. Auf der anderen Seite des Tores, im Tartaros, erstreckte sich eine weitläufige Fläche, von schwarzen Pappeln beschattet. Hier lebten die Toten – Helden und Feiglinge, Soldaten, Schäfer, Priester, Sänger, Sklaven. Ziellos wanderten sie auf und ab. Wenn sie sprachen, piepsten sie wie Fledermäuse. Hier warteten sie darauf, daß drei Richter – Minos, Rhadamanthys und Aiakos – über sie zu Gericht saßen.

Wer das Mißfallen der Götter in besonderem Maße erregt hatte, erhielt eine ungewöhnliche Strafe. Sisyphos zum Beispiel muß einen riesigen Stein immer wieder den Hang eines Hügels hinaufrollen. Jedesmal, wenn er die Hälfte des Weges zurückgelegt hat, entgleitet ihm der Stein und rollt wieder hinunter, und er muß von vorne anfangen. Und dies wird er bis in alle Ewigkeit tun. Tantalos leidet unter brennendem Durst und steht bis zum Kinn in einem kühlen, klaren Wasserlauf. Doch jedesmal, wenn er den Kopf neigt, um seine Lippen mit Wasser zu benetzen, weicht das Wasser zurück, und nie gelingt es ihm zu trinken. Er wird hier genauso lange stehen, wie Sisyphos seinen Stein den Hügel hinaufrollt.

Doch dies sind ungewöhnliche Fälle. Die meisten Seelen wurden weder für allzu gut noch für allzu schlecht, sondern einfach für tot befunden. Sie kehrten zurück zu den sogenannten Asphodeloswiesen, um dort zu warten – auf nichts.

Wer für ungewöhnlich tugendhaft befunden wurde, den schickten die Richter zu den Elysischen Gefilden ganz in der Nähe. Hier war immer Feiertag. Die Luft war von Musik erfüllt. Die Schatten tanzten und spielten den ganzen Tag und auch die ganze Nacht, denn die Toten brauchen keinen Schlaf. Auch erhielten diese glücklichen Geister Gelegenheit, auf Erden wiedergeboren zu werden. Nur die Mutigsten nahmen diese Gelegenheit wahr. Ein besonderer Teil des Elysiums war die Insel der Seligen. Dort lebten diejenigen, die dreimal wiedergeboren und dreimal ins Elysium gelangt waren.

Hades und seine Königin lebten in einem großen Palast aus schwarzem Stein. Hades war sehr eifersüchtig auf seine Brüder und verließ sein Reich fast nie. Er war äußerst besitzergreifend, frohlockte über jeden Neuankömmling und verlangte von Charon, am Ende eines jeden Tages die Bewohner der Unterwelt zu zählen. Niemals gestattete er einem seiner Untertanen zu fliehen. Auch erlaubte er keinem Sterblichen, in den Tartaros hinabzusteigen und wieder zurückzukehren. Von dieser Regel gab es nur zwei Ausnahmen, doch das sind zwei andere Geschichten.

Das Grundstück, auf dem der Palast stand, und die umliegenden Felder nannte man Erebos; das war der tiefstgelegene Teil der Unterwelt. Zwar flogen hier keine Vögel, und doch hörte man das Rauschen von Flügeln; denn hier hausten die Erinyen, auch Furien genannt, die älter noch als die Götter waren. Ihre Namen waren Tisiphone, Alekto und Megaira. Es waren häßliche alte Weiber mit Schlangenhäuptern, rotglühenden Augen und gelben Zähnen. Sie peitschten die Lüfte mit metallbeschlagenen Flügeln, und wenn sie ein Opfer fanden, rissen sie ihm das Fleisch von den Knochen. Ihre Aufgabe war es, auf die Erde zu kommen und die Übeltäter zu bestrafen, insbesondere diejenigen, die sich einer anderen Strafe entzogen hatten. Man fürchtete sie sehr; niemand wagte, ihren Namen auszusprechen. Wenn man von ihnen sprach, so nannte man sie die »Eumeniden«, das heißt »die Freundlichen«. Hades schätzte sie sehr. Sie bereicherten sein Königreich, denn ihre »Freundlichkeit« veranlaßte manch einen Menschen, sich selbst den Tod zu geben. Er unterhielt sich gern mit ihnen. Wenn sie nach getaner Arbeit in den Erebos zurückkehrten, kreisten sie tief über der Palastanlage und unterrichteten Hades kreischend über ihre Erlebnisse und über den neuesten Klatsch.

Hades war wie geschaffen dafür, über die Toten zu herrschen. Er war gewalttätig, haßte jegliche Veränderung und neigte zu langsam aufsteigenden, düsteren Wutanfällen. Seine aufregendste Stunde kam, als er Persephone entführte und zu seiner Königin machte. Doch das gehört in die nächste Geschichte.

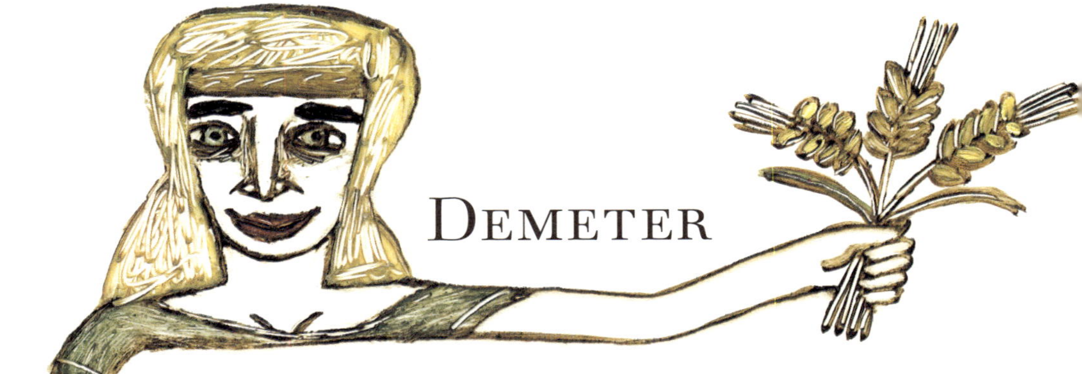

# Demeter

Der Name Demeter bedeutet »Erdmutter«. Ein anderer Name für Demeter ist Ceres, und von diesem Namen stammt unser Begriff »Zerealie«, das Fremdwort für Getreide. Sie war die Göttin der Kornfelder, die Herrin über alles, was gesät und geerntet wird, über alles, was auf Wiesen und Feldern wächst. Zeus war ihr sehr zugetan. Stets erfreute er sie mit Regen, wenn ihre Felder dürsteten. Er schenkte ihr zwei Kinder, einen Jungen und ein Mädchen. Das Mädchen hieß Persephone, und Demeter liebte sie sehr.

Persephone wuchs inmitten von Blumen auf und sah selbst aus wie eine Blume. Ihr Körper war biegsam wie ein Blumenstengel, ihre Haut zart wie Blütenblätter, und sie hatte veilchenblaue Augen. Um ihrer Mutter zu helfen, kümmerte sie sich um die Blumen. Sie war sehr geschickt darin, neue Sorten zu erfinden und zu benennen.

Eines Tages ging sie bei ihrem täglichen Rundgang weiter als gewöhnlich – über einen Fluß, durch einen kleinen Hain und zu einer schmalen Lichtung. Sie trug ihren Farbtopf bei sich, denn sie hatte gesehen, daß dort langstielige, durchscheinende Lilien wuchsen, die sie mit bunten Streifen bemalen wollte. Während sie die Gesichter der Lilien bemalte, fiel ihr Blick auf einen Strauch, den sie vorher nicht bemerkt hatte. Sie ging hin, um ihn sich näher anzusehen. Es war ein recht seltsamer Strauch, mit dicken grünglänzenden Blättern und voller schwerer roter Beeren, die auf den Zweigen zitterten wie Blutstropfen. Sie starrte gebannt auf den Strauch. Sie war sich nicht sicher, ob er ihr gefiel oder nicht. Sie kam zu dem Schluß, daß er ihr nicht gefiel, und ergriff ihn bei seinen Ästen und begann zu ziehen. Doch er war tief verwurzelt und ließ sich nur schwer aus dem Erdreich lösen. Sie war es gewohnt, ihren Willen zu bekommen. Sie stemmte die Beine gegen den Boden und fing heftig an zu zerren. Endlich gab der Strauch nach; seine langen Wurzeln hoben sich aus der Erde und hinterließen ein großes Loch. Sie warf den Strauch beiseite und wandte sich ab, um zu ihren Lilien zurückzukehren, doch da hörte sie ein dröhnendes Geräusch und blickte zurück. Das Geräusch, das lauter und immer lauter wurde, kam aus dem Loch. Zu ihrem großen Entsetzen schien sich das Loch zu dehnen, sich wie ein Mund zu öffnen, und das Dröhnen wuchs an zu einem schrillen, krachenden Getöse.

Aus dem Loch sprangen sechs schwarze Pferde, die einen goldenen Wagen zogen. Auf dem Wagen stand eine hochgewachsene Gestalt in einem wehenden schwarzen Umhang. Der Wagenlenker trug auf seinem Kopf eine schwarze Krone. Persephone hatte kaum Zeit zu schreien, da streckte er schon seinen langen Arm aus, packte sie, hob sie auf den Wagen und schlug auf seine Pferde ein. Sie machten einen Sprung und stürzten wieder in das Loch hinab. Als sie verschwunden waren, schloß das Loch sich wieder.

Demeter war außer sich vor Furcht, als ihre Tochter nicht nach Hause zurückkehrte, und eilte fort, um nach ihr zu suchen. Die hochgewachsene, grüngewandete Göttin fuhr auf einem leichten Wagen aus Korbgeflecht, der von einem flinken weißen Pferd gezogen wurde, einem Geschenk von Poseidon. Sie eilte hierhin und dorthin und rief: »Persephone … Persephone …« Doch niemand antwortete. Die ganze Nacht hindurch suchte sie, und als der Morgen dämmerte, gelangte sie zu der Lichtung. Dort erblickte sie den entwurzelten Strauch und das niedergetretene Gras. Sie sprang von ihrem Wagen. Dann sah sie etwas, das ihr durch und durch ging: Persephones kleinen Farbtopf – umgeworfen. Sie hob das Gesicht zum Himmel und heulte wie eine Wölfin. Dann verstummte sie und lauschte. Die Sonne ging auf; die Vögel begannen mit ihrem Geschwätz. Sie erzählten einander von dem achtlosen Mädchen und dem seltsamen Strauch und dem Loch und dem Wagen und dem schwarzen Reiter und davon, wie überrascht das Mädchen gewesen war, als er es gepackt hatte.

Dann begann Demeter, sanft mit den Vögeln zu sprechen und sie auszufragen. Sie erzählten ihr so viel, daß sie ahnte, wer ihre Tochter entführt hatte. Sie bedeckte ihr Gesicht mit den Händen und weinte. Gerade in dem Augenblick kam ein kleiner Junge über die Wiese gelaufen, um Blumen zu pflücken. Als er Demeter sah, fing er an zu lachen. Noch nie zuvor hatte er einen Erwachsenen weinen gesehen. Doch als sie hochschaute, hörte er auf zu lachen. Sie zeigte mit dem Finger auf ihn und flüsterte etwas, und auf der Stelle wurde er in eine Eidechse verwandelt. Doch noch hatte er nicht gelernt, sich eilig davonzumachen, und so blieb er einfach hocken und schaute einen Augenblick zu lange zu Demeter auf, denn ein Habicht stieß herab und packte ihn. Er war nur kurze Zeit eine Eidechse gewesen.

Demeter stieg wieder auf ihren Wagen und eilte zum Olymp. Sie stürzte in den Thronsaal, in dem Zeus saß.

»Gerechtigkeit«, schrie sie. »Gerechtigkeit! Dein Bruder Hades hat meine Tochter geraubt – *unsere* Tochter.«

»Nur ruhig, liebe Schwester«, sagte Zeus. »Fasse dich. Die Werbung von Hades war vielleicht ein wenig abrupt, aber immerhin ist er mein Bruder – *unser* Bruder – und gilt als eine gute Partie. Überleg doch, liebste Demeter. Es ist nicht leicht für unsere Tochter, außerhalb der Familie eine standesgemäße Partie zu machen.«

»Niemals!« schrie Demeter. »Das darf nicht sein. Jeder, nur nicht Hades! Siehst du denn nicht, daß sie ein Früh-

lingskind ist, ein Blumenkind, eine zarte, ungeöffnete Knospe. Kein Sonnenstrahl dringt je in dieses dumpfige Loch, das er sein Königreich nennt. Sie wird verwelken und sterben.«

»Sie ist unsere Tochter«, sagte Zeus. »Ich glaube, sie hat die Gabe zu überleben. Ich bitte dich, denk noch einmal darüber nach.«

Da bemerkte Demeter, daß Zeus einen neuen Donnerkeil in der Hand hielt, einen aufs prächtigste gefertigten und gezackten Speer aus Blitzen, lichtblau, strahlend vor Energie. Und ihr war klar, daß Hades, der in seinem Reich tief in der Erde über alle Vorräte an Gold und Silber verfügte, Zeus ein ganz besonderes Geschenk gemacht hatte. Es würde schwierig sein, Gerechtigkeit zu erlangen.

»Ich frage dich noch einmal«, sagte sie, »wirst du mir meine Tochter zurückgeben?«

»Meine Liebe«, entgegnete Zeus, »wenn dein Zorn sich gelegt hat, wirst du erkennen, daß dies eine gute Verbindung ist, die beste für das Kind. Bitte geh zur Erde zurück, und sei so gut und nimm in dieser Sache Vernunft an.«

»Ich werde zur Erde zurückgehen«, antwortete Demeter, »und ich werde erst wiederkommen, wenn du nach mir schickst.«

Wochen vergingen. Dann mußte Zeus feststellen, daß sein Schlaf von Klagelauten gestört wurde. Er schaute hinab auf die Erde, und ihm bot sich ein schmerzlicher Anblick. Nichts wuchs mehr. Die Felder lagen verödet und ausgedörrt. Die Bäume hatten alle Blätter verloren und standen krank in der prallen, sengenden Sonne. Der Boden war hart und rissig, übersät von den verschrumpelten braunen Hülsen von Weizen und Mais und Gerste, Getreide, das schon im Keim vernichtet worden war. Nirgendwo gab es mehr einen grünen Flecken. Die Menschen verhungerten; das Vieh hatte nichts zu fressen; auch das Wild konnte nichts finden und hatte fluchtartig das Land verlassen. Und ein großes Weinen und Wehklagen erhob sich, da die Menschen ihre Gesichter zum Olymp wandten und Zeus anflehten, er möge ihnen helfen.

»Nun«, dachte er bei sich und betastete seinen neuen Donnerkeil, »ich glaube, wir werden wohl einen Kompromiß schließen müssen.«

Er schickte nach Demeter. Als sie kam, sagte er: »Ich habe nachgedacht. Vielleicht bin ich dir gegenüber nicht ganz fair gewesen.«

»Nein«, sagte Demeter.

»Willst du noch immer, daß deine Tochter zurückkommt?«

»Ja«, sagte Demeter. »Solange sie fort ist, wird keine Ernte gedeihen. Kein Baum wird Früchte tragen, kein Gras wird sprießen. Solange sie fort ist und solange ich Trauer trage, wird die Erde vertrocknen und verdorren wie mein Herz und nichts Grünes hervorbringen.«

»Nun gut«, sagte Zeus. »In Anbetracht der Tatsachen spreche ich folgendes Urteil. Deine Tochter soll dir zurückgegeben werden und bei dir bleiben. Doch wenn sie während ihres Aufenthaltes im Tartaros irgendein Nahrungsmittel zu sich genommen hat, dann muß sie dort bleiben. Das ist das Gesetz von alters her, älter noch als all unsere Verordnungen, und selbst ich habe nicht die Macht, dieses Gesetz zu widerrufen.«

»Sie ist bestimmt viel zu traurig gewesen, um etwas zu essen«, rief Demeter. »Sicher hat sie keine Nahrung zu sich genommen. Sie wird zu mir zurückkehren und bei mir bleiben. Du hast gesprochen, und ich nehme dich beim Wort.«

Zeus pfiff, und Hermes, der Götterbote, erschien. Zeus sandte ihn zu Hades mit einer Botschaft, in der er Persephones Freilassung verlangte.

»Willst du mit mir zu den Toren des Tartaros fahren«, rief Demeter. »Ich habe das schnellste Pferd der Welt, Poseidon hat es mir geschenkt.«

»Vielen Dank, liebe Tante«, sagte Hermes. »Aber ich glaube, meine geflügelten Schuhe sind noch schneller.«

Und er flog durch das Fenster davon.

In der Zwischenzeit befand sich Persephone im Erebos bei dem finsteren König. Nach den ersten Tagen des Drängens und der Roheit, in denen er sich sehr seltsam betragen hatte, fing er an, sie ganz sanft und mit ausgesuchter Freundlichkeit zu behandeln. Er gab ihr Rubine und Diamanten statt Murmeln zum Spielen, ließ ihr Gewänder aus Gold- und Silberfäden weben, bestellte einen Thron aus dem feinsten Ebenholz für sie und schenkte ihr eine Krone aus schwarzen Perlen. Doch sie machte es ihm schwer und wollte sich über all das nicht freuen. Sie warf den Kopf in den Nacken, stampfte mit dem Fuß auf und drehte ihm den Rücken zu. Sie weigerte sich, mit ihm zu sprechen, und sagte, sie werde ihm niemals vergeben. Sie sagte, sie wolle nach Hause zu ihrer Mutter, sie müsse sich um ihre Blumen kümmern, und außerdem hasse sie ihn und werde ihn ewig hassen. Wenn sie ihm diese Tiraden entgegenschleuderte, stand er immer nur da und hörte zu, runzelte die Stirn und hörte weiter zu, bis sie erregt davonstürzte. Dann ging auch er und holte ein weiteres Geschenk für sie.

Insgeheim allerdings, so geheim, daß sie es sich nicht einmal selbst eingestand, genoß sie die Veränderung. Zwar vermißte sie den Sonnenschein und die Blumen, doch auch hier gab es vieles, was ihr gefiel. Insgeheim frohlockte sie über die Macht, die sie über den gefürchtetsten aller Herrscher hatte. Insgeheim mochte sie seine Geschenke und seine Versuche, ihr zu gefallen ... Und sie staunte darüber, wie ihm alle gehorchten. Obwohl sie niemals vergaß, wie sehr er sie erschreckt hatte, als er in seinem Wagen aus diesem Loch gestürmt war, bewunderte sie seine hohe, schwarzgekleidete Gestalt, die majestätischen Schultern, die großen ungeduldigen Hände und seine schwermütigen schwarzen Augen. Doch sie wußte, daß ein Teil der Macht, die sie über ihn hatte, in ihrer Verachtung für ihn lag, und so verhöhnte und verspottete sie ihn weiterhin und weigerte sich, auch nur einen Bissen zu essen, was ihn noch mehr betrübte als alles zuvor.

Auf jede nur denkbare Weise versuchte er, sie zum Essen zu verleiten. Sein Koch bereitete die köstlichsten Mahlzeiten zu, und seine Diener brachten sie ihr aufs Zimmer. Doch immer tat sie so, als bemerke sie nichts, und saß still mit hocherhobenem Kopf. Sie gestattete sich nicht einmal ein Beben der Nasenflügel, obwohl die wunderbaren Düfte sie vor Hunger halbwahnsinnig machten. Sie schwor, sie werde erst dann wieder etwas essen, wenn er sie zu ihrer Mutter zurückkehren ließe.

Verzweifelt versuchte er, ihr eine Freude zu machen. Er teilte ein Ende des Palastbezirks ab, ließ einen dunklen Garten anlegen und gab ihr seltene Samen, die sie pflanzen durfte – magische Blüten, die das Sonnenlicht nicht brauchten. Sie züchtete eine Art schwarzer Orchidee, auch Pilze und Nachtschattengewächse, Bilsenkraut und Nieswurz. Er wies ihr einen kleinen Jungen zu, der ihr im Garten helfen sollte, ein sehr gescheiter kleiner Gärtner, ein neuer Geist. Er war sehr geschickt, und seine Gesellschaft war ihr angenehm, wenn ihr auch auffiel, daß seine Augen seltsam lidlos wirkten. Sie konnte ja nicht wissen, daß er derselbe kleine Junge war, den ihre Mutter in eine Eidechse verwandelt hatte und der dann von einem Habicht gefressen worden war. Er aber wußte, wer sie war.

Sie hatte noch so manch anderen Zeitvertreib. Gerne wanderte sie durch die Elysischen Gefilde und tanzte mit den glücklichen Schatten. Auch war sie ganz hingerissen

vom Schauspiel der Qualen, besonders von dem komischen Mann, der immerzu versuchte, einen Stein den Hügel hinaufzurollen, und immer wieder von vorne beginnen mußte. Mit Tantalos hatte sie Mitleid, und als niemand sie beobachtete, wölbte sie die Hände, schöpfte etwas Wasser und gab ihm zu trinken. Und er dankte ihr mit tiefer, trauriger Stimme. Doch als sie fort war, wurde es nur noch schlimmer als zuvor; er wußte, sie würde ihn vergessen, und dieses eine Aufblitzen der Hoffnung machte sein Martyrium nur noch schlimmer.

Und doch gefiel ihr der Garten am besten, und so verbrachte sie dort die meiste Zeit – mehr Zeit als je zuvor, denn sie war so hungrig, daß sie nicht wußte, was sie anfangen sollte, und sie wollte nicht, daß Hades merkte, wie sie sich fühlte. Sie wußte, er würde noch köstlichere Dinge ersinnen, um sie in Versuchung zu führen, wenn er sah, daß sie allmählich schwach wurde.

Eines Nachmittags stand sie im Garten, halb verborgen hinter einem Gesträuch von Nachtschattengewächsen – da sah sie, wie der kleine Junge etwas aß. Es war eine rote Frucht, und er biß herzhaft hinein. Er sah, daß sie ihn beobachtete, und kam lächelnd auf sie zu, von seinem Mund tropfte noch der rote Saft. Er hielt seine Hand auf. Es war ein Granatapfel, ihr Lieblingsobst.

»Wir sind allein«, flüsterte er. »Niemand sieht dich. Niemand wird es erfahren. Schnell – iß!«

Sie sah sich um. Er hatte recht. Niemand konnte sie sehen. Sie spürte, wie ihre Hände von ganz allein danach griffen, so als hätten sie gar nichts mit ihr zu tun. Sie beobachtete, wie ihre Finger sich gierig krümmten und die Frucht an sich rissen. Sie gruben sich hinein, lösten hastig die Kerne heraus und boten sie ihren Lippen dar. Eins ... zwei ... drei ... Sie war überzeugt, noch nie etwas so Köstliches gegessen zu haben wie diese winzigen, bittersüßen,

saftigen Kerne. Als sie gerade den sechsten Kern hinunterschluckte, zerriß ein hoher, fröhlicher, gellender Schrei die Luft, und der Granatapfel fiel zu Boden. Es war ein Schrei, den jeder Gott erkannte – der durchdringende, weithin hallende Ruf von Hermes, der verkündete, er komme mit Neuigkeiten, die, ob gut oder schlecht, doch immer ungeteilte Aufmerksamkeit verdienten.

Sie eilte zum Palast. Der kleine Gärtner hob schnell den Granatapfel auf und eilte hinter ihr her. Ja, kein Zweifel, es war Vetter Hermes, das Haar vom Wind zerzaust, die Flügel an seinen Schuhen noch zitternd von seinem geschwinden Lauf.

»Guten Tag, liebe Kusine«, sagte er.

Hades tauchte drohend neben ihm auf und blickte finster drein.

»Ich bringe dir eine Botschaft von deiner Mutter. Sie möchte, daß du wieder nach Hause kommst. Und dein Gastgeber hat gütigerweise deiner baldigen Abreise zugestimmt. Wie geht es dir? Du hast doch hier hoffentlich nichts gegessen? Nein? Dann ist es gut! Komm, wir wollen uns gleich auf den Weg machen.«

Er legte ihr den Arm um die Taille, und sie erhoben sich in die Lüfte. Und als Persephone zurückschaute, sah sie, wie der kleine Gärtner mit dem Granatapfel in der Hand zu Hades eilte.

Als Persephone zu Hause bei ihrer Mutter eintraf, hatte Hades sich schon in den Olymp begeben und Zeus seinen Fall vorgetragen. Zeus verkündete sein Urteil. Weil das Mädchen sechs Kerne von dem Granatapfel gegessen hatte, sollte es in Zukunft jedes Jahr sechs Monate bei Hades verbringen.

»Mach dir nichts daraus, Mutter«, sagte Persephone. »Weine nicht. Wir müssen dankbar sein für die Zeit, die ich hier bleiben kann.«

»Ich leide!« rief Demeter. »Ich leide! Hier –.« Sie schlug sich auf die Brust. »Hier – in meinem Mutterherz. Und wenn ich leide, sollen auch alle anderen leiden. Während der Monate, die du bei diesem Schurken verbringst, soll kein Gras wachsen, sollen keine Blumen blühen, soll kein Baum Früchte tragen. Solange du dort unten bist, soll überall Trostlosigkeit und Ödnis herrschen.«

So kommt es, daß Sommer und Winter so sind, wie wir sie kennen. So kommt es, daß es eine Zeit zum Säen gibt und eine Zeit, da die Erde unter dem Frost schlafen muß.

# Die Geburt der Zwillinge

Zeus verfolgte die Nymphe Leto. Doch Hera beobachtete die beiden, und so verwandelte er Leto in eine Wachtel und dann auch sich selbst in eine Wachtel, und sie trafen sich auf einer Lichtung. Vereinzelte Sonnenstrahlen drangen durch die Blätter der Bäume und malten Streifen auf das Gras, und es war sehr schwierig, hier zwei Wachteln mit braunem und beigefarbenem Gefieder zu erkennen. Aber die Augen der Eifersucht sind sehr scharf, und Hera sah sie. Sie stieß einen Fluch hervor und sagte: »Leto, du wirst schwanger werden, doch nirgends, wo die Sonne scheint, darfst du gebären.«

Sie entsandte die riesige Schlange Python, um ihren Fluch in die Tat umzusetzen und Leto von jedem sonnigen Ort zu verjagen, an dem sie hätte ausruhen wollen. Zeus schickte den Südwind, um dem Mädchen zu helfen, und Leto wurde auf den Flügeln des warmen, kräftigen Windes zu einer Insel namens Delos getragen. Python schwamm hinterher. Zeus löste die Insel aus ihrer Verankerung und ließ sie schnell davongleiten, vom Südwind getrieben, schneller als Python schwimmen konnte. Hier, auf dieser lieblichen Insel, brachte Leto Zwillinge zur Welt – Artemis und Apollon.

# Artemis

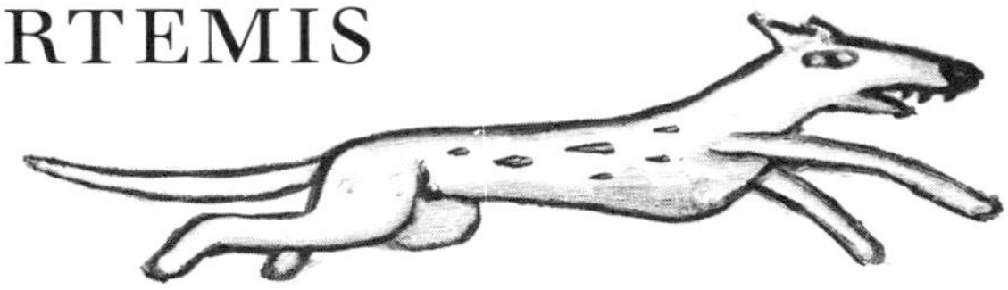

Vater Zeus war keineswegs ein aufmerksamer Vater. Er hatte so viele Kinder aus so vielen verschiedenen Verbindungen, daß er schwerlich immer an alle denken konnte. Und doch sollte er Letos Kinder niemals vergessen. Sie waren einfach zu schön. Und Schönheit war die Eigenschaft, die für ihn die größte Anziehungskraft besaß. Wenn er vom Olymp herabsah, schienen ihre Gesichter zu strahlen und sich so von denen aller anderen Kinder auf der Erde abzuheben. Es kam ihm so vor, als verbreiteten diese Zwillinge ihr eigenes Leuchten, jeder ein anderes – Apollon ein rötliches Licht, Artemis ein silbriges. Und er wußte, daß sie wirkliche Gottheiten waren und auf den Olymp gebracht werden mußten.

An ihrem dritten Geburtstag schickte er nach ihnen. Er wies Hephaistos an, für Apollon einen goldenen Bogen zu fertigen und einen Köcher mit goldenen Pfeilen, der niemals leer werden sollte, und einen goldenen Wagen, von goldenen Pferden gezogen. Doch die Geschenke für Artemis hielt er zurück; er mochte sie am liebsten, und er wollte, daß sie ihn um etwas bitten sollte. Er nahm sie auf seinen Schoß und sagte: »Und was hättest du denn gern, mein kleines Mädchen?«

Sie sagte: »Ich will immer dein kleines Mädchen bleiben und niemals eine Frau werden. Und ich wünsche mir viele Namen, für den Fall, daß mir einer langweilig wird. Außerdem will ich Pfeil und Bogen haben – aber aus Silber, nicht aus Gold. Ich brauche eine bestickte, rehlederne Tunika, die kurz genug ist, daß ich schnell darin laufen kann. Ich wünsche mir fünfzig Meeresnymphen, die für mich singen, und zwanzig Waldnymphen, die mit mir auf die Jagd gehen. Und ich möchte bitte eine Hundemeute haben – wilde, schnelle Hunde. Ich hätte gern die Berge als mein ganz persönliches Reich, und eine Stadt. Eine wird reichen; ich mag Städte nicht.« Sie reckte die Hand hoch und spielte mit seinem Bart und lächelte ihn an. »Ja? Kann ich all diese Dinge haben? Bitte!«

Zeus antwortete: »Für ein Kind wie dich lohnt es sich, einmal Heras Zorn zu trotzen. Du wirst noch mehr bekommen als das, worum du mich gebeten hast. Du wirst das Geschenk ewiger Keuschheit erhalten, und auch das Geschenk, deine Meinung darüber jederzeit zu ändern, das wird es dir leichter machen, bei deiner Meinung zu bleiben. Und schließlich das größte Geschenk von allen: Du darfst hingehen und dir deine Geschenke selbst aussuchen, und dadurch werden sie einen besonderen Wert für dich haben.«

Sie küßte ihn und flüsterte ihm Dankesworte ins Ohr und lief dann fort, um sich ihre Geschenke auszusuchen. Sie ging in die Wälder und an den Fluß und ans Meer und suchte sich die schönsten Mädchen für ihren Hofstaat aus. Sie besuchte Hephaistos in seiner verräucherten Schmiede im Innern des Berges und sagte: »Ich komme wegen meines Bogens. Ich hätte gern einen silbernen.«

Er antwortete: »Silber ist schwieriger zu bearbeiten als Gold. Man braucht dazu kaltes Licht; er müßte unter Wasser gemacht werden. Du mußt tief unter die Meeresoberfläche hinabtauchen, in die Nähe der Insel Lipara, wo meine Zyklopen gerade eine Pferdekrippe anfertigen – für Poseidon, der neuerdings nichts als Pferde im Kopf hat.«

So begaben sich Artemis und ihre Nymphen unter Wasser und schwammen an den Ort, an dem die Zyklopen eine große Pferdekrippe hämmerten. Die Nymphen fürchteten sich vor dem Anblick der riesigen, einäugigen, finster dreinschauenden Scheusale, und das Geräusch des Hämmerns war ihnen verhaßt. Doch Artemis sprang auf den Schmiedeofen und sagte: »Ich komme mit einer Botschaft von Hephaistos. Er bittet euch, diese Pferdekrippe hintanzustellen und mir einen silbernen Bogen zu machen und auch einen Köcher mit silbernen Pfeilen, der sich immer wieder füllen wird, sobald er leer ist. Wenn ihr das tut, werde ich euch das erste Wild schenken, das ich schieße.« Die Zyklopen, die sehr habgierig und es außerdem leid waren, an der Pferdekrippe zu arbeiten, erklärten sich einverstanden.

Als sie den Bogen und alles andere fertig hatten, dankte Artemis ihnen artig. Doch als ihr Anführer Brontes versuchte, sie auf sein Knie zu setzen, riß sie ihm ein Büschel Brusthaare aus. Schnell setzte er sie ab und ging fluchend fort.

Sie hielt ihren silbernen Bogen hoch, jauchzte vor Freude und stürmte über Felder und Täler und Hügel, gefolgt von ihren Nymphen, die schnell wie der Blitz und mit wehendem Haar lachend und singend hinter ihr hereilten. So kam sie nach Arkadien, wo Pan seine Hunde fütterte.

»Ach, Pan«, rief sie. »Ach, kleiner König der Wälder, liebster Vetter, gib mir bitte ein paar von deinen Hunden – und bitte die besten.«

»Und was gibst du mir dafür?« fragte er und schaute auf die Nymphen.

»Such dir eine aus«, sagte sie. »Aber ich muß dich warnen. Wie ich haben auch sie ein Keuschheitsgelübde abgelegt, das sie nicht brechen werden.«

»Schon gut«, sagte Pan. »Behalte sie. Welche von den Hunden gefallen dir am besten?«

»Der da und der und der«, rief sie, »und der auch. Und den muß ich haben ... und den.«

Er gab ihr seine zehn besten Hunde. Drei davon waren

riesige schwarzweiße Kreaturen, die einen lebendigen Löwen packen und zum Jäger zurückschleifen konnten. Die anderen waren schlanke, weiße Hirschhunde; und jeder von ihnen konnte schneller laufen als ein Hirsch.

Artemis brannte darauf, ihre neuen Geschenke auszuprobieren. Sie jagte ihre weißen Hunde zwei Hirschen hinterher und befahl ihnen, die Tiere unverletzt zurückzubringen. Dann spannte sie die Hirsche vor ihren silbernen Wagen und fuhr davon. Sie sah einen Baum, der vom Blitz getroffen war; er rauchte noch. Sie hieß ihre Nymphen Pinienzweige abbrechen und in die Glut halten, denn die Nacht brach herein, und sie wollte bei Licht jagen. Sie war zu ungeduldig, um bis zur Morgendämmerung zu warten.

Viermal schoß sie mit ihrem silbernen Bogen. Beim ersten Mal spaltete sie eine Pinie, dann einen Olivenbaum. Dann schoß sie ein Wildschwein. Schließlich schoß sie ihren Pfeil auf eine Stadt voller ungerechter Menschen, und der Pfeil durchbohrte sie alle und hielt in seinem Flug nicht eher inne, bis alle tot waren.

Und die Menschen, die sie über die Berge reiten und ihren silbernen Bogen schwingen sahen, gefolgt von den Mädchen mit ihren Fackeln, nannten sie »die Mondgöttin«. Manche nannten sie auch »das Mädchen mit dem silbernen Bogen«. Andere nannten sie »die Herrin der wilden Tiere«. Manche nannten sie »die Jägerin«. Wieder andere einfach »das Mädchen«. Und so erhielt sie auch ihr letztes Geschenk – die vielen Namen.

Keinem Mann gestattete sie, sich ihr zu nähern. Einmal erblickte ein junger Mann mit Namen Aktaion sie zufällig beim Baden in einem Fluß. Sie war so schön, daß er es nicht über sich bringen konnte fortzugehen, sondern sich an Ort und Stelle versteckte und sie beobachtete. Sie sah ihn und verwandelte ihn sogleich in einen Hirsch. Dann pfiff sie ihre Hunde herbei, die ihn in Stücke rissen.

Dieselbe strenge Regel versuchte sie für ihre Nymphen durchzusetzen, doch das war nicht so einfach. Zeus selbst verführte Kallisto, eine der schönsten von ihnen. Als Artemis davon erfuhr, verwandelte sie Kallisto in eine Bärin und pfiff ihre Hunde herbei. Heulend kamen sie angelaufen und hätten auch die Bärin in Stücke gerissen, doch zufällig hatte Zeus gesehen, was da vor sich ging. Er hob Kallisto in die Höhe und setzte sie mitten unter die Sterne, aber immer noch in Gestalt einer Bärin, damit Hera keinen Verdacht schöpfte.

Einmal fand auch Artemis es schwer, ihr Gelübde zu halten. Doch das ist eine andere Geschichte, die Geschichte von Orion, die später erzählt werden soll.

# Apollon

Apollon war der schönste der Götter. Sein Haar war wie dunkles Gold, seine Augen von stürmischem Blau. Er trug eine Tunika aus goldenem Leopardenfell, seinen goldenen Bogen und einen Köcher mit goldenen Pfeilen. Sein Wagen bestand aus gehämmertem Gold; die Pferde waren weiß und hatten goldene Mähnen und flammenfarbene Augen. Er war seit jeher der Sonnengott. Später wurde er zum Schirmherrn von Musik, Dichtung, Mathematik und Medizin. Und noch später, als er ein reifer Gott war, predigte er den Menschen Mäßigung. Er gebot denen, die zu ihm beteten, zuerst in ihr eigenes Herz zu schauen und dort den Ursprung der Weisheit zu entdecken und sich selbst in allen Dingen klug zu verhalten. Doch in seiner Jugend beging er viele grausame und rücksichtslose Taten. Mehr als einmal wurde er von Zeus, den er mit seinem Übermut verärgert hatte, beinahe aus dem Kreis der Götter ausgeschlossen.

Sobald er Pfeil und Bogen erhalten hatte, stürmte er den Olymp hinunter, um Python zu jagen, die Schlange, die seine Mutter verfolgt hatte. Die Dryaden, wahrhaft geschwätzige Geschöpfe, erzählten ihm, er könne seinen Feind auf dem Parnaß finden. Dorthin eilte er. Von einem Hügel aus sah er, wie tief unten die große Schlange ihren staubigen Leib dahinschlängelte. Er legte einen Pfeil ein, spannte den Bogen und ließ den Pfeil davonschwirren. Schnell wie das Licht schoß er dahin. Apollon sah, wie der Pfeil sein Ziel traf, sah die riesigen Windungen im Todeskampf zucken. Er stieß einen wilden, frohlockenden Schrei aus und stürmte den Hang hinunter, doch als er unten ankam, mußte er feststellen, daß die Schlange fort war. Sie hatte eine Blutspur hinterlassen, der er bis zum Orakel der Urmutter Erde in Delphi folgte. Das Untier versteckte sich in einer Höhle, wohin ihm niemand folgen konnte. Apollon blies auf seine Pfeilspitzen und schoß sie, so schnell er konnte, in die Höhle hinein. Flammen schlugen aus ihnen empor, als sie ihr Ziel trafen. Rauch füllte die Höhle, und die Schlange mußte herauskriechen. Apollon, der auf einem Felsen stand, schoß so viele Pfeile auf sie ab, daß sie aussah wie ein Stachelschwein. Er häutete die große Schlange und bewahrte die Haut als Geschenk auf.

Nun war aber dieser Platz, an dem er seinen Feind getötet hatte, ein geweihter Ort; hier lebten die Seherinnen der Urmutter Erde, die sogar von den Göttern zu Rate gezogen wurden. Es waren Priesterinnen, die man von Kindheit an auf ihre Aufgabe vorbereitet hatte. Sie kauten Lorbeer, entzündeten Feuer aus magischen Kräutern und setzten sich in den Rauch, der sie in Trance versetzte, und in diesem Zustand sahen sie – und gaben in Rätseln wieder –, was die Zukunft bringen würde. Da Apollon wußte, daß er das Heiligtum bereits entweiht hatte, dachte er, er könne seine Tat jetzt ruhig zum äußersten treiben, und beanspruchte die Priesterinnen für sich – von nun an sollten sie in seinem Namen weissagen.

Als Mutter Erde sich bei Zeus über den Mord an ihrem Geschöpf beklagte, gelobte Apollon voller Sanftmut, sich zu bessern. Zur Feier seines Sieges richtete er jährliche Spiele in Delphi ein, und die nannte er gnädig die Pythischen Spiele. Und alle Priesterinnen hießen fortan Pythia.

Weniger leicht entschuldbar war dagegen, was Apollon mit einem Satyr namens Marsyas tat. Der treffliche Bursche hatte das Pech, ein ausgezeichneter Musiker zu sein – ein Bereich, in dem Apollon sich für einzigartig hielt und

keine Rivalität duldete. Als er allzu oft hören mußte, wie der Satyr gelobt wurde, lud Apollon ihn zu einem Wettstreit ein. Der Sieger sollte die Strafe wählen dürfen, die der Verlierer zu erleiden hätte, und die Musen sollten Richterinnen sein. So spielte Marsyas also auf seiner Flöte und Apollon auf seiner Leier. Sie spielten vortrefflich; die Musen konnten sich nicht entscheiden, wer von ihnen der Sieger sein sollte. Da rief Apollon: »Nun mußt du dein Instrument umdrehen und mußt singen und spielen zur gleichen Zeit. So will es die Regel. Ich mache es dir vor.« Daraufhin drehte der Gott seine Leier um und sang und spielte ein Loblied auf die Götter und besonders auf ihre schönen Töchter, die Musen. Doch eine Flöte kann man nicht mehr spielen, wenn man sie umgedreht hat, und gewiß kann man nicht singen, während man Flöte spielt, und so wurde Marsyas zum Verlierer erklärt. Apollon beanspruchte seinen Preis. Er zog Marsyas bei lebendigem Leib die Haut ab und nagelte sie an einen Baum. Ein Bach brach aus den Wurzeln des Baumes hervor und wurde zu einem Fluß. An den Ufern dieses Flusses wuchs Schilfrohr, das lieblich sang, wenn der Wind wehte. Die Menschen nannten den Fluß Marsyas, und so heißt er noch heute.

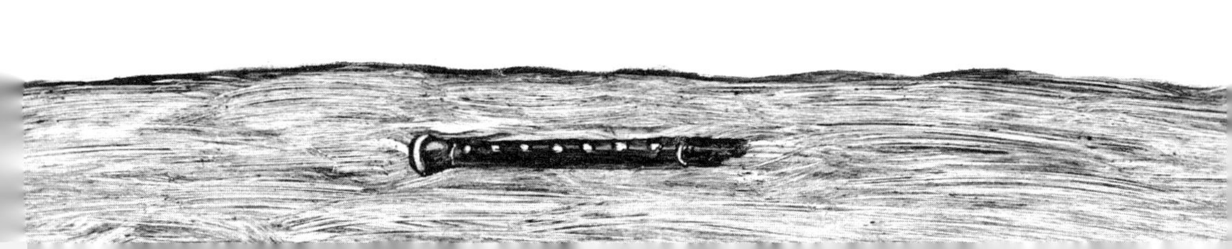

# Söhne des Apollon

Während des Wettstreites mit dem Satyr Marsyas gewann Apollon die Gunst von Thalia, der verspieltesten Muse, der Königin der Festlichkeiten. Mit ihr zeugte er die Korybanten, auch Schopftänzer genannt, gelenkige junge Männer, die sich den Kopf bis auf einen in die Stirn fallenden Haarschopf kahlschoren und bei den großen rituellen Festen als Tänzer auftraten.

Dann begegnete er, während er über die Berghänge wanderte, einer jungen Frau, die ihn an seine Schwester erinnerte. Sie war eine Jägerin. Zu Fuß jagte sie das Wild, hetzte Bären und Wölfe. Als er sah, wie sie mit einem ausgewachsenen Löwen rang und ihn zu Boden warf, erwachte in ihm der Wunsch, sie zu besitzen. Sie hieß Kyrene. Der Sohn, den er mit ihr zeugte, erhielt den Namen Aristaios, und er lehrte die Menschen die Bienenzucht, den Anbau von Olivenbäumen, das Herstellen von Käse und etliche andere nützliche Künste.

Sein nächstes Abenteuer erlebte er mit der Nymphe Dryope. Er traf sie, als sie an einem Berghang Schafe hütete. Er versteckte sich hinter einem Baum und beobachtete sie. Zu seinem großen Leidwesen befand sie sich in der Gesellschaft von einer Schar Hamadryaden, schelmischer junger Dinger, die für ihr Leben gern schwatzten. So mußte er in seinem Versteck bleiben. Er wartete darauf, daß die Hamadryaden Dryope allein ließen, doch sie mochten nicht gehen. Götter sind ungeduldig, sie mögen es nicht, wenn man sie warten läßt. So verwandelte er sich in eine Schildkröte und kroch hervor. Die Nymphen waren entzückt über seinen Anblick und drehten ihn hierhin und dorthin und kitzelten ihn mit einem Strohhalm. Er war eine prachtvolle, glänzende Schildkröte mit einem wunderschönen schwarzgrünen Panzer. Dryope wollte ihn für sich allein haben und steckte ihn in ihre Tunika. Als ihre Freundinnen protestierten, verwandelte er sich in eine Schlange, streckte seinen Kopf aus der Tunika hervor und zischte sie an. Die Hamadryaden flohen schreiend. Dryope fiel in Ohnmacht. Als sie wieder zu sich kam, lag sie in den Armen eines Gottes. Ihr gemeinsamer Sohn war Amphissos, ein Städtegründer und Erbauer von Tempeln.

Doch Apollons berühmtester Sohn war Asklepios, den wir auch unter dem Namen Äskulap kennen. Die Geschichte seiner Geburt ist folgende:

Apollon verliebte sich in Koronis, eine thessalische Prinzessin, und bestand darauf, sie zu besitzen, was sehr unvernünftig war, denn sie liebte einen arkadischen Prinzen namens Ischys. Als sie schwanger war, mußte Apollon eine Reise antreten, aber er ließ eine weiße Krähe zurück, die auf sie aufpassen sollte. Damals waren alle Krähen weiß, und sie waren ausgezeichnete Aufpasser; sie hatten scharfe Augen und spöttische Stimmen.

Apollon war nach Delphi gereist. Dort verkündete ihm das Orakel, daß sich Koronis in eben diesem Augenblick mit dem jungen Ischys vergnüge. Genau in dem Moment flog die Krähe herbei, aufs heftigste erregt, voller Klatsch und Tratsch und erzählte ihm dieselbe Geschichte. »Deine Schuld! Du hast nicht richtig auf sie aufgepaßt!« rief Apollon. Und er belegte die Krähe mit einem so wütenden Fluch, daß ihr Gefieder versengt wurde – und seit dieser Zeit sind alle Krähen schwarz.

Apollon konnte sich nicht überwinden, Koronis zu töten. Also bat er seine Schwester Artemis, ihm den Gefallen zu tun. Sie war nur allzu gerne dazu bereit; sie hatte nie viel

Verständnis für seine Amouren gehabt. Sie eilte nach Thessalien und tötete Koronis mit einem einzigen Pfeil.

Apollon, der völlig niedergeschlagen war, legte die Tote auf den Scheiterhaufen und zündete das Feuer an. Da fiel ihm ein, daß sie ein Kind von ihm erwartete. Hermes stand jetzt in der Nähe und wartete darauf, ihre Seele in den Tartaros zu führen, denn das war eine seiner Pflichten. Blitzschnell erfaßte er die Situation und entband das tote Mädchen von einem lebenden Kind, einem Sohn. Apollon wollte mit dem Kind nichts zu tun haben und bat Hermes, sich um den Jungen zu kümmern. Hermes war sehr beeindruckt gewesen von der Art, wie der Säugling alle Einzelheiten seiner eigenen Geburt verfolgt hatte – wie er alles mit erstauntem Blick und so interessiert beobachtet hatte, daß er darüber sogar zu schreien vergaß – und erkannte, daß dies ein ungewöhnlicher Knabe war. Er gab ihn in die Obhut von Chiron, dem Kentauren, dem sagenhaften Erzieher. Chiron lehrte ihn Diagnostik, Chirurgie, Kräuterkunde und das Jagen.

Der Junge konnte es nicht erwarten, endlich erwachsen zu werden. Er behandelte jeden, der ihm unter die Hände kam, und war bald im ganzen Land dafür bekannt, mit welchem Geschick er die Kranken heilte. Sein Ruhm drang bis zu Apollon, der beschloß, ihn auf die Probe zu stellen. Er ging zum Haus des Asklepios – denn so hieß der Junge – und zeigte sich ihm in der Verkleidung eines schwachen alten Mannes, der mit allen ekelerregenden Krankheiten geschlagen war, die die Medizin damals kannte – und als Bettler gab er sich auch noch aus. Asklepios versorgte eigenhändig diesen neuen Patienten und war dabei so sanft und so geschickt, daß Apollon staunte. Der Gott nahm wieder seine ursprüngliche Gestalt an und umarmte den jungen Mann und sagte zu ihm, er sei sehr zufrieden mit seinen Fortschritten. Er schickte ihn zu seiner Tante

Athene, die, wie er sagte, gewisse Geheimnisse der Sterblichkeit kenne. Auch sie war sehr angetan von dem jungen Mann und gab ihm zwei Phiolen mit Gorgonenblut. Der Inhalt der einen Phiole konnte Tote wiederauferwecken, die andere enthielt das tödlichste Gift, das es je auf Erden gegeben hatte. »Nein, Tante«, sagte er. »Ich brauche nur die erste Phiole. Behalte du die andere.«

Manche sagten, es sei nur seinem eigenen Geschick zu verdanken, wenn er den Toten das Leben wiedergebe, und Athene versuche nur, etwas von seinem Ruhm auf sich selbst zu lenken. Wie dem auch sei, es gelang ihm, einige Patienten zu retten, die schon vor den Toren des Tartaros standen, und Hades raste vor Wut. Er beschwerte sich bei seinem Bruder Zeus, daß Asklepios ihn beraube. Zeus stand auf dem Olymp, schleuderte einen Blitz hinab und tötete den jungen Arzt zusammen mit dem Patienten, den er gerade behandelte.

Als Apollon davon erfuhr, bekam er einen seiner heftigen, rasenden Wutanfälle, stürmte zum Olymp hinauf, trat die Türen zur Schmiede des Hephaistos ein und erschlug dort alle Zyklopen, die den Donnerkeil geschmiedet hatten, mit dem sein Sohn getötet worden war. Als das dem Zeus zu Ohren kam, verbannte er Apollon auf ewig in den Tartaros. Doch seine Mutter Leto kam und verwandte sich bei ihm für ihren Sohn, indem sie ihn an ihre alte Liebe erinnerte. Sie redete so schön und gewandt, daß Zeus nachgab, das Urteil von Apollons Verbannung widerrief und sich sogar bereit erklärte, Asklepios wieder ins Leben zurückzuholen. Doch er empfahl ihm, in Zukunft bei seinen Behandlungen mehr Takt walten zu lassen und die Götter nicht mehr zu beleidigen.

Als Aphrodite diese Geschichte hörte, wurde sie von Neid ergriffen. Sie hielt sich für den besonderen Liebling des Zeus, doch soviel hatte er noch nie für sie getan. Ihr

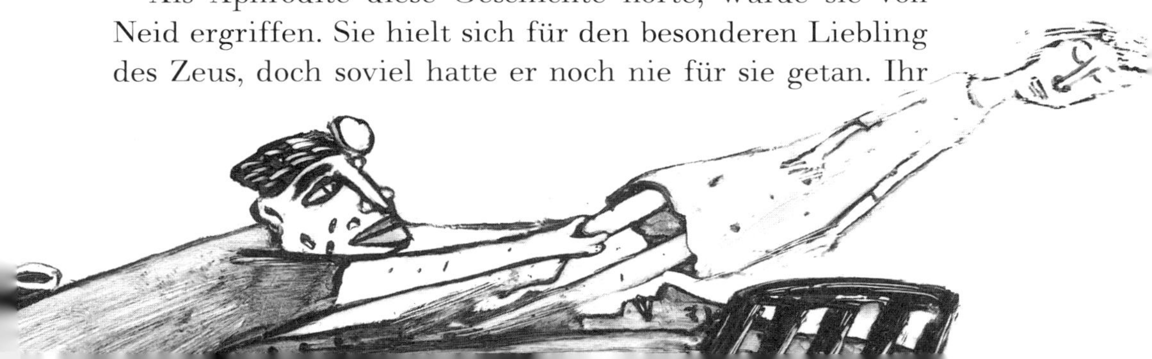

Herz verhärtete sich gegenüber Apollon, und sie wollte ihm irgendein Unheil zufügen. Sie rief ihren Sohn Eros herbei, den kleinen Bogenschützen, dessen Pfeile mit ihrem süßen Gift Männer und Frauen an einem höchst gefährlichen Fieber erkranken lassen. Sie erklärte ihm, was sie von ihm wollte.

Eros besaß zwei Arten von Pfeilen: die einen hatten eine goldene Spitze und am hinteren Ende weiße Taubenfedern – das waren die Liebespfeile. Die anderen waren aus Blei und hatten braune Eulenfedern – das waren die Pfeile der Gleichgültigkeit. Er nahm seinen Bogen zur Hand und pirschte sich an sein Wild heran.

Apollon, so wußte er, befand sich gerade auf der Jagd; also ließ er Daphne, eine Bergnymphe, die Tochter des Flußgottes Peneios, Apollons Pfad kreuzen. Dann, als er unsichtbar über ihnen schwebte, schoß er auf Apollon den Liebespfeil und auf Daphne den Pfeil der Gleichgültigkeit ab. Als der goldene Gott den Hang hinunter auf die Nymphe zukam, sah er, wie sie zusammenzuckte und dann fortlief. Das konnte er nicht verstehen. Sie floh; der Gott lief hinterher. Sie war eine flinke Läuferin, doch hinter ihr ertönten schwere Schritte, und sie spürte seinen heißen Atem auf ihren Schultern.

Sie lief zum Fluß und rief: »O Vater, rette mich. Rette mich!« Ihr Vater hörte sie. Apollon, der ihr seine Arme entgegenstreckte, mußte plötzlich feststellen, daß er einen Baum umarmte; die rauhe Borke zerkratzte ihm das Gesicht. »Aber warum? – Warum haßt du mich so?« fragte er.

Der Wind blies durch das Laub, und es flüsterte: »Ich weiß es nicht ... ich weiß es nicht ...«

Doch dann hatte der Baum Mitleid mit dem Gott und seinem Kummer und machte ihm ein Geschenk – einen Kranz von seinem Laub, einen Lorbeerkranz, der nie verwelken würde –, mit dem fortan Helden und Dichter und junge Männer, die bei sportlichen Spielen gewannen, gekrönt werden würden.

Und noch heute, wenn sie von den Verlierern gefragt werden, flüstern die Lorbeerbäume: »Ich weiß es nicht … ich weiß es nicht …«

# Hermes

Junge Götter sind oft recht frühreif, doch keiner war so frühreif wie Hermes, der schon fünf Minuten nach seiner Geburt heimlich aus seiner Wiege kletterte und sich auf die Suche nach Abenteuern begab. Flink wackelte er die Hänge des Berges Kyllene hinunter, bis er zu einer Wiese kam, auf der er eine Herde schöner weißer Kühe grasen sah. Er konnte keinen Kuhhirten entdecken und beschloß, die Kühe zu stehlen. Ein ganzer Baum voller Krähen geriet in Aufruhr und begann zu flöten: »Sie gehören Apollon ... Apollon ... 'pollon ...«, doch er achtete nicht auf sie. Er flocht Gras zu Schuhen für die Kühe und zog sie über ihre Hufe und trieb sie vor sich her.

Als Apollon zurückkehrte, geriet er in Wut, als er feststellen mußte, daß seine Kühe fort waren, und in noch größere Wut, als er nach Spuren suchte und keine fand – nur merkwürdig ausladende Abdrücke auf der Erde. Die Krähen krächzten: »Ein Baby hat sie gestohlen ... dein Bruder, dein Bruder...« Doch das ergab für Apollon keinen Sinn; außerdem traute er den Krähen nicht. Er hatte keine Ahnung, wo er zuerst suchen sollte; er suchte überall, doch weit und breit war nichts von seinen Kühen zu sehen.

Eines Morgens ging er an einer Höhle vorbei, an der er schon hundertmal vorbeigegangen war. Doch dieses Mal hörte er merkwürdige schöne Laute aus der Höhle kommen – Laute, die keinem anderen Geräusch glichen, das er jemals zuvor gehört hatte –, und er schaute hinein. Dort, am Feuer vor sich hindösend, saß eine hochgewachsene, liebliche Titanin mit Namen Maia, die er schon früher in den Gärten des Olymp gesehen hatte. In ihrem Schoß saß ein kleiner Junge, der an einem großen Schildkrötenpanzer herumfingerte, aus dem die merkwürdigen Laute zu kommen schienen.

»Guten Tag, Kusine«, sagte Apollon. »Darf man dir zu einem neuen Sohn gratulieren?«

»Sei gegrüßt, lichter Phoebus«, sagte Maia. »Es ist mir eine Ehre, dir deinen Halbbruder, den kleinen Hermes, vorzustellen.«

»Halbbruder, was? Nun ja, das ist zwar eine Ehre, aber durchaus nichts Besonderes. Womit spielt er denn da?«

»Er macht sich sein eigenes Spielzeug«, erklärte Maia stolz. »Er ist so klug, das kannst du dir gar nicht vorstellen. Das hier hat er aus einem alten Schildkrötenpanzer gebastelt, den er mit Kuhdarm bespannt hat, und er zaubert die hinreißendste Musik daraus hervor. Hör nur zu ...«

»Kuhdarm? Darf ich fragen, welche Kuh er dazu überredet hat, ihm ihre lebenswichtigen Innereien zu seinem Zeitvertreib zu überlassen?«

»Ich verstehe deine Frage nicht, Vetter.«

»Dann wisse dies, Kusine. Erst vor kurzem wurde mir eine Kuhherde gestohlen. Die Krähen haben mir erzählt, die Kühe seien von einem Säugling, meinem eigenen Bruder, gestohlen worden, doch ich habe ihnen nicht geglaubt. Wie es scheint, muß ich mich bei ihnen entschuldigen.«

»Was?« schrie Maia. »Beschuldigst du etwa diesen unschuldigen Säugling, ein Viehdieb zu sein? Schäme dich!«

»Mutter, wenn du gestattest«, ließ sich eine junge klare Stimme vernehmen, »dann überlaß diese Angelegenheit lieber mir.« Der Junge stand auf den Knien seiner Mutter und verneigte sich vor Apollon. »Es stimmt, ich habe deine Kühe genommen, Bruder. Doch ich habe nicht gewußt, daß sie dir gehörten. Wie hätte ich das wissen sollen? Und es geht ihnen allen recht gut, außer einer. Da ich mein Leben

mit einer frommen Tat beginnen wollte, habe ich sie den zwölf Göttern geopfert.«

»Zwölf Götter?« fragte Apollon hochmütig. »Ich kenne nur elf.«

»Ja, Verehrtester«, sagte Hermes. »Aber ich habe die Ehre, der zwölfte zu sein. Vor allem hoffe ich auf deinen guten Willen, lieber Bruder. Also erlaube mir, dir als Gegenleistung für diese Kuh ein Geschenk zu machen – dieses Instrument. Ich nenne es eine Lyra. Und ich werde dir gerne beibringen, wie man darauf spielt.«

Apollon war entzückt über den Tausch. Den ganzen Nachmittag lang blieb er in der Höhle und übte Tonleitern. Während er auf seinem neuen Instrument klimperte, bemerkte er, daß Hermes Schilfrohr schnitt, es geschickt zusammenband, auf ganz bestimmte Weise einkerbte, dann an die Lippen hielt und anfing, Laute hervorzubringen, die noch schöner waren als diejenigen, die er der Lyra entlockt hatte.

»Was ist das?« rief Apollon. »Wie nennst du dies Instrument? Das muß ich haben.«

»Ich brauche keine weiteren Kühe«, sagte Hermes.

»Ich muß es haben. Was sonst wünschst du dir von mir?«

»Deinen goldenen Stab.«

»Aber das ist mein Hirtenstab. Weißt du denn nicht, daß ich der Gott der Hirten bin und daß dies das Insignium meiner Macht ist?«

»Ein unbedeutendes Amt«, sagte Hermes. »Eines Gebieters der Sonne nicht würdig. Vielleicht erlaubst du mir, dieses Amt zu übernehmen. Gib mir den goldenen Stab, und ich gebe dir diese Flöte.«

»Einverstanden! Einverstanden!«

»Doch da Flöte und Lyra zusammen dich zum Gott der Musik machen, mußt du mir noch etwas dazu geben. Lehre mich die Kunst des Wahrsagens.«

»Für einen Säugling stellst du ganz schöne Forderungen«, sagte Apollon. »Ich glaube, du gehörst auf den Olymp, Bruder. Diese Höhle wird deinen Talenten bald nicht mehr genügend Entfaltungsmöglichkeiten bieten.«

»O ja, nimm mich mit!« rief Hermes. »Ich brenne darauf, Vater Zeus kennenzulernen.«

Also nahm Apollon Hermes mit auf den Olymp und stellte ihn seinem Vater vor. Zeus war fasziniert von der Geistesgegenwart und der Frechheit des Jungen. Er versteckte ihn vor Hera und liebte es, sich stundenlang mit ihm zu unterhalten.

»Du sagst, du willst im Pantheon aufgenommen werden«, sagte Zeus. »Aber so leid es mir auch tut – so wie es aussieht, sind alle Reiche und alle Ämter schon vergeben.«

»Vater, ich bin von Natur aus bescheiden«, sagte Hermes. »Ich verlange keinen hohen Posten. Nur eine Gelegenheit, mich nützlich zu machen, dir zu dienen und in deiner gütigen und mächtigen Gegenwart zu leben. Laß mich dein Bote sein. Laß mich deine Botschaften übermitteln. Du wirst sehen, ich bin schnell und findig, und was ich vergessen habe, werde ich hinzudichten. Und ich versichere dir, deine Untertanen werden schon verstehen.«

»Nun gut, es sei«, sagte Zeus. »Ich will es mit dir versuchen.«

So wurde Hermes zum Götterboten, und er erfüllte seine Aufgaben mit einer solchen Schnelligkeit, einer solchen Klugheit und einer solchen Freude, daß er zum Liebling seines Vaters wurde, der ihn bald mit weiteren Ämtern belohnte. Hermes wurde zum Schutzherrn der Lügner und Diebe und Spieler, zum Gott der Kaufleute, zum Verfasser von Verträgen und zum Beschützer der Reisenden. Auch Hades wurde sein Kunde und beauftragte ihn, die gerade Verstorbenen von der Erde in den Tartaros zu geleiten.

Er richtete sich eine Werkstatt auf dem Olymp ein und

erfand dort das Alphabet, die Astronomie und die Waage; auch Spielkarten und Spiele dafür. Er trug Apollons goldenen Stab, mit weißen Bändern verziert, einen topfförmigen Hut und Flügelschuhe, die ihn schneller durch die Lüfte trugen, als jeder Vogel zu fliegen vermochte.

Er war es, der Zeus auf die Idee brachte, sich zu verkleiden und sich unter die Sterblichen zu mischen, wann immer er sich auf dem Olymp langweilte. Er begleitete seinen Vater bei diesen Ausflügen, und sie erlebten viele Abenteuer zusammen. Diese sollen zu gegebener Zeit erzählt werden.

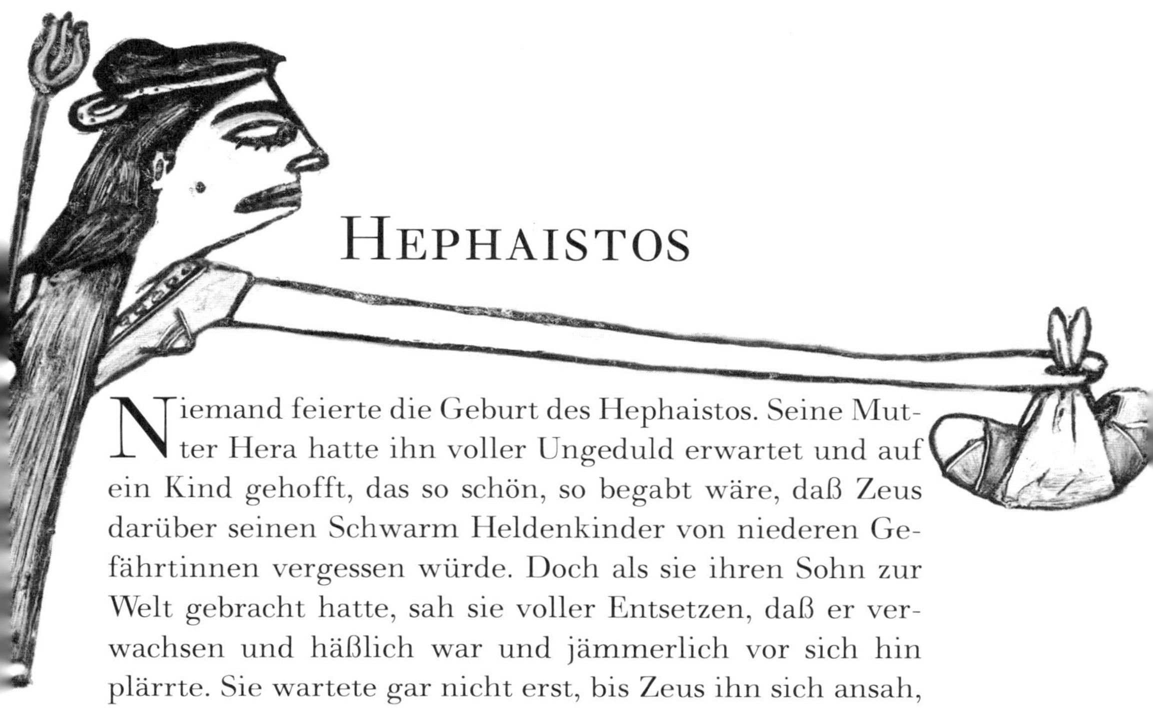

# Hephaistos

Niemand feierte die Geburt des Hephaistos. Seine Mutter Hera hatte ihn voller Ungeduld erwartet und auf ein Kind gehofft, das so schön, so begabt wäre, daß Zeus darüber seinen Schwarm Heldenkinder von niederen Gefährtinnen vergessen würde. Doch als sie ihren Sohn zur Welt gebracht hatte, sah sie voller Entsetzen, daß er verwachsen und häßlich war und jämmerlich vor sich hin plärrte. Sie wartete gar nicht erst, bis Zeus ihn sich ansah, sondern packte den Säugling und warf ihn vom Olymp hinunter.

Eine ganze Nacht und einen ganzen Tag lang dauerte sein Sturz, und schließlich schlug er am Meeresufer mit solcher Wucht auf die Erde auf, daß er sich beide Beine brach. Da lag er nun am Strand und jammerte kläglich, war nicht einmal mehr fähig zu kriechen, hatte rasende Schmerzen und konnte doch nicht sterben, weil er als Gott unsterblich war. Schließlich kam die Flut. Eine riesige Welle nahm ihn unter den Arm und trug ihn aufs Meer hinaus. Da sank er wie ein Stein und wurde von der verspielten Thetis, einer Najade, gefangen, die ihn für eine Kaulquappe hielt.

Als Thetis begriff, daß sie einen kleinen Jungen eingefangen hatte, nahm sie ihn sich zum Spielzeug und behielt ihn in ihrer Grotte. Sie staunte über das Geschick, mit dem der verkrüppelte Junge Muscheln und glänzende Kiesel zu Schmuckstücken verarbeitete. Eines Tages erschien sie auf einem großen Fest der Götter mit einer Halskette, die er gemacht hatte. Hera bemerkte den Schmuck und lobte ihn und fragte, woher sie ihn habe. Thetis erzählte ihr von dem merkwürdigen verkrüppelten Jungen, den jemand ins Meer geworfen hatte und der jetzt in ihrer Höhle lebte und wunderschönen Schmuck anfertigte. Hera ahnte, daß es ihr eigener Sohn sein mußte, und verlangte ihn zurück.

Hephaistos kehrte zurück auf den Olymp. Dort schenkte ihm Hera einen zerklüfteten Berg ganz in der Nähe, wo er Schmiedeofen und Blasebalg aufstellen konnte. Sie wies ihm die starken Zyklopen als Helfer zu und versprach ihm Aphrodite als Braut, wenn er nur in dem Berg arbeitete und schöne Dinge für sie machte. Hephaistos stimmte zu, denn er liebte sie und verzieh ihr, daß sie so grausam zu ihm gewesen war.

»Ich weiß, daß ich häßlich bin, Mutter«, sagte er, »doch das Schicksal hat es so gewollt. Und ich werde dir für deine wohlgeformten Arme und deinen weißen Hals und dein schwarzes Haar so schöne Juwelen anfertigen, daß du manchmal, wenigstens für kurze Zeit, meine Häßlichkeit vergessen und dich freuen wirst, daß du mich aus dem Meer zurückgeholt hast.«

Er wurde der Gott der Schmiedekunst, der große Feuerwerker, der Herr der Technik. Und stets rauchte der Berg und rumorte bei seiner mühseligen Arbeit, und stets blieb er äußerst häßlich und äußerst nützlich.

# APHRODITE

Aphrodite war die Göttin der Liebe und der Schönheit, und deshalb gibt es über sie mehr Geschichten als über alle anderen Götter und Sterblichen zusammen. Als Göttin der Liebe hat sie auch mit den Geschichten der anderen zu tun; und so groß ist die Macht ihres magischen Gürtels, daß alle Männer, die ihren Namen aussprechen, ihrem Zauber verfallen, und es kommt ihnen vor, als könnten sie einen flüchtigen Blick auf ihre weißen Schultern erhaschen und den Duft ihres goldenen Haars erahnen. Und diese Männer verlieren den Verstand und fangen an zu stammeln und dieselbe Geschichte wieder und wieder auf immer andere Weise zu erzählen.

Doch all die Geschichten stimmen darin überein, daß sie die Göttin der Begierde ist und sich, im Gegensatz zu den anderen Göttern des Olymp, nicht von ihren Pflichten ablenken läßt. Ihre Arbeit ist ihr Vergnügen, ihr Beruf ihr Hobby. Sie denkt an nichts anderes als an die Liebe, und mehr erwartet auch niemand von ihr.

Der allererste Mord lieferte die Umstände für ihre Geburt. Als Kronos seinen Vater Uranos mit der Sichel niedergemetzelt hatte, die seine Mutter ihm gegeben hatte, schleuderte er den verstümmelten Leichnam vom Olymp hinab ins Meer. Der Leichnam schwamm auf dem Wasser, Blut und Samen spritzten aus ihm hervor und trieben, von der Sonne gebleicht, weiter. Aus dem Schaum wurde eine hochgewachsene, wunderschöne junge Frau geboren, nackt und wassertriefend stand sie da. Wellen umspülten sie. Poseidons weiße Pferde brachten sie zur Insel Kythera. Überall dort, wo sie ihren Fuß hinsetzte, verwandelte sich der Sand in Gras und fingen Blumen an zu blühen. Später ging sie nach Zypern. Da sprossen dort plötzlich Blumen auf den Hängen, und die Luft war voller Vögel.

Zeus brachte sie auf den Olymp. Immer noch tropfte das Wasser an ihr herab. Sie trug nichts außer der Tunika ihres Haars, das ihr bis auf die Schenkel fiel und gelb war wie Narzissen. Sie schaute sich in dem riesigen Thronsaal um, in dem die Götter zusammengekommen waren, um sie zu begrüßen, sie räusperte sich und lachte vor Freude.

Hera beobachtete Zeus mit zusammengekniffenen Augen. »Du mußt sie verheiraten«, flüsterte sie. »Sofort – unverzüglich!«

»Ja«, sagte Zeus. »Eine Heirat, ganz gleich welche, scheint wohl angebracht.«

Und er sagte: »Brüder, Söhne, Vettern, Aphrodite soll verheiratet werden. Sie soll sich ihren Gatten selber wählen. Also tragt eure Werbung vor.«

Die Götter umringten sie, riefen ihr Versprechungen zu, und jeder versuchte, seinen Anspruch geltend zu machen. Der erdbebenbringende Poseidon schwang seinen mächtigen Dreizack, um sich Platz zu verschaffen. »Ich fordere dich für das Meer«, sagte er. »Du bist meergeboren, schaumgeboren und gehörst zu mir. Ich biete dir Grotten, Rätsel, Juwelen, ruhige Meeresoberflächen, dunkle Orte. Ich biete dir Abwechslung. Ertrunkene Seeleute, Taifune, Sonnenuntergänge. Ich biete dir Geheimnisse. Ich biete dir Reichtümer, wie sie die Erde nicht kennt – eine Macht, viel subtiler, viel fließender als das langweilige Festland. Komm mit mir – werde Königin der See.«

Er stieß seinen Dreizack in den Boden, und eine riesige grüne Flutwelle wälzte sich vom Meer heran – hoch, so hoch wie der Olymp, rollte ihre mächtige grüne Zunge hervor, als wollte sie den ganzen Berg auflecken – und blieb

dann zitternd, aber nicht brechend stehen, während die Götter staunend zusahen. Dann hob Poseidon seinen Dreizack, und die mächtige Woge zog sich zurück wie eine sanfte, kleine Welle. Er verneigte sich vor Aphrodite. Sie lächelte ihn an, sagte jedoch nichts.

Dann redeten alle anderen Götter der Reihe nach auf sie ein und boten ihr große Geschenke. Apollon versprach ihr einen Thron und eine Krone, aus dem heißesten Sonnengold gefertigt, einen goldenen, von weißen Schwänen gezogenen Wagen und die Musen als Mägde. Hermes bot ihr an, sie zur Königin der Kreuzwege zu machen, wo einem alles und jedes begegnet – wo sie jede Geschichte hören, jeden Reisenden sehen, von jedem Handelsgeschäft erfahren würde –, ein wechselvolles Bild, so reich an Abenteuern und Klatschgeschichten, daß es ihr niemals langweilig werden würde.

Sie lächelte Apollon und Hermes an und gab keine Antwort.

Da streckte Hera mit finsterem Blick ihren langen weißen Arm aus und zog Hephaistos, den lahmen Gott der Schmiedekunst, von dem Platz hervor, an dem er sich hinter den anderen versteckt hielt, weil er sich schämte, gesehen zu werden. Und sie zischte ihm ins Ohr: »Sprich, du Narr. Sag genau das, was ich dir befohlen habe.«

In höchster Verlegenheit humpelte er nach vorn und stand mit niedergeschlagenen Augen vor der strahlend schönen Göttin, denn er wagte nicht, sie anzusehen. Er sagte: »Ich wäre ein guter Ehemann für ein Mädchen wie dich. Ich arbeite bis spät in die Nacht.«

Aphrodite lächelte. Sie sagte nichts, sondern nahm nur das Kinn des rußverschmierten kleinen Schmiedes in die Hand, hob seinen Kopf, beugte sich hinunter und küßte ihn auf den Mund.

Noch in derselben Nacht heirateten die beiden. Und bei

der Hochzeitsfeier fing sie endlich an zu sprechen. Flüsternd wandte sie sich an jeden einzelnen ihrer Anbeter und nannte jedem eine Zeit, da er mit seinen Geschenken zu ihr kommen sollte.

# Naturmythen

# Prometheus

Prometheus war ein junger Titan und kein großer Bewunderer des Zeus. Obgleich er wußte, daß der mächtige Herr des Himmels allzu ausführliche Fragen haßte, zögerte er nicht, ihm mutig entgegenzutreten, wenn er etwas wissen wollte.

Eines Morgens kam er zu Zeus und sagte: »O Herr des Donners, ich verstehe deine Absicht nicht. Du hast dafür gesorgt, daß es das Menschengeschlecht auf der Erde gibt, aber nun hältst du es in Unwissenheit und Dunkel.«

»Es wäre wohl besser, du überließest die Sorge um das Menschengeschlecht mir«, erwiderte Zeus. »Was du Unwissenheit nennst, ist Unschuld. Was du Dunkel nennst, ist der Schatten meines Ratschlusses. Der Mensch ist glücklich so. Und er ist so beschaffen, daß er auch in Zukunft glücklich sein wird, es sei denn, es überzeugte ihn jemand davon, daß er unglücklich ist.«

Prometheus aber sagte: »Sieh ihn dir an. Sieh hinunter. Er verkriecht sich in Höhlen. Er ist den wilden Tieren und dem Wetter auf Gedeih und Verderb ausgeliefert. Das Fleisch ißt er roh. Wenn du dir etwas dabei gedacht hast, erleuchte mich mit deiner Weisheit. Erkläre mir, warum du dem Menschen die Gabe des Feuers verwehrst.«

Zeus entgegnete: »Weißt du denn nicht, Prometheus, daß jede Gabe einen Fluch in sich birgt? So haben die Moiren die Fäden des Schicksals gewebt – und auch die Götter müssen sich damit abfinden. Es ist wahr, der Mensch hat kein Feuer, und also verfügt er auch nicht über die Handwerkskünste, die erst das Feuer möglich macht. Andererseits kennt er keine Krankheiten, keine Kriege, kein Alter und auch nicht diese seelische Plage, die man Sorge nennt. Er ist glücklich, ich wiederhole, glücklich ohne Feuer. Und das soll er auch bleiben.«

»Er ist glücklich, so wie Tiere glücklich sind«, sagte Prometheus. »Welchen Sinn hat es, eine besondere Rasse mit Namen Menschheit zu erschaffen und sie auszustatten mit nur wenig Fell, wenig Intelligenz und diesem merkwürdigen Handicap, nicht in die Zukunft sehen zu können? Wenn der Mensch so leben muß, warum ihn dann überhaupt von den Tieren unterscheiden?«

»Er hat noch etwas anderes, das ihn auszeichnet«, sagte Zeus, »die Gabe zu beten. Die Fähigkeit, unsere Macht zu bewundern, von unseren Rätseln verwirrt und von unseren Launen überrascht zu sein. Dazu ist er erschaffen worden.«

»Würden das Feuer und die Vorteile, die er daraus ziehen könnte, ihn nicht noch interessanter machen?«

»Interessanter vielleicht, aber auch weitaus gefährlicher. Denn auch dies ist dem Menschen gegeben: ein prahlerischer Stolz, der nur wenig Nahrung braucht, um zu riesiger Größe anzuschwellen. Erleichtere sein Schicksal, und er wird das vergessen, was ihn so angenehm macht – seine Fähigkeit zu verehren, seine Demut. Er wird groß werden, und der Stolz wird ihn vergiften, und er wird sich selbst für einen Gott halten, und eher als wir es gedacht hätten, werden wir erleben, wie er den Olymp stürmt. Genug, Prometheus! Ich war sehr geduldig mit dir, doch treibe es nicht zu weit. Geh jetzt und belästige mich nicht weiter mit deinen gefährlichen Mutmaßungen.«

Prometheus gab sich nicht damit zufrieden. Die ganze Nacht lang lag er wach und schmiedete Pläne. Dann bei Morgengrauen verließ er sein Lager, stellte sich auf Zehenspitzen auf den Olymp und reckte seinen Arm nach Osten, dem Horizont entgegen, wo die ersten schwachen Flammen der Sonne flackerten. In seiner Hand hielt er ein mit trockener Holzfaser gefülltes Schilfbündel. Er stieß es in den Sonnenaufgang, bis ein Funke zu glimmen begann, dann verbarg er es in seiner Tunika und kletterte den Berg wieder hinunter.

Zuerst hatten die Menschen Angst vor dem Geschenk. Es war so heiß, so schnell; stechend brannte es, wenn man es berührte, und aus reiner Bosheit ließ es die Schatten tanzen. Sie dankten Prometheus und baten ihn, es wieder mitzunehmen. Er aber nahm das Lendenstück eines gerade getöteten Hirsches und hielt es über das Feuer. Und als das Fleisch angebraten war und anfing zu zischen und mit seinem schweren Duft die Höhle erfüllte, spürten die Menschen, wie sie vor Hunger fast vergingen, und stürzten sich auf das Fleisch, verschlangen es gierig und verbrannten sich die Zunge dabei.

»Das, was ich euch gebracht habe, nennt man ›Feuer‹«, sagte Prometheus. »Es ist ein boshafter Geist, ein kleiner Bruder der Sonne, doch wenn ihr vorsichtig damit umgeht, kann es euer ganzes Leben verändern. Es ist sehr gierig; ihr müßt es mit Zweigen füttern, aber nur solange, bis es die richtige Größe hat. Dann müßt ihr aufhören, sonst frißt es alles, was sich in seiner Reichweite befindet – auch euch. Wenn es außer Kontrolle gerät, könnt ihr euch eines Zaubers bedienen: des Wassers. Es fürchtet den Wassergeist, und wenn ihr es mit Wasser bespritzt, fliegt es davon, so lange, bis ihr es wieder braucht.«

Er ließ das Feuer in der ersten Höhle brennen, und die Kinder starrten es mit weit aufgerissenen Augen an, und dann ging er weiter zu jeder einzelnen Höhle im ganzen Land.

Eines Tages blickte Zeus vom Berg herab und staunte. Alles hatte sich verändert. Der Mensch war aus seiner Höhle gekommen. Zeus sah Jagdhütten, sah Dörfer, umfriedete Städte, sogar ein oder zwei Burgen. Er sah, wie die Menschen ihr Essen kochten und wie sie des Nachts Fackeln trugen, um ihre Wege zu beleuchten. Er sah lodernde Flammen in Schmiedeöfen, Männer, die aus dem geschmiedeten Eisen Pflüge hämmerten, Kiele, Schwerter, Speere. Sie bauten Schiffe und zogen Segel auf wie weiße Flügel und wagten es, sich bei ihren Reisen der ungestümen Kraft des Winds zu bedienen. Sie trugen Helme und fuhren auf Streitwagen in die Schlacht – ganz wie die Götter.

Zeus raste vor Wut. Er griff nach seinem größten Donnerkeil. »Feuer wollen sie also«, sagte er zu sich selbst. »Ich werde ihnen Feuer geben – mehr als sie gebrauchen können. Ich werde ihren erbärmlichen kleinen Erdball in Schutt und Asche legen.« Doch dann kam ihm ein anderer Gedanke, und er ließ den Arm sinken. »Nein«, sprach er bei sich, »ich werde mich rächen – und gleichzeitig meinen Spaß dabei haben. Sollen sie sich doch mit ihren neuen Kenntnissen selbst zerstören. Das wird ein langes, kompliziertes Spiel geben, und ich werde interessiert zusehen. Doch dem werde ich mich später widmen. Jetzt muß ich mich erst einmal um Prometheus kümmern.«

Er rief seine riesigen Wächter herbei und befahl ihnen, Prometheus zu ergreifen, ihn in den Kaukasus zu schleppen und dort mit großen, eigens von Hephaistos angefertigten Ketten an einen Berggipfel zu schmieden – mit Ketten, die nicht einmal ein Titan im Todeskampf sprengen konnte. Und als der Freund der Menschen an den Berg gekettet war, ließ Zeus ohne Unterlaß zwei Geier über ihm kreisen, die ihm den Brustkorb aufrissen und von seiner Leber fraßen.

Die Menschen wußten, daß auf dem Berg etwas Schreckliches geschah, doch sie wußten nicht, was. Nur der Wind kreischte wie ein Riese in Todespein und manchmal auch wie wilde Vögel.

Viele Jahrhunderte hing Prometheus dort – bis ein anderer Held geboren wurde, der mutig genug war, den Göttern die Stirn zu bieten. Er erklomm den Gipfel im Kaukasus, zerschlug die Fesseln des Prometheus und tötete die Geier. Sein Name war Herakles.

# Pandora

Nachdem Zeus Prometheus verurteilt hatte, weil er es gewagt hatte, den Menschen das Feuer zu bringen, begann er zu überlegen, wie er die Menschen dafür bestrafen konnte, daß sie dieses Geschenk angenommen hatten.

Schließlich verfiel er auf einen Plan. Er befahl Hephaistos, aus Lehm ein Mädchen zu formen und Aphrodite dafür Modell stehen zu lassen, um sicherzugehen, daß dieses Mädchen schön werden würde. Er hauchte der Lehmgestalt Leben ein; der Lehm verwandelte sich in Fleisch, und da lag sie nun, gerade erst erschaffen, und schlief. Dann rief er die Götter zusammen und bat sie, jeder solle ihr ein Geschenk machen.

Apollon lehrte sie zu singen und die Lyra zu spielen. Athene lehrte sie zu spinnen, Demeter zeigte ihr, wie man einen Garten pflegt. Aphrodite lehrte sie, die Männer anzuschauen, ohne den Blick abzuwenden, und zu tanzen, ohne die Beine zu bewegen. Poseidon schenkte ihr eine Perlenkette und versprach ihr, daß sie niemals ertrinken werde. Hermes schließlich schenkte ihr ein goldenes Kästchen, das sie, so schärfte er ihr ein, niemals und unter keinen Umständen öffnen dürfe. Und dann schenkte Hera ihr die Neugierde.

Hermes nahm sie bei der Hand und führte sie die Hänge des Olymp hinab. Er führte sie zu Epimetheus, dem Bruder des Prometheus, und sagte: »Vater Zeus schmerzt die Schande, die über eure Familie gekommen ist. Und um dir zu zeigen, daß er dich für die Tat deines Bruders nicht verantwortlich macht, läßt er dir dieses Geschenk bringen –

diese junge Frau, die schönste auf der ganzen Welt. Sie soll deine Frau werden. Sie heißt Pandora, die Gabenreiche.«

So wurden Epimetheus und Pandora Mann und Frau. Pandora webte und backte und versorgte ihren Garten, spielte die Lyra und tanzte für ihren Mann und hielt sich selbst für die glücklichste junge Frau auf der ganzen Welt. Nur eines quälte sie – das goldene Kästchen. Anfangs ließ sie es auf einem Tisch stehen und polierte es jeden Tag, damit alle es bewundern konnten. Doch dann brach das Sonnenlicht durch das Fenster, und das Kästchen funkelte und schien ihr zuzuwinken.

Sie ertappte sich dabei, wie sie dachte: »Hermes hat mich sicher nur aufziehen wollen. Immer treibt er seine Späße; das weiß jeder. Ja, er hat sicher nur einen Scherz gemacht, als er mir sagte, ich dürfe sein Geschenk niemals öffnen. Denn wenn es schon von außen so wunderschön ist, was muß dann erst Schönes darin sein? Natürlich, er hat in dem Kästchen eine Überraschung für mich versteckt. Ganz bestimmt sind es Juwelen, wie sie herrlicher noch nie ein Mensch gesehen hat. Wenn schon das Kästchen so prachtvoll ist, muß das Geschenk darin noch herrlicher sein – denn das haben Geschenke nun einmal so an sich. Vielleicht *erwartet* Hermes ja sogar von mir, daß ich das Kästchen öffne und nachsehe, was darin ist, und entzückt bin und mich bei ihm bedanke. Vielleicht hält er mich für undankbar…«

Doch schon während sie das dachte, wußte sie, daß es nicht so war – das Kästchen durfte nicht geöffnet werden, sie mußte ihr Versprechen halten.

Schließlich nahm sie das Kästchen vom Tisch und versteckte es in einer kleinen verstaubten Vorratskammer. Aber seine Glut schien all ihre Gedanken zu versengen, wohin auch immer sie ging. Immer wieder kam sie an der Kammer vorüber und ging hinein, und sie erfand allerlei

Entschuldigungen, die ihre ständige Anwesenheit dort erklären sollten. Zuweilen nahm sie das Kästchen aus seinem Versteck hervor und strich zärtlich darüber, dann schob sie es schnell an einen Platz, an dem sie es nicht mehr sehen konnte, und verließ eilig die Kammer.

Später nahm sie es, sperrte es in eine schwere Eichentruhe, legte breite Ketten um die Truhe und hob ein Loch im Garten aus. Sie senkte die Truhe in das Loch, bedeckte sie mit Erde und rollte einen Felsbrocken darüber. Als Epimetheus an jenem Abend nach Hause kam, war ihr Haar zerzaust, und ihre Hände waren blutverschmiert, ihre Tunika war zerrissen und voller Flecke. Doch sie erzählte nichts, außer daß sie im Garten gearbeitet hätte.

In jener Nacht fiel das Mondlicht strahlend in das Zimmer. Sie konnte nicht schlafen. Bei dem hellen Licht vermochte sie kein Auge zu schließen. Sie setzte sich im Bett auf und sah sich um. Das ganze Zimmer schwamm im Mondlicht. Alles war verändert. Da waren tiefe Schatten und Silberschwaden, die ineinander verschwammen, die sich bewegten. Leise stand sie auf und verließ auf Zehenspitzen das Zimmer.

Sie ging in den Garten hinaus. Die Blumen neigten sich, die Bäume schwankten im Wind. Die ganze Welt wiegte sich im Tanz, in dem verzauberten weißen Glanz dieses Mondlichts. Sie ging zu dem Felsbrocken und gab ihm einen Stoß. So mühelos wie ein Kieselstein rollte er davon. Und sie fühlte sich von unbändiger Kraft erfüllt.

Sie nahm eine Schaufel und grub so lange, bis sie auf die Truhe stieß. Sie löste die Ketten und holte das goldene Kästchen heraus. Es war kalt, schrecklich kalt; die Kälte verbrannte ihr die Hand bis auf die Knochen. Sie zitterte. Was in dem Kästchen war, erschien ihr jetzt als das Geheimnis des Lebens selbst; sie mußte es lüften oder sterben.

Aus ihrer Tunika holte sie den kleinen goldenen Schlüssel hervor, steckte ihn in das Schlüsselloch und hob vorsichtig den Deckel. Da gab es ein Schwärmen, ein heftiges Zittern, ein unbändiges kraftvolles Rauschen und einen ekelerregenden Gestank. Als sie das Kästchen ins Mondlicht hielt, schwärmten daraus kleine schuppige, eidechsenartige Geschöpfe mit Fledermausflügeln und glutroten Augen hervor.

Sie flogen aus dem Kästchen, umkreisten einmal Pandoras Kopf, schlugen mit den Flügeln und stießen kleine, dünne, höhnische Schreie aus – dann flogen sie zischend und schnatternd in die Nacht hinaus.

Da umklammerte Pandora, die halb ohnmächtig auf die Knie gesunken war, mit allerletzter Kraft das Kästchen und schlug den Deckel zu – und fing so das letzte kleine Ungeheuer, das sich gerade in die Freiheit hinauswinden wollte. Es kreischte und spuckte und krallte sich an ihrer Hand fest, doch sie drängte es zurück in das Kästchen und schloß es darin ein. Dann ließ sie das Kästchen fallen und verlor die Besinnung.

Was aber hatte es mit jenen todbringenden Geschöpfen auf sich, die aus dem goldenen Kästchen herausgeflogen waren? Das waren all die Übel, die über die Menschheit hereinbrechen: Boshaftigkeit, Krankheit in all ihren Erscheinungsformen, Alter, Hunger, Wahnsinn und all ihre abscheulichen Vettern. Nachdem sie aus dem Kästchen herausgeflogen waren, zerstreuten sie sich – sie flogen in jedes Haus und hängten sich an die Dachbalken – und dort warten sie. Und wenn ihre Zeit kommt, fliegen sie los und stechen zu – und bringen Schmerz und Kummer und Tod.

Und doch hätte es noch viel schlimmer kommen können. Denn das Geschöpf, das Pandora wieder in das Kästchen eingesperrt hatte, war das gefährlichste von allen. Es war die Vorahnung, das schlimmste Übel. Hätte es sich befreien können, so wäre jedem Menschen auf der Welt genau vorhergesagt worden, welches Unglück an jedem Tag seines Lebens geschehen würde. Alle Hoffnung wäre auf immer zunichte geworden. Und das hätte das Ende der Menschheit bedeutet. Denn wenn der Mensch auch endlosen Kummer ertragen kann, so vermag er doch nicht ohne jede Hoffnung zu leben.

# PHAËTON

Vor langer Zeit, als die Welt noch ganz neu war, lieferten sich zwei Knaben ein Wettrennen am Rand einer Klippe, die steil in die tiefblaue See hinausragte. Sie waren gleich groß; der eine Knabe hatte schwarzes Haar, der andere war flachsblond. Das Rennen stand lange unentschieden. Dann legte der flachsblonde Knabe einen Spurt ein und gewann. Der Verlierer wurde darüber sehr zornig.

»Du kommst dir wohl ziemlich gut vor«, sagte er. »Aber so gut bist du nun auch wieder nicht. Mein Vater ist immerhin Zeus.«

»Mein Vater ist Apollon«, entgegnete der flachsblonde Knabe, der Phaëton hieß.

»Mein Vater ist der oberste aller Götter, der König der Berge, der Herr des Himmels.«

»Mein Vater ist der Herr der Sonne.«

»Mein Vater wird auch ›der Donnerer‹ genannt. Wenn er zornig ist, verdüstert sich der Himmel, und die Sonne versteckt sich. Sein Speer ist ein blitzeschleudernder Donnerkeil, und damit tötet er die Menschen. Er schleudert ihn tausend Meilen weit, und nie verfehlt er sein Ziel.«

»Ohne meinen Vater gäbe es den Tag nicht und es herrschte ewige Nacht. Jeden Morgen spannt er seine Pferde an und lenkt den goldenen Sonnenwagen über den Himmel. Und so lange ist es Tag. Dann taucht er hinab ins Meer und besteigt ein goldenes Fährboot und segelt zurück zu seinem östlichen Palast. Diese Zeit nennt man die Nacht.«

»Manchmal besuche ich meinen Vater«, erwiderte darauf Epaphos, der andere Knabe. »Dann sitze ich mit ihm auf dem Olymp, und er bringt mir so manches bei und macht mir Geschenke. Weißt du, was er mir neulich geschenkt hat? Einen kleinen Donnerkeil, genauso einen, wie er selber hat – und er hat mir gezeigt, wie man ihn wirft. Ich habe drei Geier getötet, ein Fischerboot erschreckt und einen Waldbrand entfacht. Wenn ich das nächste Mal hingehe, werde ich noch auf ganz andere Sachen zielen. Besuchst du deinen Vater auch?«

Phaëton hatte seinen Vater noch nie besucht. Aber das wollte er Epaphos nicht sagen. »Natürlich«, antwortete er, »sehr oft sogar. Ich gehe zu seinem östlichen Palast, und er bringt mir auch alles mögliche bei.«

»Was denn? Hat er dir gezeigt, wie man den Wagen mit den Sonnenpferden lenkt?«

»O ja. Er hat mir gezeigt, wie man den Pferden die Zügel anlegt und wie man sie antreibt und wie man sie wieder zum Stehen bringt. Es sind riesige Pferde. So groß wie dieser Berg. Sie haben feuerschnaubende Nüstern.«

»Ich glaube, das denkst du dir alles nur aus«, sagte Epaphos. »Bestimmt lügst du. Ich glaube nicht einmal, daß es einen Sonnenwagen gibt. Da ist die Sonne, schau sie dir an. Das ist doch kein Wagen.«

»Ach, was du da siehst, ist nur eines von den Rädern«, sagte Phaëton. »Auf der anderen Seite ist noch ein Rad. Der eigentliche Wagen ist dazwischen aufgehängt. Darauf steht der Wagenlenker und schlägt auf die Pferde ein. Du kannst den Wagen nicht sehen, weil deine Augen zu klein sind und das Licht zu grell.«

»Na ja«, sagte Epaphos. »Vielleicht ist es ja ein Wagen, aber trotzdem glaube ich nicht, daß dein Vater dich damit fahren läßt. Ich glaube nicht einmal, daß du im Sonnenpalast gewesen bist. Und ich bezweifle sogar, daß Apollon dich erkennt, wenn er dich sieht. Vielleicht ist er nicht einmal dein Vater. Natürlich erzählen die Leute gern, daß sie von den Göttern abstammen. Aber so viele können es ja wohl kaum sein.«

»Ich werde es dir beweisen«, schrie Phaëton und stampfte mit dem Fuß auf. »Ich gehe sofort zum Sonnenpalast und werde meinen Vater an sein Versprechen erinnern. Ich werde es dir schon zeigen.«

»Was für ein Versprechen?«

»Er hat gesagt, daß ich inzwischen ein so guter Wagenlenker geworden bin, daß er mich beim nächsten Mal den Sonnenwagen *ganz allein* fahren läßt. Mich ganz allein. Von Sonnenaufgang bis zum Abend. Über den ganzen Himmel. Und diesmal ist das nächste Mal.«

»Pah – sagen kann man viel«, entgegnete Epaphos. »Woher soll ich denn wissen, daß du es bist, der die Sonne lenkt? Von hier unten kann ich dich ja nicht erkennen.«

»Du wirst mich schon erkennen«, antwortete Phaëton. »Wenn ich über unserem Dorf bin, komme ich tief herunter und kreise ein paarmal über deinem Dach. Du wirst mich bestimmt sehen. Leb wohl.«

»Gehst du jetzt gleich?«

»Jetzt. Auf der Stelle. Beobachte nur morgen den Himmel, Sohn des Zeus.«

Und er zog los. Die Worte seines Freundes, die Angebereien und Lügengeschichten, zu denen er gezwungen gewesen war, hatten ihn so angespornt, daß er Tag und Nacht wanderte, weder zum Essen noch zum Ausruhen eine Rast einlegte, sich am Morgen- und am Abendstern orientierte und sich immer Richtung Osten hielt. Denn er kannte den Weg nicht. Seinen Vater Apollon hatte er in Wahrheit noch nie gesehen. Er kannte ihn nur aus den Geschichten, die ihm seine Mutter erzählt hatte. Doch er wußte, daß der Palast irgendwo im Osten liegen mußte, denn dort sah er jeden Morgen die Sonne aufgehen. Er wanderte und wanderte, bis er sich schließlich völlig verirrt hatte und von

Hunger und Anstrengung geschwächt auf einer großen Wiese am Rand eines Waldes in Ohnmacht sank.

Während nun Phaëton auf seiner Wanderschaft war, saß Apollon in seinem großen Thronsaal auf einem riesigen Thron aus Gold und Rubinen. Es war die stille Stunde vor der Morgendämmerung, wenn die Nacht ihre letzte Kühle über die Erde breitet. Genau zu dieser Stunde saß Apollon auf seinem Thron, in einen purpurnen Umhang gehüllt, der mit den goldenen Sternzeichen bestickt war. Auf seinem Kopf trug er eine Krone aus Silber und Perlen, die ihm die Göttin der Morgendämmerung geschenkt hatte. Ein Vogel flog durch das Fenster herein und setzte sich auf seine Schulter und sprach zu ihm. Dieser Vogel hatte ein goldenes Gefieder, einen goldenen Schnabel, goldene Krallen und goldene Augen. Es war einer von Apollons Sonnenfalken. Seine Aufgabe war es, hierhin und dorthin zu fliegen und Gerüchte zu sammeln. Zuweilen nannte man ihn den Spähervogel.

Jetzt sagte er: »Apollon, ich habe deinen Sohn gesehen!«

»Welchen Sohn?«

»Phaëton. Er will dich besuchen kommen. Aber er hat sich verirrt und liegt erschöpft an einem Waldrand. Ganz sicher werden ihn die Wölfe fressen. Nimmst du dich seiner an?«

»Zuerst muß ich ihn einmal sehen, ehe ich sagen kann, ob ich mich seiner annehme. Du fliegst am besten zu ihm zurück, bevor die Wölfe kommen. Bring ihn sicher zu mir. Ruf ein paar deiner Gefährten zusammen und geleite ihn hierher, wie es sich für den Sohn eines Gottes geziemt.«

Der Sonnenfalke ergriff den matt schimmernden Teppich, der zu Füßen des Thrones lag, und flog damit auf und davon. Er rief drei seiner Gefährten herbei, und jeder nahm ein Ende des Teppichs. Sie überflogen eine Wüste und ein Gebirge und einen Wald und kamen zu der Wiese, auf der Phaëton lag. Sie stießen herab, mitten hinein in das Wolfsgeheul, mitten hinein in flammende Augen, die einen Kreis um den bewußtlosen Knaben gebildet hatten. Sie zogen ihn auf den Teppich, jeder nahm ein Ende des Teppichs in den Schnabel, und dann flogen sie davon.

Phaëton spürte, wie er in die Lüfte gehoben wurde. Der kühle Wind, der ihm entgegenblies, brachte ihn wieder zu sich, und er setzte sich auf. Die Menschen unten auf der Erde sahen einen Knaben mit gekreuzten Armen auf einem Teppich sitzen und hoch über ihren Köpfen rasch durch das kalte, helle Mondlicht fliegen. Dabei war es aber zu dunkel, als daß sie die Vögel hätten sehen können, und so kommt es, daß man sich bis auf den heutigen Tag Geschichten von fliegenden Teppichen erzählt.

Phaëton war nicht sonderlich erstaunt darüber, sich in der Luft zu befinden. Das letzte, woran er sich erinnerte, war, daß er sich ins Gras gelegt hatte. Und jetzt, so dachte er, träume er eben. Ein schöner Traum – vom Schweben und Fliegen – sein Lieblingstraum. Und als er den großen Wolkenpalast auf der Spitze des Berges sah, wie er sich ganz aus Schnee im Morgenlicht erhob, war er mehr denn je davon überzeugt, daß es sich um einen Traum handelte. Er sah Wachposten in leuchtend goldener Rüstung, die goldene Speere trugen. Im Hof sah er riesige wollige Hunde, deren Fell aussah wie ganze Wolkenzüge und die das Tor bewachten. Das waren Apollons große Sonnenhunde.

Über die Mauern flog der Teppich, über den Hof und durch die mächtigen Portale. Erst als die Sonnenfalken den Teppich sacht vor dem Thron absetzten, kam Phaëton der Gedanke, dieser Traum könne Wirklichkeit sein. Scheu hob er den Kopf und sah, daß eine große Gestalt auf dem Thron saß. Größer als jeder Mensch und für die Augen des Knaben von beinah furchterregender Schönheit war er – mit seinem goldenen Haar und den stürmischen blauen

Augen und dem kräftigen, lachenden Gesicht. Phaëton fiel auf die Knie.

»Vater«, rief er. »Ich bin Phaëton, dein Sohn!«

»Steh auf, Phaëton. Laß mich dich ansehen.«

Er erhob sich und blieb auf zitternden Beinen stehen.

»Ja, du könntest durchaus mein Sohn sein. Ich glaube, ich erkenne eine gewisse Ähnlichkeit. Was sagtest du, wer du bist?«

»Phaëton.«

»Ach ja, der Sohn von Klymene. Ich erinnere mich gut an deine Mutter. Wie geht es ihr?«

»Sie ist bei bester Gesundheit, Herr.«

»Und habe ich nicht auch einige Töchter mit ihr? Flachsblonde Mädchen – recht hübsch?«

»Meine Schwestern, Herr. Die Heliaden.«

»O ja. Ich muß bald einmal in die Gegend kommen und euch alle besuchen. Und du, mein Junge – was führt dich zu mir? Weißt du denn nicht, daß die Höflichkeit gebietet, auf eine Einladung zu warten, ehe man einen Gott besucht, selbst dann, wenn man zur Familie gehört?«

»Ich weiß, Vater. Aber ich hatte keine andere Wahl. Epaphos, ein Sohn des Zeus, hat mich verspottet. Und beinahe hätte ich ihn über die Klippe gestoßen – und wäre selbst hinterhergesprungen –, hätte ich nicht beschlossen, meine Lügen wahrzumachen.«

»Nun habe ich keinen Zweifel mehr, daß du tatsächlich mein Sohn bist. Du bist stolz, verwegen, läßt dir keine Beleidigung gefallen, kannst keinem Abenteuer widerstehen. Ich kenne die Art. Also sprich. Was wünschst du dir von mir? Ich will alles tun, was in meiner Macht steht, um dir zu helfen.«

»Wirklich alles, Vater?«

»Alles, was ich vermag. Ich schwöre es beim Styx, dem Fluß der Unterwelt, ein Schwur, der den Göttern heilig ist.«

»Ich möchte den Sonnenwagen über den Himmel lenken. Ich ganz allein. Von Sonnenaufgang bis zum Abend.«

Apollons Wutschrei ließ jeden Kristallkelch in dem riesigen Palast in tausend Splitter zerspringen.

»Ausgeschlossen!« rief er. »Niemand außer mir lenkt diese Pferde. Sie sind so groß wie Berge. Sie haben feuerschnaubende Nüstern. Sie sind stärker als Ebbe und Flut, stärker als der Wind. Selbst *ich* muß alle meine Kräfte aufbieten, um sie im Zaum zu halten. Wie solltest du sie dann mit deinem schwachen Griff bändigen können? Sie werden mitsamt dem Wagen davonpreschen und die arme Erde in Schutt und Asche legen.«

»Du hast es versprochen, Vater.«

»Ja, törichtes Kind, ich habe es versprochen. Und dieses Versprechen bedeutet den sicheren Tod. Ein jämmerliches Stück ausgeglühter Kohle, das durch den Weltraum treibt – ja, das war der Orakelspruch für die Zukunft der Erde –, doch ich habe nicht gedacht, daß er so bald schon Wirklichkeit würde ... so bald.«

»Es ist schon beinahe Morgen, Vater. Sollten wir nicht die Pferde anschirren?«

»Willst du deine Bitte nicht doch zurückziehen – und mir erlauben, mein Wort zu halten, ohne die Erde zu vernichten? Bitte mich um etwas anderes, und ich werde es dir gewähren. Nur darum bitte mich nicht.«

»Ich habe meinen Wunsch geäußert, Herr, und du hast dein Versprechen gegeben. Und die Stunde der Morgendämmerung naht, und die Pferde sind noch nicht angespannt. Die Sonne wird heute spät aufgehen, und die Weisen werden irritiert sein.«

»Sie werden mehr als irritiert sein, wenn dieser Tag vorüber ist«, sagte Apollon. »Komm.«

Apollon führte Phaëton zum Sonnenstall, und dort sah der Knabe, wie die mächtigen feurig-weißen Rösser vor den goldenen Wagen gespannt wurden. Sie waren wirklich riesig. Weißglühend, mit goldenen Mähnen und goldenen Hufen und funkensprühenden gelben Augen. Wenn sie wieherten, hallte der Trompetenklang über den ganzen Himmel, und ihre Nüstern spien Feuer. Ein Titan spannte sie ins Geschirr, ein Vetter der Götter, groß wie ein Baum. Um sich vor der Glut zu schützen, trug er eine nicht brennbare Rüstung und einen Helm aus getöntem Kristall. Der Sonnenwagen war eine offene Muschel aus Gold. Jedes Rad war die flache, runde Sonnenscheibe, so wie man sie am Himmel sieht. Und Phaëton wirkte recht winzig, als er auf dem Wagen stand. Die Zügel waren so dick wie die Seile einer Hängebrücke, viel zu dick, als daß er sie hätte halten können, also band Apollon sie ihm um den Leib. Dann trat Apollon vor das Gespann, beruhigte die Rösser, sprach sanft auf sie ein und nannte jedes bei seinem Namen – Pyrois, Eous, Aëthon und Phlegon.

»Meine guten Tiere, meine braven Pferde, laßt es ruhig angehen heute, ihr flinken Läufer. Ihr müßt in langsamem Trab gehen und dürft euren Pfad nicht verlassen. Ihr habt einen neuen Wagenlenker heute.«

Die mächtigen Rösser senkten ihre Köpfe auf seine Schultern und wieherten leise, denn sie liebten ihn. Phaëton sah, wie die Flammen ihrer feuerschnaubenden Nüstern seinen Kopf umspielten, und sah Apollons Gesicht inmitten der Flammen aufleuchten. Doch er blieb völlig unverletzt, denn er war ein Gott, und nichts Körperliches konnte ihm etwas anhaben.

Er trat zu Phaëton und sprach: »Höre mir gut zu, mein Sohn. Du bist im Begriff, eine fürchterliche Reise anzutreten. Bei dem Gehorsam, den du mir als Sohn schuldest, bei dem Glauben, den du einem Gott schuldest, bei meinem Schwur, den ich nicht brechen darf, und bei deinem unbeugsamen Stolz erlege ich dir diese Vorschrift auf: Bleib

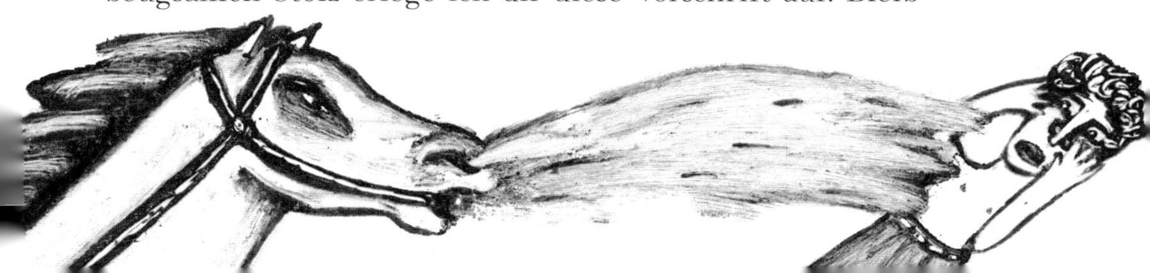

auf dem mittleren Weg. Zu hoch, und die Erde wird erfrieren, zu tief, und sie wird verbrennen. Bleib auf dem mittleren Weg. Laß den Pferden ihren Willen: Sie kennen den Pfad und den blauen mittleren Tagesverlauf. Lenke sie nicht zu hoch hinauf und auch nicht zu tief hinunter, aber vor allem: Halte niemals an. Denn sonst wirst du die Luft um dich herum in Flammen setzen, die Erde versengen und den Himmel mit Brandblasen übersäen. Hörst du mich?«

»Ja, ja!« rief Phaëton. »Tretet zur Seite, Herr! Die Morgendämmerung schwindet, und der Tag muß beginnen! Hü, ihr Pferde, hü!«

Und Apollon stand da und sah, wie die Sonnenrösser in rhythmischen Trab fielen und mit dem goldenen Wagen hinter sich den ersten östlichen Abhang des Himmels erklommen.

Zunächst ging alles gut. Die mächtigen Rösser trabten gemächlich ihren Pfad entlang über die hohe, blaue Himmelswiese. Und Phaëton dachte bei sich: »Ich weiß gar nicht, wieso mein Vater sich so aufgeregt hat. Es ist doch alles ganz einfach. Jedenfalls für mich. Vielleicht bin ich ja der geborene Wagenlenker...«

Er sah über den Rand des Wagens. Er erblickte winzige Häuser dort unten und hingetupfte Bäume. Und die dunkelblaue Pfütze des Meeres. Der Wagen zog über den Himmel. Die großen Sonnenräder drehten sich, spendeten Licht, wärmten und erleuchteten die Erde und vertrieben all die nächtlichen Schatten.

»Das muß man sich mal vorstellen«, dachte Phaëton bei sich, »wie viele Menschen jetzt zum Himmel aufschauen, die Sonne preisen und hoffen, daß sich das Wetter hält. Wie viele Menschen mich jetzt wohl sehen, mich, Phaëton ...?« Dann dachte er: »Aber ich bin zu klein, als daß sie mich sehen könnten. Sie können nicht einmal den Wagen oder die Pferde erkennen – nur das große Rad. Wir sind zu weit weg,

und das Licht ist zu grell. Sie werden natürlich denken, es ist Apollon, der seine übliche Strecke fährt. Woher sollen sie wissen, daß ich es bin, ich, Phaëton? Woher soll meine Mutter es wissen, woher meine Schwestern? Sie wären so stolz auf mich. Und Epaphos – Epaphos erst –, woher soll *er* es wissen? Morgen werde ich nach dieser glorreichen Fahrt heimkommen und ihm erzählen, was ich vollbracht habe, und er wird mich auslachen und sagen, daß ich lüge, wie schon einmal. Und wie soll ich es ihm dann beweisen? Nein, das darf nicht geschehen. Ich muß ihm beweisen, daß ich es bin, der den Sonnenwagen lenkt, ich ganz allein. Apollon hat gesagt, ich darf nicht zu nah an die Erde herankommen, aber wie soll er es dann je erfahren? Ich werde ja nicht lange unten bleiben – nur einmal kurz zu unserem Dorf hinabtauchen und dreimal über dem Dach seines Hauses kreisen –, das ist das vereinbarte Zeichen. Sobald er mich erkannt hat, werde ich den Pferden die Peitsche geben und meinen Tageslauf wiederaufnehmen.«

Ruckartig zog er an den Zügeln, zwang die Köpfe der Rösser nach unten. Ärgerlich wieherten sie und warfen die Köpfe hoch. Noch einmal zog er an den Zügeln.

»Runter«, schrie er. »Runter! Runter!«

Die Rösser tauchten hinab durch die Lüfte, ihre goldenen Hufe blitzten, ihre goldenen Mähnen flatterten, und sie zogen den großen glitzernden Wagen in einem langen flammenden Sturz hinter sich her. Als sie sein Dorf erreichten, mußte er voller Entsetzen mit ansehen, wie die Dächer der Häuser in Flammen aufgingen. Die Bäume brannten. Die Menschen liefen schreiend umher. Ihre locker sitzenden Kleider fingen Feuer, und sie liefen und brannten wie Fackeln.

War das sein Dorf? Er konnte es wegen des Rauches nicht genau erkennen. Hatte er sein eigenes Haus zerstört? Verbrannten da seine Mutter und seine Schwestern?

Er warf sich im Wagen nach hinten, riß, so fest er nur konnte, die Zügel zurück und schrie: »Hinauf! Hinauf!«

Und die Rösser, die der Rauch ganz wild machte, bäumten sich in der Luft auf. Dann sprangen sie hoch, galoppierten durch den Rauch und zogen den Wagen hinauf, hinauf.

Schnell blieb die Erde hinter ihnen zurück. Das Dorf war nur noch ein Rauchfleck. Wieder sah Phaëton den Bleistiftstrich der Berge, den Tintenklecks der Meere. »Brr!« rief er. »Anders herum jetzt! Zurück auf euren Pfad!« Doch er konnte sie nicht mehr bändigen. Sie galoppierten, sie trabten nicht mehr. Sie waren ihm durchgegangen. Sie weigerten sich, ihren Tageslauf über die Himmelswiese wiederaufzunehmen, und galoppierten statt dessen hinauf, hinauf. Und die Menschen auf der Erde sahen, wie die Sonne in die Höhe schoß, bis sie kaum mehr größer war als ein Stern.

Die Dunkelheit kam. Und die Kälte. Die Erde gefror. Die Flüsse gefroren und auch die Meere. Überall waren die Schiffe gefangen im Eis. Im Urwald fiel Schnee. Die Marmorbauten bekamen Risse. Niemand konnte mehr reden; der Atem gefror auf den Lippen der Sprechenden. Auf dem Land und in der Stadt, in Wald und in Feld starben die Menschen an der Kälte. Und die Leichname blieben liegen, wo sie hingefallen waren, übereinander wie Feuerholz.

Noch immer konnte Phaëton seine Rösser nicht bändigen, noch immer galoppierten sie höher hinauf und zogen Licht und Wärme fort von der Erde. Schließlich kamen sie in solche Höhen, wo die Luft zu dünn zum Atmen war. Phaëton sah, wie das Feuer ihres Atems, das rot und gelb gewesen war, in der dünnen Luft zu blauen Flammen wurde. Er selbst rang nach Luft; er spürte, wie ihm das Mark in den Knochen gefror.

Da schwenkten die Rösser herum – durch das ständige Hin und Her waren sie außer Rand und Band, die schwache

Hand, die die Zügel führte, hatte sie bis zum Wahnsinn gereizt –, und wieder tauchten sie zur Erde hinab. Da schmolz alles Eis, und mächtige Fluten begannen zu strömen. Dörfer wurden von einem mächtigen Wasserschwall fortgespült. Bäume wurden entwurzelt und ganze Wälder aus dem Erdreich gerissen. Die Felder waren überflutet. Tiefer schwangen sich die Rösser hinab, und immer tiefer. Da begann das Wasser zu dampfen, und es gab große wogende Dampfwolken, als das Wasser kochte. Tote Fische trieben auf der Oberfläche. Die Najaden jammerten in den ausgetrockneten Flußbetten.

Phaëton konnte nichts sehen; der Dampf war zu dicht. Er hatte die um seinen Leib gebundenen Zügel gelöst, sonst hätten sie ihn mitten entzweigerissen. Er hatte keinerlei Gewalt mehr über die Rösser. Jetzt galoppierten sie wieder aufwärts – heraus aus dem Dampf – und nahmen schließlich den mittleren Weg, doch preschten sie ungestüm und so geschwind sie nur konnten voran. Sie umkreisten die Erde in Minutenschnelle, stürmten von Horizont zu Horizont und schalteten den Tag an und wieder aus wie ein Kind, das mit einer Lampe spielt. Und die Menschen, die überlebt hatten, gerieten in höchste Verwirrung, als Licht und Dunkel in so schnellem Wechsel aufeinanderfolgten.

Hoch oben auf dem Olymp in ihrem kühlen Garten hörten die Götter ein Wehklagen von der Erde. Zeus blickte hinab. Er sah die durchgegangenen Sonnenrösser und den dahinsausenden Wagen. Er sah die Toten und die Sterbenden, die brennenden Wälder, die Fluten, den verheerenden Frost. Dann blickte er wieder auf den Wagen und sah, daß nicht Apollon ihn lenkte, sondern jemand, den er nicht kannte. Er erhob sich, holte mit dem Arm aus und schleuderte seinen Donnerkeil.

Er sauste durch die Lüfte, traf Phaëton, tötete ihn auf

der Stelle und schleuderte ihn aus dem Wagen. Brennend stürzte sein Leichnam wie ein Stern zur Erde. Als die Sonnenrösser merkten, daß sie keinen Lenker mehr hatten, galoppierten sie heim zu ihren Stallungen am östlichen Rand des Himmels.

Phaëtons flachsblonde Schwestern trauerten um den schönen Knaben. Sie konnten gar nicht mehr aufhören zu weinen. Sie standen am Ufer des Flusses, in den er gefallen war, bis Apollon, weil er sie nicht trösten konnte, sie in Pappeln verwandelte. So stehen sie noch heute an den Ufern des Flusses und weinen Tränen aus bernsteinfarbenem Saft.

Von jenem Tage an war es niemandem mehr gestattet, den Sonnenwagen zu lenken, außer dem Sonnengott selbst. Doch immer noch gibt es Spuren von Phaëtons Fahrt. Die Pole der Erde sind immer noch von einer Eisdecke überzogen. Und immer noch gibt es Berge, die rumoren und versuchen, das Feuer wieder auszuspeien, das von der hinabtauchenden Sonne in ihren Bäuchen entzündet wurde.

# Orpheus

Sein Vater war ein thrakischer König, seine Mutter die Muse Kalliope. Eine Zeitlang lebte er mit seiner Mutter und seinen acht schönen Tanten auf dem Parnaß, und dort begegnete er Apollon, der der lachenden Muse Thalia den Hof machte. Apollon war sehr angetan von Orpheus. Er schenkte ihm eine kleine goldene Lyra und lehrte ihn, darauf zu spielen. Und seine Mutter lehrte ihn, Verse zu dichten, die er dazu singen konnte.

So wuchs er heran und wurde ein Dichter und ein Musiker, wie die Welt noch keinen gesehen hatte. Immer wieder überredeten ihn die Fischer, am frühen Morgen mit ihnen auf das Meer hinauszufahren und an Deck die Lyra zu spielen. Sie wußten, die Fische würden aus den Tiefen des Meeres heraufkommen, um ihn zu hören, sie würden auf ihren Schwänzen sitzen und ihm beim Spielen lauschen, und das würde es den Fischern erleichtern, sie zu fangen. Doch gefangen wurden sie nie, denn sobald Orpheus zu spielen anfing, vergaßen die Fischer ihre Netze und saßen an Deck und lauschten mit offenem Mund – genau wie die Fische. Und wenn er geendet hatte, tauchten die Fische in die Tiefe hinab, die Fischer kamen wieder zu sich, und alles war wie zuvor.

Wenn er auf den Feldern spielte, folgten ihm die Tiere – Schafe und Kühe und Ziegen. Und nicht nur die zahmen Tiere, sondern auch die wilden: das scheue Reh und die Wölfe und die Bären. Sie alle folgten ihm, strömten herbei, liefen hinter ihm her und lauschten. Wenn er sich setzte, bildeten sie einen Kreis um ihn und hörten ihm zu. Und

weder Wölfe noch Bären dachten daran, die Schafe zu fressen, bis die Musik aufgehört hatte und es zu spät war. Und sie zogen von dannen und brummten vor Ärger vor sich hin, weil sie eine solche Gelegenheit hatten vorübergehen lassen.

Und je älter er wurde und je mehr er übte, desto wunderbarer spielte er, so daß nun nicht mehr nur die Tiere, sondern sogar die Bäume ihm überallhin folgten. Sie rissen sich selber aus der Erde und humpelten auf ihren verkrümmten Wurzeln hinter ihm her. In Thrakien gibt es heute noch Bäume, die im Kreis stehen und lauschen.

Natürlich folgten ihm auch Menschen, wenn er spielend und singend umherzog. Männer und Frauen, Jungen und Mädchen – vor allem Mädchen. Doch als die Zeit verging und die Gesichter wechselten, fiel ihm auf, daß eines immer da war. Jedesmal stand sie in der ersten Reihe und lauschte. Sie war nicht mehr zu übersehen, weil sie auch zwischen seinen anderen Zuhörern auftauchte, zwischen den Tieren und den Bäumen, die ihm lauschten. So wußte er schließlich, daß sie, wo immer er sich aufhalten, wo immer er seine Lyra spielen und zu einem Lied ansetzen mochte, ob seine Zuhörer Menschen waren oder Tiere oder Bäume oder Steine – daß sie da sein würde, zart und still, mit riesigen dunklen Augen und langem schwarzen Haar, mit einem Gesicht wie eine Rose.

Da nahm er sie eines Tages beiseite und sprach sie an. Sie hieß Eurydike. Sie sagte, sie wolle nichts weiter, als ständig in seiner Nähe sein, sie wisse, sie könne nicht erwarten, daß er ihre Liebe erwidere, doch das werde sie nicht daran hindern, ihm zu folgen und ihm auf jede nur denkbare Weise zu Diensten zu sein. Sie sei es zufrieden, seine Sklavin zu sein, wenn er es nur wolle.

Nun, so etwas hört jeder Mann, egal welchen Alters, ganz besonders aber ein Dichter gern. Und wenn auch Orpheus von vielen Frauen verehrt wurde und unter all diesen hätte wählen können, beschloß er doch, er müsse diese eine haben, sie, die in so vielem noch wie ein Kind war, mit ihrer stockenden, murmelnden Stimme und den großen Augen einer Sklavin. Und so nahm er sie zur Frau.

Sie lebten glücklich, außerordentlich glücklich, ein Jahr und einen Tag. Sie lebten in einem kleinen Haus nahe am Fluß in einem Wäldchen, das ihr Heim dicht umschloß, und sie waren so glücklich, daß sie ihr Haus kaum je verließen. Allmählich begannen sich die Menschen zu fragen, warum denn Orpheus sich nie mehr sehen ließ, warum seine wunderbare Lyra nie mehr erklang. Sie fingen an, Gerüchte in die Welt zu setzen, wie das die Leute nun einmal tun. Manche sagten, Orpheus sei tot, vom eifersüchtigen Apollon getötet, weil er so wundervoll spiele. Andere sagten, er habe sich in eine Flußnymphe verliebt und sei ihr ins Wasser gefolgt. Nun lebe er auf dem Grund des Flusses und komme nur bei Morgengrauen an die Oberfläche, um auf dem Schilfrohr, das in dicken Büscheln am Ufer wuchs, seine Melodien zu spielen. Wieder andere sagten, er habe sich mit einer gefährlichen Frau verheiratet, er lebe mit einer Zauberin zusammen, die sich mit Hilfe ihres Zaubers ein so schönes Aussehen verliehen habe, daß er an sie gefesselt sei und sie nicht einmal einen Augenblick lang allein lassen könne.

Diesem letzten Gerücht schenkten die Menschen am meisten Glauben. Unter diesen war auch ein Reisender namens Aristaios, ein junger attischer König, Sohn des Apollon und der Nymphe Kyrene und ein ausgezeichneter Jäger. Aristaios beschloß, er müsse diese schöne Zauberin sehen. Er legte sich in dem kleinen Wäldchen auf die Lauer und beobachtete das Haus. Zwei Tage und zwei Nächte wartete er. Dann sah er endlich eine junge Frau herauskommen. Sie ging durch das Wäldchen und dann den Pfad hinunter zum

Fluß. Er folgte ihr. Als er beim Fluß angelangt war, sah er, wie sie dastand und gerade im Begriff war, ihre Tunika abzulegen.

Wortlos stürmte er auf sie zu, brach wie ein wilder Eber durch das Schilf. Eurydike blickte auf und sah einen Fremden auf sich zurasen. Sie floh. Leichtfüßig lief sie über das Gras zu den Bäumen. Sie hörte, wie er keuchend hinter ihr herrannte. Plötzlich machte sie kehrt und lief zurück zum Fluß, ohne darauf zu achten, wohin sie ging, nur mit dem verzweifelten Wunsch zu entkommen. Und so trat sie mitten hinein in ein Nest zusammengerollter, schlafender Schlangen, die sofort erwachten und sie an so vielen Stellen ins Bein bissen, daß sie starb, noch ehe sie zu Boden sank. Und Aristaios, der herbeigelaufen kam, fand sie tot im Schilf.

Er ließ ihren Leichnam liegen, wo er ihn gefunden hatte. Dort lag er, bis Orpheus, der nach ihr suchte, in der Abenddämmerung kam und sie weiß schimmern sah wie eine umgestürzte Birke. Hermes war inzwischen dagewesen und hatte ihre Seele mit in den Tartaros genommen. Orpheus stand da und sah auf sie hinab. Er weinte nicht. Er berührte einmal, ganz in Gedanken, eine Saite seiner Lyra, und sie schluchzte auf. Doch nur ein einziges Mal – dann rührte er sie nicht wieder an. Immer noch sah er auf Eurydike hinab. Sie war bleich und dünn, ihr Haar in Unordnung, ihre Beine mit Schlamm bespritzt. Sie wirkte noch kindlicher als jemals zuvor. Er sah auf sie hinab und war unzufrieden mit der Art, wie sie dalag, so unzufrieden, als wenn er in einen Vers ein falsches Wort gesetzt hatte. Es war etwas falsch an ihr, wie sie so dalag. Sie gehörte nicht zu den Toten. Er würde das in Ordnung bringen müssen. Jäh drehte er sich um und ging quer über die Felder davon.

Er wanderte zum nächstgelegenen Eingang des Tartaros,

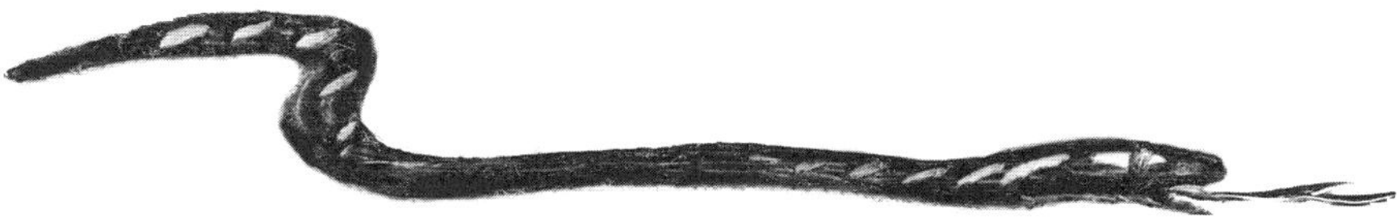

einem Durchgang im sogenannten Avernusgebirge, und schritt durch einen kalten, feinen Nebel, bis er an den Styx, den Fluß der Unterwelt, gelangte. Dort sah er die Schatten, die darauf warteten, mit der Fähre übergesetzt zu werden, doch Eurydike war nicht darunter. Sie mußte den Fluß schon überquert haben. Die Fähre kam zurück, die Planke wurde ausgelegt, und die Schatten gingen an Bord. Sie holten die Münze heraus, die sie unter der Zunge liegen hatten, um die Überfahrt zu bezahlen. Doch als auch Orpheus versuchte, das Schiff zu besteigen, wies Charon, der riesige, dunkelhäutige, finster dreinblickende Fährmann ihn ab.

»Tritt zurück!« rief er. »Nur die Toten fahren mit diesem Boot.«

Orpheus griff in die Lyra und begann zu singen: ein Flußlied, ein Schifferlied, über Ströme, die im Sonnenlicht dahinrauschen, und über Knaben, die aus Zweigen Boote flechten und später zu jungen Männern heranwachsen und mit Schiffen fahren; wie sie dann den Fluß hinabrudern und mit kräftigen jungen Armen in die Ruder greifen, wie das Wasser am Morgen duftet, wenn man noch jung ist, und welches Geräusch die eintauchenden Ruder machen.

Der lauschende Charon fühlte sich zurückversetzt in seine eigene Jugend – in die Zeit, bevor Hades ihn mit sich genommen und ihm die Arbeit an dem schwarzen Fluß zugewiesen hatte. Er war so in seine Erinnerungen versunken, daß das große Steuerruder seinen Händen entglitt, er stand nur ganz benommen da, und die Tränen strömten ihm übers Gesicht – und Orpheus nahm das Ruder auf und setzte über den Fluß.

Die Schatten gingen einer nach dem anderen von Bord und durchschritten die Tore des Tartaros. Orpheus folgte ihnen. Da hörte er ein entsetzliches Heulen. Ein riesiger Hund mit drei Köpfen, von denen einer häßlicher war als der andere, geiferte und fletschte die Zähne. Es war Ker-

beros, der dreiköpfige Höllenhund, der die Tore des Tartaros bewachte.

Orpheus nahm die Lyra zur Hand und spielte. Er spielte ein Hundelied, ein Meutehundlied, ein Jagdlied. Darin erklang das schwache ferne Kläffen glücklicher junger Jagdhunde, die eine frische Spur finden – Hunde mit nur einem Kopf, der anmutig in der Mitte des Körpers sitzt, wo er hingehört, Hunde, die durch Licht und Schatten des Waldes laufen und Hirsche und Wölfe jagen, wie es Hunde tun sollen, und die nicht gezwungen sind, auf ewig vor düsteren Toren zu stehen und Geister anzubellen.

Kerberos legte sich nieder und schloß seine sechs Augen, ließ seine drei Zungen heraushängen und schlief ein, um von den Tagen zu träumen, als er ein richtiger Hund gewesen war, ehe man ihn gefangen, verwandelt und zum Wachhund für die Toten abgerichtet hatte. Orpheus stieg über ihn hinweg und schritt durch die Tore.

Er wanderte durch die Asphodeloswiesen und spielte. Die Schatten brachten ihre Freude mit dünnem Piepsen zum Ausdruck, wie kichernde Fledermäuse. Sisyphos hörte auf, seinen Stein den Hügel hinaufzuwälzen, und sogar der Stein selbst blieb am Hang stehen, um zu lauschen, und rollte nicht zurück. Tantalos lauschte und hörte auf, den Kopf nach dem Wasser zu recken; die Musik stillte seinen Durst. Minos und Rhadamanthys und Aiakos, die großen Totenrichter, hörten die Musik auf ihren erhöhten Sitzen und begannen von den alten Tagen auf Kreta zu träumen, als sie junge Fürsten gewesen waren, und sie träumten von den Schlachten zu Land und zu Wasser und den weißen Stieren und den schönen Mädchen und den funkelnden Schwertern und von allem, was vergangen war. Sie saßen da und lauschten, blind vor Tränen und taub gegenüber den Argumenten der streitenden Parteien.

Hades aber, der König der Unterwelt, der Herr über die

Toten, mußte feststellen, daß seine große Gerichtsverhandlung unterbrochen war, und wartete finster auf seinem Thron, während Orpheus sich näherte.

»Keine billigen Sängerkunststückchen mehr«, rief er. »Ich bin ein Gott. Meinen Zorn kann man nicht besänftigen, meine Anordnungen nicht rückgängig machen. Niemand kommt in den Tartaros, ohne daß nach ihm geschickt wurde. Niemand hat das je getan, und niemand wird das je wieder tun, wenn erst die Geschichte von den Qualen, die du durch mich erleiden wirst, die Runde macht.«

Orpheus schlug die Lyra und sang ein Lied, das eine grüne Wiese heraufbeschwor und einen Hain und ein schlankes Mädchen, das Blumen bemalte, und all das Licht um ihren Kopf, das so klar war wie damals, als die Welt gerade erst begann. Er sang davon, daß das Mädchen einen so lieblichen Anblick bot, wie sie da mit den Blumen spielte, daß sich die Vögel hoch oben in den Lüften Geschichten über sie erzählten und auch die Maulwürfe tief unten in der Erde – bis diese Geschichten selbst in den düsteren Tartaros drangen, wo ein finsterer König sie hörte und sich mit eigenen Augen davon überzeugen wollte. Orpheus sang davon, wie jener König das Mädchen zum ersten Mal in einer Flut hellen Morgenlichts erblickte und was er fühlte beim Anblick dieses schlanken und ranken Kindes in seiner Tunika und den grünen Schuhen, das mit seinem Farbtopf inmitten der Blumen umherging; von dem Fieber, das sein Blut durchströmte, als er seinen starken Arm zum ersten Mal um ihre Taille legte und ihre Schreie mit seinen dunklen Lippen trank und ihre Tränen kostete; von dem Kummer, der über ihn hereinbrach, als er sie auf Geheiß des Zeus beinahe wieder an ihre Mutter verloren hätte; und von der Freude, die ihn erfüllte, als er erfuhr, daß sie von dem Granatapfel gegessen hatte.

Persephone saß Hades zur Seite. Sie begann zu weinen.

Hades schaute sie an. Sie lehnte sich zu ihm herüber und flüsterte ihm schnell etwas ins Ohr. Der König wandte sich an Orpheus. Hades weinte nicht, doch nie zuvor hatte jemand ein solches Leuchten in seinen Augen gesehen.

»Deine Verse haben meine Königin gerührt«, sagte er. »Sprich. Wir sind bereit, dir zuzuhören. Was willst du von uns?«

»Meine Frau.«

»Was haben wir mit deiner Frau zu tun?«

»Sie ist hier. Sie wurde heute hierhergebracht. Sie heißt Eurydike. Ich möchte sie mit zurücknehmen.«

»So etwas hat es noch nie gegeben«, sagte Hades. »Ein verhängnisvoller Präzedenzfall.«

»Keineswegs, großer Hades«, entgegnete Orpheus. »Dieses eine Beispiel ungewöhnlicher Barmherzigkeit wird die Höhlen deines furchtbaren Ratschlusses wie ein leuchtender Blitzschlag erhellen. Die Natur lebt vom rechten Verhältnis, und Wahrnehmungen wirken durch den Kontrast, und auch die Götter selbst sind Teil der Natur. Dieser beispiellose Akt der Güte wird, so behaupte ich, auch grausame Entscheidungen bis ans Ende der Tage als gerecht erscheinen lassen. Ich bitte dich, großer Herrscher, gib mir meine Frau wieder zurück. Denn ohne sie werde ich nicht fortgehen – was für Qualen du dir auch immer ausdenkst.«

Er ließ die Lyra noch einmal erklingen, und die Eumeniden, die die Musik hörten, flogen mit ihren verkrümmten Flügeln herein, ihre metallenen Klauen klingelten wie Glöckchen, und sie blieben in der Luft über dem Thron des Hades stehen. Die schrecklichen alten Weiber gurrten wie Tauben und sagten: »Nur dies eine Mal, Hades. Gib sie ihm zurück. Laß sie gehen.«

Da erhob sich Hades und stand in seinem schwarzen Umhang hochaufgerichtet vor Orpheus. Er sah auf ihn

herab und sagte: »Die Lorbeerkränze und die lautstarken Lobpreisungen muß ich meinem lichten Neffen Apollon überlassen. Doch auch ich, ja auch ich, der ich als grausam verrufen bin, lasse mich von solcher Beredsamkeit rühren. Besonders, wenn sie so überraschende Fürsprecher findet. So höre mich denn, Orpheus. Du sollst deine Frau zurückhaben. Sie wird in deine Obhut gegeben, und du selbst wirst sie vom Tartaros ans Licht der Erde hinaufführen. Doch wenn du dich auf deinem Weg umdrehst, und sei es auch nur ein einziges Mal – wenn du, aus welchem Grund auch immer, deine Augen von dem vor dir liegenden Weg abwendest und dorthin zurückblickst, wo du herkommst –, werde ich meinen nachsichtigen Entschluß widerrufen, und Eurydike wird dir ein zweites Mal genommen werden, und zwar für immer. Nun geh ...«

Orpheus verneigte sich, einmal vor Hades, einmal vor Persephone, hob dann den Kopf und verzog den Mund zu einem halben Lächeln in Richtung der schwebenden Furien, drehte sich um und ging fort. Hades gab ein Zeichen. Und als Orpheus über die Gefilde des Tartaros schritt, schloß sich Eurydike ihm an. Er sah sie nicht. Er glaubte, sie sei da, er war sicher, daß sie da war. Er glaubte, ihren Schritt zu hören, doch das schwarze Gras war sehr dicht; er konnte es nicht mit Sicherheit sagen. Er glaubte, ihren Atem wiederzuerkennen – dies schwache Nippen des Atems, das er so viele Nächte dicht an seinem Ohr gehört hatte; er glaubte, sie atmen zu hören, doch schon war die Luft wieder vom Heulen der Gemarterten erfüllt, und er war sich nicht mehr sicher.

Doch Hades hatte sein Wort gegeben; er mußte ihm glauben – und so sah er vor seinem inneren Auge das Mädchen hinter sich, das ihm folgte, während er voranging. Und er schritt fest aus, ging durch die Asphodeloswiesen auf die Tore des Tartaros zu. Die Tore öffneten sich, als er sich näherte. Kerberos schlief noch immer mitten auf dem Weg. Er stieg über ihn hinweg. Ganz sicher konnte er sie jetzt hören, wußte, daß sie hinter ihm ging. Doch er durfte sich nicht umdrehen, um sich davon zu überzeugen, und er war sich nicht ganz sicher wegen des Geschreis der Geier, die über dem Styx in der Luft hingen wie Möwen über einer Bucht. Dann, auf der Landeplanke, hörte er hinter sich einen Schritt, ganz bestimmt... Warum, ach warum, trat sie nur so sacht auf? Er hatte das immer an ihr geliebt, doch jetzt wünschte er, sie träte fester auf.

Er stellte sich am Bug des Bootes auf und blickte unverwandt geradeaus, biß die Zähne aufeinander und spannte den Nacken an, bis sein ganzer Hals ein einziger dicker Muskelstrang war, so daß er seinen Kopf nicht drehen konnte. Auf der gegenüberliegenden Seite, wo das Avernusgebirge anstieg, war die Luft erfüllt vom Tosen der großen Wasserfälle, die abgrundtief in den Styx stürzten, und wieder konnte er ihre Schritte nicht hören, und wieder konnte er ihren Atem nicht hören. Doch er behielt ihr Bild vor seinem geistigen Auge, und so konnte er sehen, wie sie hinter ihm herging, wie sich ihr Gesicht vor Aufregung mehr und mehr belebte, als sie sich der Welt der Lebenden näherte. Dann endlich sah er eine Klinge aus Licht das Dunkel durchtrennen, und er wußte, daß es die Sonne war, die durch die enge, tiefe Spalte, den Durchgang des Avernus, fiel und daß er Eurydike zur Erde zurückgebracht hatte.

Doch war das wirklich so? Wie konnte er wissen, daß sie tatsächlich da war? Wie konnte er wissen, daß nicht alles nur ein Trick des Hades war? Wer sitzt über die Götter zu Gericht? Wer klagt sie an, wenn sie lügen? War es möglich, daß Hades, der unerbittliche Hades, der den großen Äskulap töten ließ, weil der einen Patienten dem Tod entrissen hatte, war es möglich, daß dieser starke, stets verneinende Geist, der das Gebiet des Tartaros und die Riegel jener mächtigen Tore ersonnen und sich einen dreiköpfigen Hund ausgedacht hatte – war es möglich, daß ein solcher Geist wirklich durch ein paar Töne, ein paar Tränen milde gestimmt wurde? War es möglich, daß er, der das Wasser von dem dürstenden Tantalos zurückweichen ließ und mit dem Stein des Sisyphos spielte, indem er ihn ständig vor- und wieder zurückrollen ließ – war es möglich, daß dieser Wille, dieser schwarze, auf ewig erstarrte Zorn, diese entsetzliche Vorstellungskraft, nachgeben sollte und ein Mädchen zu seinem Ehemann zurückkehren ließ, nur weil der Ehemann darum gebeten hatte? War wirklich sie es gewesen, die ihm durch die Asphodeloswiesen, über die Pfade des Tartaros, durch die Tore und über den Fluß gefolgt war? War wirklich sie es gewesen oder nur das Echo seiner eigenen Vorstellungskraft – dieser betrügerischen Vorstellungskraft des Trauernden, die scheinbar freundlich, aber dann doch grausam das Gesicht und die Stimme des geliebten Menschen heraufbeschwor, nur um sie dann wie Rauch in alle Winde zu zerstreuen? War es das gewesen? War dies die letzte Grausamkeit? War dies die Qual, die Hades ihm angekündigt hatte? War dies der letzte ironische Schlag mit dem Zepter des Todes, das mit besonderer Vorliebe die Dichter traf? War er ohne sie zurückgekommen? War alles umsonst gewesen? Oder war sie da? War sie tatsächlich da?

Schnell drehte er sich um und schaute zurück. Sie war da. Sie war es wirklich. Er streckte die Hand aus, um nach ihr zu greifen und sie ins Licht zu ziehen – doch ihre Hand verwandelte sich in Rauch. Ihr Arm verwandelte sich in Rauch. Ihr Körper wurde zu feinem Nebel, einem dünnen Nebelstreif. Und das Gesicht schmolz. Das letzte, was er noch sah, war der Mund mit seinem Lächeln, das ihn begrüßen wollte. Dann schmolz auch er. Der helle Dampf verflüchtigte sich in dem frischen Luftzug, der durch den tiefen Spalt in der Erde von der Oberwelt hereinwehte.

# Echo und Narziss

Von all den Nymphen der Flüsse, der Wälder und der Berge war eine Oreade namens Echo die meistgeliebte. Sie war nicht nur wunderschön und herzensgut, sondern hatte auch eine bezaubernde Singstimme. Die anderen Dryaden und Najaden und Geschöpfe des Waldes baten sie oft, für sie zu singen und ihnen eine Geschichte zu erzählen – was sie auch tat. Sie war ein besonderer Liebling von Aphrodite, die immer wieder den ganzen Weg vom Olymp herunterkam, um mit Echo zu plaudern und ihren Geschichten zuzuhören. Als Göttin der Liebe war sie ganz besonders interessiert an Klatschgeschichten, in denen es sich ja meistens darum dreht, daß einer einen anderen liebt und wer dieser andere ist und was die beiden tun. Und Echo unterhielt sie mit solchen Geschichten, wie niemand sonst das konnte.

Aphrodite sagte: »Jeder bittet mich darum, ihm eine Gunst zu erweisen. Nur du nicht, Echo. Sag mir, gibt es nicht jemanden, von dem du geliebt werden möchtest? Irgendein Mann, ein Knabe oder ein Gott? Nenn mir nur seinen Namen, und ich werde meinen Sohn Eros zu ihm schicken. Der wird ihn mit einem seiner Pfeile durchbohren und ihn dazu bringen, sich wahnsinnig in dich zu verlieben.«

Doch Echo lachte und antwortete: »Ach, holde Aphrodite, ich habe noch keinen Mann getroffen, der mir gefällt. Und die Götter sind zu wankelmütig. Männer und Knaben – ich sehe sie mir alle sehr genau an –, doch keiner erscheint mir schön genug, um meinen geheimen Vorstellungen zu genügen. Wenn die Zeit kommt, werde ich dich um Hilfe bitten – wenn sie überhaupt jemals kommt.«

»Nun, dein Liebreiz berechtigt dich, nur das Beste zu verlangen«, entgegnete Aphrodite. »Doch andererseits – das Beste begegnet einem im Leben nur einmal. Und wer kann schon so lange warten? Wie auch immer, ich stehe dir jederzeit zur Verfügung.«

Nun wußte es Echo zwar nicht, doch genau in diesem Augenblick verirrte sich der schönste Knabe von der ganzen Welt in ebendiesem Wald und versuchte wieder hinauszufinden. Er hieß Narziß, und er war so schön, daß er noch nie die Gelegenheit gehabt hatte, mit einer anderen Frau als mit seiner Mutter zu sprechen. Denn jedes Mädchen, das ihn sah, verlor sofort die Besinnung. Natürlich hatte er deshalb auch eine sehr hohe Meinung von sich. Und als er so durch den Wald ging, dachte er:

»Ach, wie herrlich wäre es, wenn ich nur jemanden finden könnte, der genauso schön ist wie ich. Ich werde niemanden als Freund oder Freundin akzeptieren, der weniger vollkommen ist an Gesicht und Gestalt. Warum sollte ich auch? Auf diese Weise bin ich zwar einsam, aber das ist immer noch besser, als mich zu erniedrigen.«

So wanderte er den Pfad entlang, doch er ging in der falschen Richtung und kam mehr und mehr vom Weg ab. Am anderen Ende des Waldes hatte Echo gerade zu Aphrodite Lebewohl gesagt und war unterwegs zu dem hohlen Baum, in dem sie wohnte. Sie kam zu einer Waldlichtung und sah dort etwas, das sie verwundert innehalten und sich hinter einem Baum verstecken ließ. Denn der, den sie sah, war niemand anderer als Zeus selbst – der König der Götter, der Herr des Himmels. Er hatte sich an seinen lichtblauen Donnerkeil gelehnt und eine Flußnymphe um die Schulter gefaßt, die zu ihm emporlächelte.

»Sieh mal an«, sagte Echo. »Er ist schon wieder bei seiner Lieblingsbeschäftigung. Aphrodite wird sich freuen, wenn sie davon hört!«

Doch dann wurde ihre Aufmerksamkeit von etwas anderem in Anspruch genommen. Sie drehte sich um und sah eine hochgewachsene Gestalt in einem purpurnen Gewand, die durch die Bäume auf die Lichtung zukam. Sie erkannte Hera, die Königin der Götter, die eifersüchtige Gemahlin des Zeus, und sie begriff, daß Hera vom Treiben des Zeus erfahren haben mußte und nun gekommen war, um ihn auf frischer Tat zu ertappen. Also eilte die herzensgute Nymphe auf Hera zu, verneigte sich tief vor ihr und sagte: »Sei gegrüßt, edle Königin. Ich heiße dich willkommen in diesem Wald.«

»Still, du Närrin!« flüsterte Hera. »Kein Wort! Ich will jemanden überraschen.«

»Dies ist ein bedeutender Tag für uns«, sagte Echo und überlegte blitzschnell, »da wir von so vielen Göttern Besuch erhalten. Gerade vor zwei Minuten war Zeus hier und hat nach dir gesucht.«

»Zeus? Und er hat nach *mir* gesucht? Bist du sicher?«

»Der erhabene Zeus. Dein Gemahl. Er hat mich gefragt, ob ich dich gesehen hätte. Er habe gehört, du seist auf dem Weg hierher, und er wolle dich gern treffen. Als ich ihm antwortete, ich hätte dich nicht gesehen, stürzte er sehr enttäuscht davon.«

»Wirklich? Ist das denn die Möglichkeit? Zeus sucht nach mir? Enttäuscht war er? Nun – es geschehen noch Zeichen und Wunder. Wohin ist er gegangen?«

»Ach – zurück zum Olymp.«

»Vielen Dank, mein Kind«, sagte Hera. »So werde auch ich dorthin gehen.«

Und sie verschwand.

In der Zwischenzeit hatte sich Zeus, da er Stimmen gehört hatte, zusammen mit der Nymphe im Unterholz versteckt. Als Hera gegangen war, kam er hervor, und zum Dank schenkte er Echo einen Ring mit einem leuchtend blauen Saphir, den er selbst am Finger getragen hatte.

Als Hera auf den Olymp zurückkehrte, stellte sie fest, daß Zeus nicht dort war. Sie merkte, daß etwas nicht stimmte und eilte zurück in den Wald. Das erste, was sie zu Gesicht bekam, war Echo, die einen großen Saphirring bewunderte, der auf ihrem Finger leuchtete wie ein vom Himmel gefallener Stern. Hera erkannte den Ring und wußte sogleich, daß die Nymphe sie irgendwie hinters Licht geführt und dafür den Ring als Belohnung erhalten hatte.

»Elendes Geschöpf!« rief sie. »Ich weiß, was du getan hast. Und ich sehe, was für ein Geschenk du dafür bekommen hast. Ich habe es nicht gern, wenn man sagt, mein Gemahl sei großzügiger als ich. So will also auch ich dich für deine Tat belohnen. Weil du deine Stimme benutzt hast, um zu lügen, sollst du niemals mehr zu jemandem etwas sagen dürfen – mit Ausnahme der letzten Wörter, die man zu dir gesagt hat. Da wird dir das Lügen vergehen.«

»Das Lügen vergehen«, sagte Echo.

»Niemals mehr sollst du dich in höhere Belange einmischen, niemals mehr sollst du Klatsch verbreiten und Geschichten erzählen und Lieder singen, sondern diese Strafe erdulden, bis in alle Ewigkeit ...«

»In alle Ewigkeit ...«, sagte Echo schluchzend.

Hera ging fort, um Zeus zu suchen. Und die Nymphe eilte weinend nach Hause, zu ihrem hohlen Baum. Während sie noch ging, sah sie wieder die blendende Helligkeit, die nur das Gesicht eines Gottes sein konnte, und sie blieb stehen, um zu schauen. Es war kein Gott, sondern ein Knabe in ihrem Alter mit flachsblondem Haar und Augen von der Farbe des Saphirs, den Zeus ihr gegeben hatte. Als sie ihn sah, schwand aller Kummer über ihre Bestrafung,

und sie war erfüllt von großer strahlender Freude. Denn das war der Knabe, nach dem sie ihr ganzes Leben lang gesucht hatte, so schön wie ihre geheimsten Wünsche – ein Knabe, den sie lieben konnte.

Sie tänzelte zu ihm hin. Er hielt inne und sagte: »Verzeih, aber kannst du mir vielleicht den Weg zeigen, den Weg aus diesem Wald?«

»Aus diesem Wald ...«, sagte Echo.

»Ja«, sagte er. »Ich habe mich verirrt. Schon seit Stunden wandere ich hier herum und kann den Weg nicht finden, den Weg aus diesem Wald.«

»Aus diesem Wald ...«

»Ja. Das habe ich doch schon zweimal gesagt. Ich habe mich verirrt. Kannst du mir nicht den Weg zeigen?«

»Den Weg zeigen ...«

»Bist du taub, oder was? Warum muß ich alles zweimal sagen?«

»Zweimal sagen ...«

»Nein, jetzt reicht es aber! Du bist ganz schön langweilig! Jetzt habe ich aber genug!«

»Aber genug ...«

»Also wirklich, ich kann doch nicht die ganze Zeit hier stehen und mit dir streiten. Wenn du mir den Weg nicht zeigen willst, na, dann werde ich eben jemand anderes finden, der bereit dazu ist.«

»Bereit dazu ist ...«

Narziß warf ihr einen wütenden Blick zu und wandte sich dann ab. Doch sie kam auf ihn zu und schlang ihre Arme um ihn und versuchte, sein Gesicht zu küssen.

»O nein – hör sofort auf damit!« sagte Narziß und schob sie beiseite. »Du bist genau wie alle anderen, stimmt's? Die einen fallen in Ohnmacht, und du redest dummes Zeug. Hör auf damit! Du kannst mich doch nicht einfach küssen.«

»Einfach küssen ...«

»Nein!«

»Nein ...«

Und wieder versuchte sie, ihn zu küssen. Wieder stieß er sie weg. Sie fiel auf die Knie und umschlang seine Beine, hob ihr liebliches, tränenbenetztes Gesicht zu ihm empor und versuchte zu sprechen. Doch sie konnte es nicht.

»Nein!« sagte er. »Laß los. Du kannst mich doch nicht einfach festhalten. Ich werde dich niemals lieben.«

»Niemals lieben ...«

Er machte sich von ihrer Umklammerung frei und ging raschen Schrittes fort. »Leb wohl«, rief er.

»Leb wohl ...«

Sie schaute ihm hinterher, bis er verschwunden war. Und kaum war er gegangen, empfand sie eine solche Traurigkeit, einen so schrecklichen, heftigen Kummer, einen solchen Schmerz in ihrem ganzen Körper, daß es ihr war, als würde sie von weißglühenden kleinen Zangen auseinandergerissen, als würde ihr ein Stück Fleisch nach dem anderen von den Knochen gerissen. Und weil sie nicht sprechen konnte, betete sie leise für sich:

»Ach, Aphrodite, edle Göttin, du hast doch versprochen, mir eine Gunst zu erweisen. Erweise sie mir jetzt. Erhöre mich, auch wenn ich stumm bin. Mein Geliebter ist verschwunden, und auch ich muß verschwinden, denn ich kann diesen Schmerz nicht ertragen.«

Und Aphrodite hörte dieses Gebet im Garten des Olymp – denn Gebete muß man nicht laut sprechen, damit sie erhört werden. Sie sah hinab auf die sich grämende Nymphe und hatte Mitleid mit ihr und ließ sie verschwinden. Ihr Körper zerschmolz zu dünner, kühler Luft, so daß der Schmerz auf einmal fort war. Alles war fort … mit Ausnahme ihrer Stimme, denn Aphrodite mochte keinesfalls auf den Klang dieser lieblichen, Geschichten erzählenden Stimme verzichten. Die Göttin sprach: »Ich erfülle dir deinen Wunsch – und gewähre dir noch etwas darüber hinaus. Du wolltest keine Rache üben an dem Geliebten, der dich verraten hat. Dazu bist du zu sanft und zu gütig. Ich aber werde Rache üben. Hiermit verfüge ich: Wer auch immer dir diesen Schmerz zugefügt hat, soll dieselbe schreckliche Sehnsucht erleiden. Er wird sich in jemanden verlieben, der seine Liebe nicht erwidern kann: Er wird auf ewig begehren und niemals Erfüllung finden.«

Narziß wußte von all dem nichts – weder von Echos Kummer noch von Aphrodites Schwur. Er wanderte den Waldweg entlang und dachte: »All diese Mädchen, die sich auf den ersten Blick in mich verlieben – zu schade, daß ich keine einzige so schön finden kann wie mich selbst. Und solange ich das nicht kann, werde ich nicht lieben. All ihre Liebe ärgert mich nur.«

Er setzte sich an das Ufer eines Flusses, um sich auszuruhen. Es war nicht wirklich ein Fluß, nur ein Flußarm – ein klarer kleiner Wasserlauf, der zwischen den Felsen dahinfloß. Die Sonne schien auf ihn herab; seine Oberfläche wurde zu einem Spiegel, der die Bäume und den Himmel und eine kleine silbrige, zitternde Sonne verkehrt herum wiedergab. Und Narziß, der ins Wasser blickte, sah ein Gesicht.

Er blinzelte und schaute noch einmal hin. Es war immer noch da – das schönste Gesicht, das er je gesehen hatte. Genauso schön, das wußte er, wie sein eigenes, nur war es zusätzlich noch von einem Kranz aus Licht umgeben, so daß das Haar verschwamm und lang aussah – wie das Haar eines Mädchens. Er schaute und schaute und konnte sich nicht satt daran sehen. Er wußte, daß er dieses Gesicht immer und ewig anschauen könnte und doch nie Erfüllung finden würde. Er streckte die Hand aus, um das Mädchen zu berühren. Das Wasser zitterte, und sie verschwand.

»Eine Wassernymphe«, dachte er. »Eine liebliche Najade – ganz bestimmt die Tochter eines Flußgottes. Die lieblichste seiner Töchter. Sie ist scheu. Genau wie ich erträgt sie es nicht, daß man sie berührt. Ah – da ist sie ja wieder.«

Das Gesicht blickte ihn aus dem Wasser heraus an. Wieder streckte er ganz zaghaft seine Hand aus. Und wieder zitterte das Wasser, und das Gesicht verschwand.

»Ich werde so lange hierbleiben, bis sie mich liebt«, sagte er zu sich. »Jetzt mag sie sich noch verstecken, doch bald wird auch sie mich erkennen und herauskommen.« Und laut sagte er: »Komm heraus, liebliches Wesen.«

Und Echos Stimme, die ihm bis zu dem Wasserlauf gefolgt war, sagte: »Liebliches Wesen …«

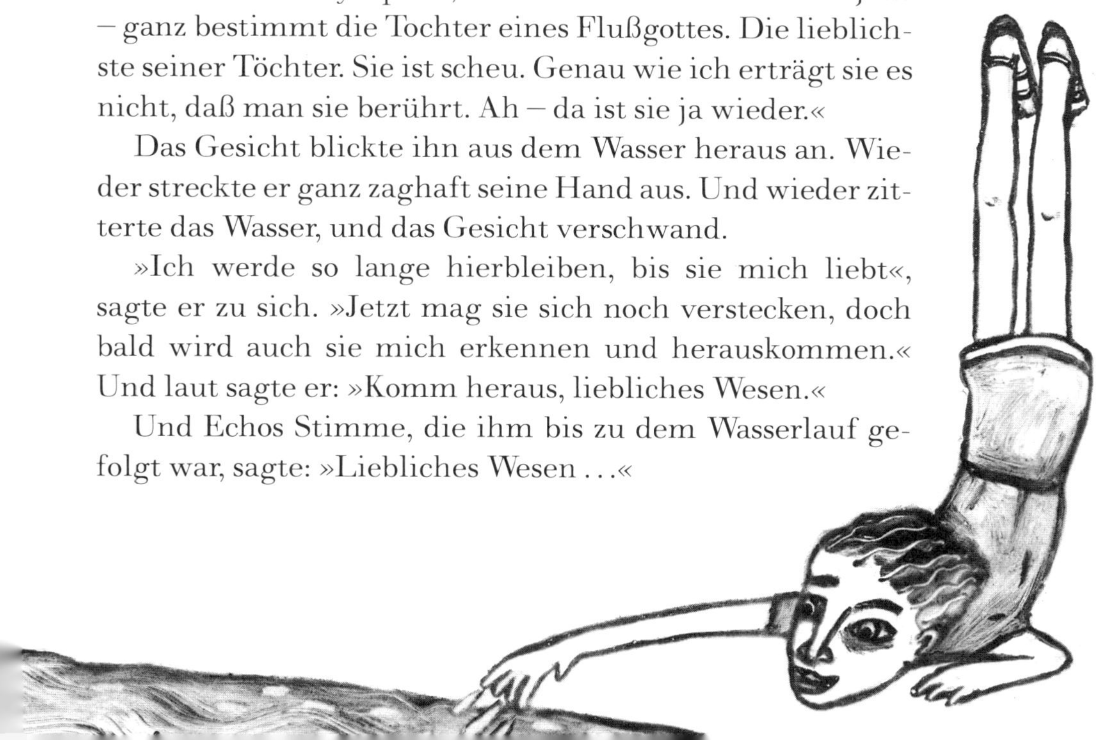

»Hört doch, hört doch nur!« rief Narziß überglücklich. »Sie macht sich etwas aus mir. Das tust du doch, nicht? Sag, liebst du mich?«

»Liebst du mich ...«

»O ja – ich liebe dich. Endlich habe ich jemanden gefunden, den ich lieben kann. Komm heraus, komm heraus – ja, willst du denn niemals herauskommen?«

»Niemals herauskommen ...«, sagte Echo.

»Sag das nicht, bitte sag das nicht. Ich werde nämlich hierbleiben, bis du doch herauskommst. Ich schwöre es.«

»Ich schwöre es ...«

»Deine Stimme ist genauso wunderschön wie dein Gesicht. Und ich werde hiersein und dich anbeten – für immer.«

»Für immer ...«

Und Narziß blieb dort, beugte sich über den Wasserlauf und schaute auf das Gesicht im Wasser, er schaute und schaute ... manchmal bat er es inständig, doch herauszukommen, und hörte die Stimme antworten. Er schmeichelte, er flehte, er schaute ... Tag um Tag blieb er dort, Nacht um Nacht, nie rührte er sich, nie aß er etwas, nie wandte er den Blick von dem Gesicht. Er blieb so lange dort, daß seine Beine in das Flußufer hineinwuchsen und Wurzeln schlugen. Sein Haar wurde länger, verfilzte sich, wurde zu Blättern. Und sein bleiches Gesicht und sein flachsblondes Haar verwandelten sich in zarte gelbe und weiße Blütenblätter – in die Blume, die wir Narzisse nennen, die am Flußufer gedeiht und den Kopf neigt, um ihr Spiegelbild im Wasser zu betrachten.

Dort kann man sie bis zum heutigen Tag finden. Und in den Wäldern, wenn es ganz ruhig ist, trifft man zuweilen auf Echo. Und wenn man sie auf eine bestimmte Weise ruft, wird sie antworten.

# Eros und Psyche

Es lebte einmal ein König, der hatte drei Töchter, und die jüngste, Psyche genannt, war so schön, daß Aphrodite eifersüchtig wurde und auf Unheil sann.

»Ich werde es dieser eingebildeten Person schon zeigen«, dachte sie. »Wie kann sie dreist so tun, als sei sie so schön wie ich? Wenn ich sie mir vornehme, wird sie wünschen, sie wäre häßlich wie eine Kröte zur Welt gekommen.«

Sie rief ihren Sohn Eros zu sich und sagte: »Mein Sohn, man hat deine Mutter beleidigt. Siehst du die Burg da unten? Dort liegt in einem Frauengemach ein junges Mädchen und schläft. Du sollst hingehen und sie mit einem deiner Pfeile durchbohren.«

»Während sie schläft? Wozu soll das gut sein?«

»Zu gar nichts. Es ist etwas Schlechtes, und genau das habe ich für sie im Sinn.«

»Aber sie kann sich doch nur verlieben, wenn sie jemanden anschaut, während der Pfeil sie durchbohrt. Warum soll ich mir also die Mühe machen, solange sie schläft?«

»Weil sie, wenn du sie mit deinem Pfeil im Schlaf triffst, dem ersten, den sie beim Erwachen sieht, voller Leidenschaft verfallen wird. Und ich werde Sorge tragen, daß dieser erste Jemand ein ganz besonderer sein wird – der Burgzwerg vielleicht. Oder der Gärtner, der gerade seinen einhundertundzweiten Geburtstag gefeiert hat. Oder ein Esel – ja, auch das ist möglich. Ich habe mich noch nicht entschieden. Aber du kannst sicher sein, ich werde jemanden finden, der ganz und gar nicht begehrenswert ist. Ihre Familie wird überrascht sein.«

»Das ist eine grausame List, Mutter.«

»O ja – sie soll auch grausam sein. Ich sage dir, dieses Mädchen hat mich erzürnt. Und jetzt fort mit dir, an die Arbeit.«

Gehorsam flog Eros hinab zu der Burg. Er machte sich unsichtbar und flog durch das Fenster in die Kammer des Mädchens. Dort stand er und betrachtete sie.

»Sie ist wunderschön«, dachte er. »Viel schöner, als ihr guttut, armes Mädchen.«

Er beugte sich über sie und hielt seinen Pfeil so, daß er nur sanft ihre Schulter ritzen sollte. Doch er mußte wohl ein Geräusch gemacht haben, denn da öffnete sie die Augen und blickte geradewegs in die seinen, obwohl sie ihn ja nicht sehen konnte. Ihre riesigen schwarzen, leuchtenden Augen verwirrten ihn, so daß der Pfeil abglitt und er sich selbst an der Hand verletzte. Er stand da und spürte, wie sich das süße Gift in seinen Adern ausbreitete. Er war ganz durcheinander, ihm war seltsam zumute, und es wurde ihm schwindlig vor Freude. Er hatte Liebe gesät, doch niemals welche empfunden; er hatte andere mit Pfeilen durchbohrt und war selbst nie verwundet worden. Auf einmal kam er sich selber ganz fremd vor.

Das Mädchen schloß die Augen und schlief wieder ein. Er stand da und betrachtete sie. Plötzlich war sie für ihn das schönste, das seltsamste, das wertvollste Wesen auf der Welt geworden. Und er wußte, er würde niemals zulassen, daß ihr ein Leid geschah, wenn er es verhindern konnte. Er stieß seinen Pfeil in den Köcher und flog wieder zum Olymp hinauf.

Als er seiner Mutter berichtete, was geschehen war, bekam sie einen Wutanfall und hieß ihn, ihr aus den Augen zu gehen. Und dann belegte sie Psyche mit einem Fluch. Sie umgab sie mit einer unsichtbaren Dornenhecke, so daß kein Freier in ihre Nähe gelangen konnte. Da wurde die

schöne junge Fürstentochter sehr einsam und sehr traurig. Ihr Vater und ihre Mutter konnten nicht verstehen, warum niemand um ihre Hand anhielt.

Nun streiten die Götter zwar oft miteinander, doch nie zuvor hatte der Olymp solche Zwietracht erlebt wie jetzt zwischen Aphrodite und ihrem Sohn.

»Wie kannst du es wagen, das Mädchen so zu quälen?« fragte er seine Mutter. »Solange du diesen Zauberspruch nicht von ihr nimmst, werde ich dir in Liebesangelegenheiten nicht mehr zu Diensten sein. Ich werde niemanden mit meinen Pfeilen durchbohren. Niemand wird mehr dein Loblied singen. Und ohne Lob wirst du vertrocknen und eine bösartige alte Harpyie werden. Leb wohl.«

Und tatsächlich weigerte sich Eros, seine Pfeile zu verschießen. Die Menschen verliebten sich nicht mehr. Es wurden keine Loblieder mehr auf Aphrodite gesungen; ihre Tempel standen leer, ihre Altäre blieben ungeschmückt. Keine Hochzeiten kamen zustande, keine Kinder wurden geboren. Die Welt schien an einem einzigen Tag alt und grau zu werden. Ohne Liebe gedieh auch die Arbeit nicht. Die Bauern bestellten ihre Felder nicht mehr. Die Schiffe schlingerten lustlos über die Meere. Die Fischer warfen nur noch selten ihre Netze aus. Und in der Tat gab es auch nicht mehr viele Fische, die man fangen konnte, denn mürrisch waren sie auf den tiefsten Meeresgrund gesunken. Und Aphrodite selbst, die Göttin der Liebe und der Schönheit, verzehrte sich in der großen, brennenden Verzweiflung, die wie ein Wüstenwind von der Erde heraufwehte.

Sie rief ihren Sohn zu sich und sagte: »Ich sehe ein, ich muß dir deinen Willen lassen. Was willst du also?«

»Das Mädchen«, antwortete er.

»Du sollst sie haben. Spitze deine Pfeile und geh an die Arbeit, oder wir werden alle noch verrückt vor Traurigkeit.«

So füllte also Eros seinen Köcher mit Pfeilen, stellte sich auf eine niedrige Wolke und schoß, so schnell er konnte. Und Mann und Frau fingen wieder an, sich füreinander zu interessieren. Die Fische hüpften in der See. Die Hengste wieherten kraftvoll auf den Weiden. Die Geräusche des ausgelassenen Treibens auf der Erde drangen zu der Göttin auf dem Berg, und sie lächelte.

Doch Psyches Eltern waren immer noch bekümmert. Denn obwohl die ganze Welt nun die Wiederkehr der Liebe feierte und sich auch Leute miteinander verheirateten, von denen man das nie erwartet hätte, hielt immer noch niemand um die Hand ihrer Tochter an. Sie befragten das Orakel, und der Spruch lautete:

»Psyche ist für keinen Sterblichen bestimmt. Sie wird die Braut desjenigen, der auf dem Berg lebt und sowohl Menschen als auch Götter besiegt. Bringt sie zu dem Berg und sagt ihr Lebewohl.«

Der König und die Königin faßten das so auf, als sei ihre Tochter einem Ungeheuer bestimmt, das sie verschlingen würde, wie so viele andere Fürstentöchter verschlungen worden waren, um die geheimnisvollen Kräfte des Bösen zu besänftigen. Sie legten ihr ein Hochzeitsgewand an, schmückten sie mit Juwelen und führten sie zu dem Berg. Der ganze Hofstaat folgte ihnen trauernd, so als sei es ein Begräbnis und keine Hochzeit.

Psyche selbst weinte nicht. Sie hatte einen merkwürdigen, verträumten Gesichtsausdruck. Sie schien kaum wahrzunehmen, was mit ihr vorging. Mit keinem Wort verriet sie ein Gefühl der Angst. Sie weinte keine Träne, sondern küßte Vater und Mutter zum Abschied und wartete auf dem Berg. Dort stand sie aufrecht und still, die Arme voller Blumen, ihr weißes Hochzeitskleid flatterte im Wind. Die Hochzeitsgesellschaft kehrte zur Burg zurück. Der letzte Klang ihrer Stimmen verlor sich. Psyche stand

da und lauschte auf das große Schweigen. Der Wind blies sehr heftig. Ihr Haar löste sich. Das Kleid flatterte um ihren Körper wie eine Fahne. Sie fühlte einen großen Druck auf sich lasten und verstand nicht, was das bedeutete. Dann erhob sich ein gewaltiges, atemgleiches Murmeln, und der Wind selbst, der in ihr Ohr säuselte, schien ihr zu sagen: »Fürchte dich nicht. Ich bin Zephyr, der Westwind, der Bote des Bräutigams. Ich bin gekommen, um dich nach Hause zu geleiten.«

Sie horchte auf das sanfte Säuseln und glaubte den Worten, die sie zu hören vermeinte, und hatte keine Angst, wenn sie auch spürte, wie sie vom Berg emporgehoben und gleich einem Blatt durch die Lüfte getragen wurde. Sie sah die Burg ihrer Eltern unter sich vorüberziehen und dachte: »Wenn sie aufschauen und mich jetzt sehen, werden sie denken, ich sei eine Möwe.« Und sie war froh, daß niemand sie erkennen würde.

Über niedrige Hügel und eine breite Bucht, über Wälder und Felder und eine weitere Hügelkette hinweg trug sie der Wind. Und dann spürte sie, wie sie jäh durch die Luft hinabsegelte, durch das schwächer werdende Licht, durch die purpurnen Schwaden der Dämmerung, zu einer anderen Burg, die silbrig auf einer Hügelspitze glänzte. Sacht, ganz sacht wurde sie im Burghof abgesetzt. Nichts und niemand war dort zu sehen. Es gab keine Wachen, keine Hunde, nur Schatten und die mondhellen Steine der Burg. Sie sah niemanden. Doch die großen Tore öffneten sich. Ein Teppich rollte sich von selbst vor ihren Füßen aus. Sie schritt darüber und ging durch die Tore, die sich hinter ihr wieder schlossen.

Eine Fackel brannte in der Luft und schwebte vor ihr her. Sie folgte dem Licht. Es führte sie durch eine große Eingangshalle in einen kleineren Raum. Die Fackel wirbelte herum. Drei andere Fackeln gesellten sich wirbelnd dazu, steckten sich dann von selbst in Wandhalterungen, brannten dort weiter und erleuchteten den Raum. Es war ein nicht sehr großer, wunderschön eingerichteter Raum. Sie trat auf die Terrasse, von der aus man über das Tal hinweg auf die mondbeschienene See sah.

Ein Tisch schwebte in den Raum und stellte sich fest auf seine drei Beine. Ein Stuhl setzte sich an den Tisch. Unsichtbare Hände begannen, den Tisch mit goldenem Geschirr und Kristallpokalen in Muschelform zu decken. Auf den Tellern lag plötzlich etwas zu essen, und die Pokale füllten sich mit purpurrotem Wein.

»Warum kann ich euch nicht sehen?« rief sie den unsichtbaren Dienern zu.

Eine höfliche Stimme antwortete: »Es wurde so angeordnet.«

»Und mein Gemahl. Wo ist er?«

»Weit fort, auf Reisen. Doch er wird bald kommen. Aber mehr darf ich nicht sagen.«

Nach ihrer stürmischen Fahrt durch die Lüfte hatte sie großen Hunger. Sie aß die ihr vorgesetzten Speisen und trank den Wein. Danach führte die Fackel sie hinaus und in einen anderen Raum, der ganz von einem großen Becken mit warmem, duftendem Wasser eingenommen war. Sie badete. Flauschige Handtücher wurden ihr gereicht, ein juwelenbesetzter Kamm und ein Flakon voll parfümierten Öls. Sie rieb sich damit ein, ging in ihr Zimmer zurück und wartete auf ihren Gemahl.

Bald darauf hörte sie eine Stimme im Raum. Es war eine kräftige Stimme, die sanft zu ihr sprach, so sanft, daß die Worte ihr wie ihre eigenen Gedanken erschienen.

»Du bist Psyche. Ich bin dein Gemahl. Du bist das schönste Mädchen auf der ganzen Welt, schön genug, um selbst die Göttin der Liebe eifersüchtig zu machen.«

Sie konnte niemanden sehen. Sie spürte, wie die Stimme

summend auf sie eindrang, so als befände sie sich im Innern einer großen Glocke.

»Wo bist du?«

»Hier.«

Sie streckte die Arme aus. Sie fühlte kraftvolle Schultern, hart wie Marmor und doch von warmem Leben durchpulst. Sie spürte, wie sie von starken, muskulösen Armen umfaßt wurde. Und eine Stimme sagte: »Willkommen daheim.«

Ein Glückstaumel vernebelte ihr die Sinne. Die Fackeln erloschen eine nach der anderen.

Als sie am nächsten Morgen erwachte, war sie allein. Doch sie war so glücklich, daß es ihr nichts ausmachte. Sie tanzte von Zimmer zu Zimmer, erkundete die ganze Burg und sang dabei. So voller Glück war ihr Gesang, daß das große steinerne Gebäude vom Klang der Freude widerhallte. Sie erkundete die ganze Burg, den Burghof und die nahegelegenen Wälder. Dabei traf sie nur ein einziges Lebewesen, einen silberglänzenden Windhund, possierlich wie ein Eichhörnchen und voller Ungestüm wie ein Panther. Sie wußte, er gehörte ihr. Er streifte mit ihr durch die Wälder und zeigte ihr, wie er das Wild aufspüren konnte. Sie lachte vor Freude, als sie ihn so laufen sah.

Als der Tag sich neigte, kehrte sie in die Burg zurück. Ihr Essen wurde ihr von denselben unsichtbaren Dienern serviert. Wieder badete sie und rieb sich mit dem Öl ein. Um Mitternacht sprach wieder ihr Gemahl zu ihr, und sie umarmte ihn und fragte sich, wieso von allen Mädchen auf der Welt ausgerechnet ihr dieses Glück zuteil wurde.

Tag um Tag verging auf diese Weise, und Nacht um Nacht. Und jede Nacht fragte er sie: »Bist du glücklich, mein Liebes? Möchtest du, daß ich dir etwas bringe, dir etwas schenke?«

»Nichts, mein Gemahl, gar nichts. Ich will nur dich.«

»Mich hast du doch.«

»Aber ich möchte dich sehen. Ich möchte all das Schöne sehen, das ich in meinen Armen halte.«

»Du wirst es bald sehen, aber noch nicht jetzt. Die Zeit ist noch nicht reif dafür.«

»Wie du meinst, mein Liebling. Aber kannst du dann nicht wenigstens tagsüber bei mir bleiben, meinetwegen auch unsichtbar? Wieso besuchst du mich nur in der Nacht?«

»Auch das wird sich ändern, vielleicht. Aber noch nicht gleich. Es ist noch zu früh dazu.«

»Aber die Tage werden mir so lang ohne dich. Ich warte so sehnsüchtig auf den Anbruch der Nacht, daß es mir oft scheint, als käme sie nie mehr.«

»Du bist einsam. Du brauchst Gesellschaft. Möchtest du, daß deine Schwestern dich besuchen kommen?«

»Meine Schwestern – ich habe eigentlich nie mehr an sie gedacht. Wie seltsam.«

»Möchtest du eure Bekanntschaft erneuern?«

»Nun ja, vielleicht. Aber eigentlich nicht. Dich will ich. Ich will dich sehen. Ich will dich Tag und Nacht bei mir haben.«

»Morgen werden deine Schwestern hier sein.«

Am nächsten Tag trug der Westwind Psyches ältere Schwestern auf die Burg und setzte sie windzerzaust und verwirrt im Burghof ab. Sie hatten sich sehr gefürchtet, als man sie aus ihren Gärten entführt hatte, und nun waren sie erleichtert, weil sie sich so sacht auf dem Burghof abgesetzt fanden. Um wieviel erstaunter waren sie erst, als sie ihre Schwester, die sie seit langem für tot hielten, aus der Burg kommen sahen. Sie war schöner denn je, war aufgeblüht vor Glück und prachtvoller gekleidet als jede Königin. Freudig lief sie auf die Schwestern zu, flog in ihre Arme, halste und küßte sie und hieß sie von Herzen willkommen.

Dann führte sie die Schwestern in die Burg. Die unsichtbaren Diener badeten sie und salbten sie mit Öl und servierten ihnen ein köstliches Mahl. Und mit jedem neuen Wunder, das sie erblickten, mit jedem Schatz, den ihnen die Schwester zeigte, wuchs ihre Eifersucht. Auch sie hatten sich mit Königen verheiratet, allerdings nur mit recht unbedeutenden, so daß ihnen im Vergleich mit dieser Burg ihre eigenen Paläste wie Hundehütten erschienen. Sie aßen zu Hause nicht von goldenen Tellern und tranken nicht aus Pokalen, von denen jeder ein Schmuckstück war. Ihre Diener waren von der einfachen alten, sichtbaren Art. Hier nun aßen und tranken sie mit großem Appetit, und mit jedem Bissen wuchs ihr Mißbehagen.

»Aber wo ist denn dein Gemahl?« wollte die ältere wissen. »Wieso hat er uns nicht auch willkommen geheißen? Vielleicht wollte er uns ja gar nicht hier haben.«

»O doch, o doch«, rief Psyche. »Es war ja seine Idee. Er hat seinen Diener, den Westwind, geschickt, um euch zu holen.«

»Ach so«, sagte die jüngere Schwester verächtlich, »ihm verdanken wir es also, daß wir gewaltsam ergriffen und durch die Lüfte gezerrt wurden. Eine ziemlich ruppige Art der Beförderung.«

»Aber so schnell«, entgegnete Psyche. »Reist du denn nicht gern mit dem Wind? Ich liebe es.«

»Na, du scheinst dich ja sehr verändert zu haben«, sagte darauf die ältere. »Aber damit wissen wir immer noch nicht, wo dein Gemahl sich aufhält. Es ist doch sonderbar, daß er uns offensichtlich nicht kennenlernen möchte – reichlich sonderbar.«

»Das ist gar nicht so sonderbar«, erwiderte Psyche. »Er – er ist tagsüber selten zu Hause. Er – hat gewisse Dinge zu erledigen.«

»Was für Dinge?«

»Ach, ihr wißt schon – Kriege oder Friedensverträge, Jagden – ihr wißt doch, was die Männer so tun.«

»Er ist also oft unterwegs?«

»O nein! Nein ... eigentlich ... nur tagsüber. Abends kommt er wieder nach Hause.«

»Oh, dann werden wir ihn also heute abend kennenlernen. Beim Abendessen vielleicht ...«

»Also ... nein ... da wird er nicht hiersein. Ich meine ... er wird hiersein, aber ihr werdet ihn nicht sehen.«

»Genau wie ich es mir gedacht habe!« rief die ältere. »Zu stolz, um sich mit uns abzugeben. Meine Liebe, ich glaube, es ist besser, wenn wir jetzt wieder nach Hause gehen.«

»Ja, wirklich«, warf die jüngere ein. »Wenn dein Gemahl zu hochmütig ist, um uns einen flüchtigen Blick auf seine erhabene Person werfen zu lassen, spüren wir nur allzu deutlich, daß wir hier nicht erwünscht sind.«

»O nein«, bat Psyche. »Hört mich bitte an. Ihr habt mich mißverstanden.«

»Das haben wir ganz und gar nicht.«

Und die arme Psyche, die die verletzenden Andeutungen ihrer Schwestern nicht länger ertragen konnte, erzählte ihnen, wie die Dinge wirklich lagen. Die beiden Schwestern saßen am Tisch und hörten zu. Sie waren so gebannt, daß sie sogar zu essen vergaßen, was für sie wirklich ungewöhnlich war.

»Ach du meine Güte!« rief die ältere. »Das ist ja schlimmer, als ich gedacht habe.«

»Sehr viel schlimmer«, bestätigte die andere. »Das Orakel hat recht behalten. Du hast ein Ungeheuer geheiratet.«

»Aber nein, nein!« rief Psyche. »Er ist kein Ungeheuer, sondern das schönste Geschöpf von der Welt!«

»Schöne Geschöpfe zeigen sich aber gern«, warf die ältere ein. »Es liegt im Wesen der Schönheit, daß sie sich allen zeigen will. Nur die Häßlichkeit versteckt sich. Du hast ein Ungeheuer geheiratet.«

»Ein Ungeheuer«, sagte die andere. »Jawohl, ein Ungeheuer – einen Drachen – eine schuppige Kreatur mit vielen Köpfen vielleicht, die junge Mädchen verschlingt, wenn sie erst gemästet sind. Kein Wunder, daß er dir so gut zu essen gibt.«

»Ja«, stimmte die ältere zu. »Je besser du ißt, um so besser kann er dich dann verschlingen.«

»Armes Kind – wie können wir dir nur helfen?«

»Wir können ihr nicht helfen. Er ist zu mächtig – dieses Ungeheuer! Sie muß sich selbst helfen.«

»Ich will kein Wort mehr hören!« rief Psyche und sprang auf. »Ihr seid ein paar boshafte, zänkische Weiber, alle beide. Ich schäme mich für euch. Und für mich, weil ich euch überhaupt zuhöre. Ich will euch nie wiedersehen. Nie wieder!«

Sie schlug auf einen Gong. Der Tisch wurde fortgezogen. Ein Fenster ging auf, und der Westwind wehte herein, wickelte seine Arme um die beiden Schwestern, trug sie hinaus und wieder dahin zurück, wo sie zu Hause waren. Psyche blieb allein zurück, erschrocken, verbittert und unglücklich, voller Sehnsucht nach ihrem Gemahl. Doch es dauerte noch viele Stunden bis zum Anbruch der Nacht. Den ganzen schrecklichen Nachmittag lang grübelte sie über das, was ihr die Schwestern gesagt hatten. Die Worte hatten sich in ihrem Kopf festgesetzt wie giftige Stacheln. Sie hafteten dort wie ein Geschwür und stürzten sie in fieberhaften Zweifel.

Sie wußte, daß ihr Gemahl von Herzen gut war. Sie wußte, daß er schön war. Und doch – warum erlaubte er nicht, daß sie ihn sah? Was tat er den ganzen Tag über? Auch andere Worte ihrer Schwestern kamen ihr wieder in den Sinn:

»Woher willst du wissen, was er macht, wenn er nicht

hier ist? Vielleicht hat er Dutzende von Burgen über das ganze Land verteilt, und in jeder eine Fürstentochter. Vielleicht besucht er sie alle.«

Und da begann die Eifersucht, schlimmer noch als die Furcht, an ihr zu nagen. Sie hatte nicht wirklich Angst, er könne ein Ungeheuer sein. Auch Angst, gefressen zu werden, hatte sie nicht. Wenn er sie nicht liebte, wollte sie ohnehin lieber sterben, doch die Vorstellung, er könne noch andere Frauen, noch andere Burgen haben, hatte sich in ihr festgesetzt und machte sie fast wahnsinnig. Sie fühlte, daß sich all ihre Zweifel zerstreuen würden, wenn sie ihn nur sehen könnte.

Als die Dämmerung sich allmählich im Zimmer ausbreitete, nahm sie eine Lampe, beschnitt den Docht und füllte Öl hinein. Dann zündete sie die Lampe an und stellte sie in eine Wandnische, so daß man das Licht nicht sehen konnte. Sie setzte sich und wartete auf ihren Gemahl.

Spät in der Nacht, er war gerade eingeschlafen, schlich sie sich davon und holte die Lampe. Auf Zehenspitzen ging sie zurück zu ihm und hielt das Licht über ihn. Da sah sie in dem schwachen flackernden Schein einen schlafenden Gott. Eros selbst, der Liebesgott mit Pfeil und Bogen, der jüngste und schönste aller Götter. Selbst jetzt im Schlaf trug er den Köcher mit den Silberpfeilen bei sich. Seine Schönheit zu sehen, brachte ihr Herz zum Klingen. Sie beugte sich vor, um sein Gesicht zu küssen, dabei fiel aus der Lampe, die sie immer noch in der Hand hielt, ein Tropfen von dem heißen Öl auf seine nackte Schulter.

Er schreckte hoch, griff nach der Lampe und löschte das Licht. Sie streckte die Hand aus und spürte, wie er sie von sich stieß. Sie hörte seine Stimme, die zu ihr sprach: »Unseliges Mädchen – du bist nicht bereit, Liebe zu empfangen. Ja, ich bin die Liebe selbst, und wo man nicht an mich glaubt, kann ich nicht sein. Leb wohl, Psyche.«

Die Stimme war fort. Psyche eilte in den Burghof, sie rief hinter ihm her: »Mein Gemahl! Mein Gemahl!« Da hörte sie ein trockenes Knacken, und als sie sich umsah, war auch die Burg verschwunden. Der Burghof war verschwunden. Alles war verschwunden. Sie stand inmitten von Unkraut und Brombeergestrüpp. All das Schöne, das sie besessen hatte, war zusammen mit ihrer Liebe verschwunden.

Von dem Tag an durchstreifte sie suchend die Wälder. Und manche sagen, daß sie in Wäldern und an verborgenen Plätzen immer noch auf der Suche sei. Andere sagen, Aphrodite habe sie in eine Eule verwandelt, die am besten im Dunkeln sieht und immer wieder ruft: »Wo? Wo?«

Wieder andere meinen, sie sei in eine Fledermaus verwandelt worden, die in alten Gemäuern herumspukt und nur bei Nacht etwas sieht.

Wieder andere glauben, ihr Gemahl habe ihr schließlich verziehen; er sei zu ihr zurückgekehrt und habe sie auf den Olymp geholt, wo sie ihm bei seiner Arbeit helfe – beim Knüpfen neuer Liebesbande. Ihre besondere Aufgabe sei es, das böse Gerede der Familien der Braut und des Bräutigams ungeschehen zu machen. Wenn Mutter oder Schwester Bräutigam oder Braut besuchen und sagen: »Dies und das ... so und so ... am besten überzeugst du dich selbst; glaub nur, was du siehst, glaub nur, was du siehst«, dann ruft sie den Westwind herbei, der die Worte davonträgt, und sie selbst, die Unsichtbare, flüstert ihnen zu, daß nur die Liebe allein das Geheimnis der Liebe kennt und daß glauben auch sehen bedeutet.

# ARION

Gescheite Wissenschaftler sind inzwischen zu dem Schluß gekommen, daß gewisse Tiere sprechen können, und haben begonnen, die Delphine zu befragen, um herauszufinden, ob das auch wirklich stimmt.

In den alten Geschichten gibt es unzählige kluge Tiere. Daß sie sprechen können, ist noch das wenigste. Vor allem der Delphin durchstreift munter die blauen Gewässer der Mythologie. Es ist etwas an diesem Meerestier, das die Phantasie der Geschichtenerzähler schon immer beflügelt hat. Die Wissenschaftler befinden sich also in bester Gesellschaft.

Da ist zum Beispiel die Geschichte von Arion. Er war der Sohn des Poseidon und einer Najade, und er war der besondere Liebling des Apollon, der ihn lehrte, die Lyra gar herrlich zu spielen. Arion lebte in Korinth. Er war ein wagemutiger und abenteuerlustiger junger Mann, dessen sehnlichster Wunsch es war, auf Reisen zu gehen. Doch ein Orakelspruch hatte ihm vorausgesagt: »Wenn du eine Reise unternimmst, wird kein Schiff dich je wieder in die Heimat zurückbringen.«

Also war er gezwungen, zu Hause zu bleiben. Zu seinem zwanzigsten Geburtstag schenkte Apollon ihm eine goldene Lyra, und er brannte darauf, sie bei den Musikfestspielen in Sizilien und Italien auszuprobieren.

»Orakelsprüche sind von Natur aus düster«, dachte er bei sich. »Nur ganz selten hört man eine glückverheißende Prophezeiung. Im übrigen muß ich die Welt sehen, ganz gleich, was passiert.«

Also ergriff er seine Lyra und machte sich auf den Weg nach Italien. Er nahm an dem Wettbewerb teil und gewann sämtliche Preise. Er sang und spielte so herrlich, daß die Zuhörer ganz außer sich waren vor Freude und ihn mit Geschenken überhäuften: Er erhielt ein juwelenbesetztes Schwert, eine silberne Rüstung, einen elfenbeinernen Bogen sowie einen Köcher und Pfeile mit bronzenen Spitzen. Er war von solcher Freude und von solchem Triumph erfüllt, daß er die Prophezeiung ganz vergaß und an Bord des ersten Schiffes ging, das nach Korinth segelte, obgleich der Kapitän ein riesiger, häßlicher und gefährlich aussehender Kerl war und eine noch häßlichere Mannschaft hatte.

Am ersten Nachmittag auf See saß Arion ganz vorn am Bug, schaute auf die purpurne See hinaus und strich zerstreut über die Saiten seiner Lyra, als der Kapitän auf ihn zukam und zu ihm sagte: »Wie schade ... daß du so jung schon sterben mußt.«

»Ich muß jung sterben?« fragte Arion.

»Ja.«

»Woher willst du das wissen?«

»Ich weiß es, weil ich dich töten werde.«

»Das ist wirklich schade«, erwiderte Arion. »Wann wird dies traurige Ereignis stattfinden?«

»Bald – genauer gesagt, jetzt gleich.«

»Aber warum? Was habe ich denn getan?«

»Etwas sehr Dummes. Du hast dir erlaubt, in den Besitz eines Schatzes zu gelangen, den ich unbedingt haben muß. Dieses juwelenbesetzte Schwert, diese silberne Rüstung – so etwas darfst du einem Dieb nicht zeigen.«

»Warum nimmst du dir nicht einfach, was du haben willst, und läßt mich am Leben?«

»Das geht nicht. Wir haben darüber nachgedacht und haben beschlossen, daß es besser ist, dich zu töten. Das ist in solchen Fällen gewöhnlich das beste. Dann kann sich derjenige, der ausgeraubt wurde, nicht mehr beschweren, verstehst du? Das ist sicherer.«

»Nun ja, ich sehe, ihr habt euch das Ganze gut überlegt«, sagte Arion. »Also habe ich nichts weiter dazu zu sagen. Nur eine Bitte habe ich: Laßt mich noch ein letztes Lied singen, bevor ich sterbe.«

Bei den Musikfestspielen hatte Arion eine Art Lobgesang erfunden, den man noch heute Dithyrambus nennt. Einen solchen stimmte er jetzt an – zuerst pries er Apollon, der ihn die Musik gelehrt hatte, und dann seinen Vater Poseidon, den Herrscher der Meere. Dann sang er ein Loblied auf das Meer selbst und auf alle, die darin leben – Najaden und Nereiden und dahingleitende Fische. Er besang die eigentümliche Wechselhaftigkeit dieser Gewässer, die, je nachdem, ob die Sonne auf- oder untergeht, verschiedene Farben annehmen, silbern und amethystfarben im frühen Morgenlicht, gleißend blau am Mittag, grau und purpurn in der Abenddämmerung. Er besang die See, die lächelnde,

trügerisch freundliche, die für jeden brennenden Kummer das Geschenk eines kühlen Todes bereithält.

Und während er so sang, sprang er vom Bug des Schiffes, die Lyra in der Hand, und tauchte ein in das Meer.

Er hatte so herrlich gesungen, daß die Geschöpfe der Tiefe heraufgekommen waren, um ihm zu lauschen. Seine eifrigsten Zuhörer waren die Delphine, die ja bekanntlich die Musik lieben – ein ganzer Schwarm war gekommen. Der größte tauchte unter Arion, nahm ihn auf den Rücken und kam mit ihm wieder an die Oberfläche.

»Vielen Dank, mein Freund«, sagte Arion.

»Eine geringe Gegenleistung für solch himmlische Musik«, erwiderte der Delphin.

Der Delphin schwamm mit Arion auf dem Rücken davon, und die anderen Delphine jagten ausgelassen hinter ihnen her und tanzten auf dem Wasser, während Arion spielte. Pfeilschnell schossen sie durch das Wasser, und Arion erreichte den Tainaron und gelangte von dort aus nach Korinth – einen Tag, bevor das Schiff im Hafen einlaufen sollte. Unverzüglich ging er in den Palast zu seinem Freund Periander, dem König von Korinth, und erzählte ihm die ganze Geschichte. Dann führte er den König hinunter ans Wasser, um ihn dem Delphin vorzustellen. Der König befahl seinem Schmied, einen goldenen Sattel für den Delphin anzufertigen, und lud ihn ein, im Burggraben zu wohnen, wann immer er in die Gegend käme.

Am nächsten Tag lief das Schiff im Hafen ein. Kapitän und Mannschaft wurden von den Wachen des Königs ergriffen und zur Burg gebracht. Arion hielt sich noch versteckt.

»Warum hast du uns gefangengenommen, o König?« fragte der Kapitän. »Wir sind friedliebende, gesetzestreue Seeleute.«

»Mein Freund Arion ist als Passagier an Bord eures

Schiffes gegangen!« brüllte der König. »Wo ist er? Was habt ihr mit ihm gemacht?«

»Der arme Kerl«, antwortete der Kapitän. »Er war nicht recht bei Sinnen. Eines Tages saß er an Deck und sang so vor sich hin, und dann sprang er plötzlich über Bord. Wir ließen ein Boot zu Wasser und kreisten stundenlang an der Stelle. Wir haben keine Spur von ihm gefunden. Haie, vermutlich. Das Meer dort ist voller Haie.«

»Und was tut ihr Seeleute mit einem menschenfressenden Hai, wenn ihr einen fangt?« fragte der König.

»Ihn töten, natürlich«, entgegnete der Kapitän. »Wir können ihn doch nicht einfach herumschwimmen lassen und so andere Seeleute in Gefahr bringen.«

»Eine wirklich edle Gesinnung«, sagte Arion und kam aus seinem Versteck hervor. »Genauso halten wir es hier in Korinth mit zweibeinigen Haien.«

Und so wurden der Kapitän und seine Mannschaft hinausgeführt und aufgehängt. Das Schiff wurde durchsucht, und Arion erhielt sein Eigentum zurück. Er bestand darauf, die reichen Gaben mit dem König zu teilen. Als Periander Einspruch erhob, lachte Arion und sagte: »Schätze sind eine Last. Du bist ein König und kannst damit umgehen. Doch ich bin nur ein Sänger. Ich muß mit leichtem Gepäck reisen.«

Und sein ganzes Leben lang sang er Lobgesänge. Im Laufe der Zeit gewann seine Musik immer mehr an Kraft und Schönheit, so daß die Leute schließlich sagten, er sei ein zweiter Orpheus. Als er starb, hob Apollon ihn in den Himmel, ihn und seine Lyra und auch den Delphin. Und bis zum heutigen Tag erstrahlen sie dort am Nachthimmel – die Sterne im Sternbild Arion. Sie scheinen herab auf Piraten und Sänger, auf kluge Männer, die versuchen, die Sprache der Delphine zu lernen, und auf einfache Leute, die diese Sprache immer schon verstanden haben.

# Halbgötter

# Perseus

König Akrisios von Argos war unsicher auf dem Schlachtfeld, glücklos bei der Jagd und launenhaft und aufbrausend von Charakter. Grübelnd saß er in seinem Thronsaal.

»Meine Tochter Danaë ist groß und schon voll erblüht«, dachte er bei sich. »Über ihre Augen legt sich ein Schleier, wenn ich mit ihr spreche. Sie ist reif für die Ehe, aber bin ich reif für einen Schwiegersohn? Der Gedanke gefällt mir nicht, und er hat mir nie gefallen. Mein Schwiegersohn wird ein jüngerer Mann sein, der nur darauf wartet, daß ich sterbe, damit er den Thron besteigen kann. Vielleicht wird er sogar versuchen, dieses traurige Ereignis zu beschleunigen. Man hört ja immer wieder von so etwas. Den Gedanken an einen Schwiegersohn finde ich abscheulich. Doch sie ist reif für die Ehe, und Fürstentöchter sollen nun einmal keine alten Jungfern werden ... eine schwierige Entscheidung ... ich werde das Orakel befragen.«

# Die Prophezeiung

Er schickte zum Orakel nach Delphi, und der Bote kehrte mit folgender Prophezeiung zurück: »Deine Tochter wird einen Sohn zur Welt bringen, der dich eines Tages töten wird.«

Akrisios ließ den Boten köpfen, weil er eine so schlechte Nachricht überbracht hatte, und zog sich wieder in seinen Thronsaal zurück, um weiter vor sich hin zu grübeln.

»Die Weissagungen der Pythia sollen unweigerlich eintreffen«, dachte er bei sich. »Doch stimmt das wirklich? Wie kann das überhaupt sein? Was wäre, wenn ich meine Tochter jetzt, wo sie noch kein Kind hat, töte; wie sollte sie dann einen Sohn bekommen, der mich ermorden könnte? Aber muß ich sie wirklich töten, wenn ich verhindern will, daß sie Kinder bekommt? Genügt es denn nicht, ihr bis ans Ende ihrer Tage den Umgang mit Männern zu verbieten? Würde ich so nicht dasselbe Ziel erreichen, ohne die Rache der Götter auf mein Haupt zu beschwören? Ja, das ist ein viel besserer Plan.«

Daraufhin sperrte er das schöne junge Mädchen in einen ehernen Turm, den er eigens für diesen Zweck hatte bauen lassen, einen Turm ohne Türen und mit nur einem Fenster, einem Spalt, der so schmal war, daß nicht einmal ein Kind seinen Arm hindurchstecken konnte. Der Turm war umgeben von einer hohen, mit eisernen Spitzen bewehrten Mauer, auf der bewaffnete Wachen und wilde Hunde auf und ab patrouillierten. Hier also sperrte Akrisios seine Tochter ein, und in jenen Tagen war sein Zorn derart blutrünstig, daß niemand ihn zu fragen wagte, was aus dem fröhlichen jungen Mädchen geworden sei.

Akrisios hielt sich von dem Turm fern und wartete darauf, daß jemand ihm die Nachricht brachte, seine Tochter wäre gestorben; doch die Nachricht, auf die er wartete, kam nicht, und er fragte sich, was sie wohl am Leben hielt. Wie konnte ein solches Mädchen, eine Fürstentochter, die es gewöhnt war, zu jagen, zu schwimmen und unbeschwert über die Hügel zu laufen, ein Mädchen, dessen Wünschen sich in ihrem ganzen Leben keinerlei Hindernisse in den Weg gestellt hatten – wie konnte sie diese Gefangenschaft überleben?

Er ritt an dem ehernen Turm vorüber, der im heißen Sonnenlicht flimmerte. Die ehernen Helme der Wache glänzten und auch die ehernen Halsbänder der riesigen Hunde. Als er vorüberritt, versuchte er, durch den Spalt hineinzusehen, versuchte, einen flüchtigen Blick auf ihr hinausschauendes Gesicht zu erhaschen, doch das eherne Glitzern blendete ihn so, daß er nichts sehen konnte.

Der König machte es sich zur Gewohnheit, den Turm von seiner Burgmauer aus zu beobachten, doch der Turm war weit weg, jenseits eines Tales auf dem Hang eines Hügels. Der Turm war nur ein Lichtsplitter, doch er schien gleißender und immer gleißender zu glühen, bis dem König schließlich die Augen weh taten. Eines Nachts konnte er nicht schlafen, und so ging er hinaus auf die Burgmauer, saß im Nachtwind und schaute in das Tal hinunter. Es war eine schwarze Nacht – kein Mond, keine Sterne am Himmel. Der Hügel war lediglich ein noch dichteres Dunkel. Da plötzlich, als sei eine Fackel angezündet worden, blitzte der Turm hell auf und leuchtete so strahlend, als sei es Tag und nicht Nacht; doch der Turm war jetzt von innen her erleuchtet – die ehernen Mauern funkelten weißlich, wie Silber, und warfen ein schwach leuchtendes Licht über das Tal und zogen den riesigen Schatten der Bäume weit über den Hügel hinaus.

Voller Verwunderung und von großer Furcht erfüllt rief Akrisios seine Soldaten zusammen, sprang auf sein Pferd und ritt auf den Turm zu. Als sie näher herangaloppierten, erstarb das Licht, und der gleißende Turm schmiegte sich wieder an den Hügel. Der König führte seine Soldaten zu der dunklen Mauer. Die Hunde heulten auf. Die Wachen erkannten den König und öffneten das Tor. Er galoppierte hindurch und ritt zu dem Fensterspalt. Da, inmitten des Tumultes und des Klirrens der Waffen, hörte er noch ein anderes Geräusch, so überraschend wie ein Pfeil, der unvermutet sein Ziel trifft – das Geräusch eines schreienden Säuglings.

Der eherne Turm hatte keine Türen, er war ja ohne Türen gebaut worden, also befahl Akrisios jetzt seinen Soldaten, Hacken zu nehmen und die ehernen Wände einzureißen. Als eine Bresche in die Wand geschlagen war, trat der König hindurch in die Zelle seiner Tochter. Da sah er sie im Fackelschein auf einer Bank sitzen und einem Säugling die Brust geben. Mit einem geheimnisvollen Lächeln schaute sie zu ihm auf und sagte: »Ich habe ihn Rächer genannt.« Das griechische Wort für Rächer ist *Perseus*.

Der erste Impuls des Königs war es, Mutter und Kind zu töten, doch dann besann er sich eines Besseren. »Sie muß unter einem ganz besonderen Schutz stehen; vielleicht gar unter Apollons Schutz, des Herrn über das delphische Orakel, der nicht duldet, daß seine Prophezeiungen durchkreuzt werden. Sicher, ich kann nur einmal sterben; doch wenn sie unter dem Schutz der Götter steht und ich sie töte, werden sie mich bis in alle Ewigkeit quälen. Nun denn, stellen wir also die Tüchtigkeit ihrer Beschützer auf die Probe.«

Akrisios gab Befehl, Danaë und den Säugling aus dem Gefängnis zu holen und in ein hölzernes Boot ohne Segel, ohne Ruder und ohne Lebensmittel und Wasservorräte zu setzen. »Ja«, sagte er bei sich, »wir werden ihr Schicksal auf die Probe stellen. Wenn sie unter göttlichem Schutz steht, wird das Schiff sicher in einen Hafen geleitet werden. Wenn es dagegen Schiffbruch erleidet, steht sie offensichtlich nicht unter dem Schutz der Götter, und ihr zufälliger Tod wird keine Vergeltungsmaßnahmen nach sich ziehen. Ja, dieser Plan gefällt mir.«

Daraufhin wurden die Fürstentochter und ihr neugeborener Sohn in einem kleinen leeren Boot ohne Segel und ohne Ruder dem Schicksal preisgegeben. Akrisios kehrte zur Burg zurück und legte sich schlafen.

Danaë setzte sich im Boot auf und spürte den Nachtwind, der ihr ins Gesicht sang und ihr das Haar um die Schultern peitschte. Der Säugling lachte vor Freude und streckte seine kleinen Arme aus, um die glitzernden Kronen der Wellen zu fangen. Die ganze Nacht trieben sie so dahin und auch noch den nächsten Tag und die darauffolgende Nacht. Ein leichter Regen fiel und gab ihnen Wasser zu trinken; und eine Möwe ließ einen Fisch genau ins Boot fallen und gab ihnen zu essen. Am Morgen des zweiten Tages sah Danaë, daß sie zur windabgewandten Seite einer Insel getrieben worden waren. Zahlreiche Fischerboote lagen an der Küste vor Anker, und Fischer warfen ihre Netze aus.

Sie rief. Eines der schlanken Boote segelte auf sie zu. Der Fischer war ein riesiger, bärtiger Mann mit Namen Diktys, der sie an Bord nahm und dann an Land setzte. Er war überrascht von der Schönheit des Mädchens und von der Unerschrockenheit des Säuglings, der dreist an seinem Bart zog und gluckste, aber nicht weinte.

Diktys brachte Mutter und Kind zu Polydektes, dem König der Insel Seriphos. Auch Polydektes war beeindruckt von der Schönheit der jungen Frau. Er nannte sie seine Tochter und bot ihr Gastfreundschaft auf der Insel an – ein Haus, in dem sie leben könnte, und Diener, die für sie sorgten –, und er zahlte Diktys den Gegenwert des Fanges eines ganzen Monats für die Beute, die er aus dem Meer gezogen hatte.

# Die Insel

Perseus wuchs zu einem kräftigen, furchtlosen Knaben heran. Er lief, schwamm, jagte und balgte sich gern mit anderen Jungen. Nachts, wenn er nah beim Feuer lag, hörte er oft seiner Mutter zu, wie sie Geschichten erzählte, die sein Herz vor lauter Aufregung entflammten – Geschichten von Göttern, von Helden, von Ungeheuern, von Schlachten, von Verwandlungen und von sonderbaren Amouren.

Sie erzählte ihm von den drei Schwestern, die man die Gorgonen nannte und die hochgewachsen und wunderschön waren und langes goldenes Haar und goldene Flügel hatten. Sie erzählte, wie Medusa, die jüngste und schönste von ihnen, in einen von Athenes Tempeln flog, um sich mit Poseidon zu treffen, der heimlich aus dem Meer emporgestiegen war. Als Athene davon erfuhr, wurde sie sehr zornig und webte einen Fluch auf ihrem Webstuhl; und auf der Erde erwachte Poseidon und mußte feststellen, daß er ein Ungeheuer in den Armen hielt. Medusas Augen quollen hervor, so als wolle jemand sie erdrosseln, und eine geschwollene schwarze Zunge preßte ihr die Lippen auseinander und entblößte gelbliche Reißzähne. Ihre Finger und Zehen waren bronzene Klauen; und das Schrecklichste war, daß sich jedes einzelne goldene Haar in eine lebendige, zischende Schlange verwandelt hatte. Poseidon brüllte vor Zorn, stieß sie zur Seite und tauchte im Meer unter. Medusa breitete die Flügel aus und flog weinend davon, um ihre Schwestern zu suchen. Ihr Anblick war so schrecklich, daß jeder, der ihr ins Gesicht sah, sofort zu Stein wurde. Da brachten ihre Schwestern sie an einen entlegenen Ort, einen geheimen Ort, wo sie zusammen lebten und auf Rache sannen.

Perseus bat seine Mutter, ihm diese Geschichte wieder und wieder zu erzählen, denn wie so viele Kinder mochte er

Geschichten, die ihm angst machten. Doch am meisten liebte er es, wenn seine Mutter von den Tagen erzählte, als sie in dem ehernen Turm eingesperrt war: wie sie so traurig war, daß sie meinte, sie müsse sterben; wie sie durch den Spalt in der Mauer hinaussah und nur einen einzigen Stern erblickte; wie sie aufschaute zu diesem Stern, den ihre Tränen um ein Vielfaches vergrößerten, bis er den ganzen Himmel auszufüllen schien. Sein Licht fiel schneidend wie die Klinge eines Schwertes durch die Dunkelheit; und sie konnte sehen, daß der Blitz aus Licht durch den Spalt in der ehernen Mauer schoß und die dunkle Kammer mit einem goldenen Schein erfüllte. Das Gold pulsierte, verdichtete sich und ballte sich zusammen zu einer hohen Säule aus Licht und nahm die Gestalt eines Mannes an, eines Mannes aber, wie sie noch nie einen gesehen hatte ... er war größer als alle Sterblichen, hatte goldenes Haar und goldglühende Augen, trug goldene Ringe um die kräftigen Arme und hielt einen lichtblauen gezackten Stab aus reinem Licht in der Hand, so wie andere Männer einen Speer halten.

Sie kniete vor ihm nieder. Sie wußte, daß er ein Gott war, doch er hob sie auf und sagte: »Ja, ich bin ein Gott, aber fürchte dich nicht. Ich komme als Mann zu dir.«

»Jede Nacht kam er auf dem goldenen Lichtstrahl in mein Verließ«, erzählte sie Perseus, »und bei Tagesanbruch war er verschwunden ... so wie der Morgenstern erlischt, wenn der Tag anbricht.«

»Und er war mein Vater?« fragte Perseus.

»Er war dein Vater. Und eines Tages wird er zu mir zurückkehren, dessen bin ich gewiß. Darum darf ich auch keinen anderen Gemahl haben, denn wie kann ich einen gewöhnlichen Sterblichen lieben, solange ich sein Bild vor Augen habe?«

»Ich bin also der Sohn eines Gottes?« fragte Perseus.

»Ja.«

»Und zu was macht mich das?«

»Zu einem Helden. Oder zu einem außerordentlichen Schurken.« Sie lächelte und zog den Knaben zu sich heran. »Aber wir wollen hoffen, daß auch du jungen Mädchen zu Hilfe eilen und wahnsinnige Könige stürzen wirst. Manchmal, so wie jetzt, wenn sich der Feuerschein in deinen Augen spiegelt, siehst du aus wie er, nur nicht so groß, nur nicht so groß.«

So wuchs Perseus zu einem Mann heran. Er war der herrlichste junge Mann auf der ganzen Insel. Er konnte jeden anderen auf Seriphos im Laufen, Schwimmen, Klettern und beim Kämpfen schlagen; die Friedfertigkeit der Zeit trieb ihn jedoch zur Verzweiflung, denn er sehnte sich danach, sich im Kampf zu bewähren.

Es gab aber einen, der Perseus mit großem Mißfallen heranwachsen sah. König Polydektes, der seit langem schon in die schöne Danaë verliebt war, brannte darauf, ihren hitzigen Sohn loszuwerden, denn nur dann konnte er sie zwingen, seine Gemahlin zu werden. Polydektes war ein verschlagener Mann, verschlagen und geduldig und äußerst grausam auf seine stille Art, und er ersann einen schlauen Plan, um sich des Knaben zu entledigen. Er verbreitete das Gerücht, daß er eine Fürstentochter von einer anderen Insel heiraten werde und lud alle jungen Männer von Seriphos in den Palast. Dort bat er sie, so wie es Brauch war, um Gaben, die er der Braut bringen wolle.

»Was sie über alle Maßen liebt, ist ein gutes Pferd«, erklärte er den jungen Männern. »Und ich habe ihr fünfzig prachtvolle Hengste versprochen. So geht denn alle hin und wählt das jeweils beste aus eurer Herde, wollt ihr das für mich tun?«

Alle jungen Edelleute versprachen es, außer Perseus, denn er hatte nichts, was er sein eigen nennen konnte, da er von der Mildtätigkeit des Königs lebte.

»Nun, Perseus«, sagte Polydektes. »Ich höre nichts als Schweigen von dir. Was für eine Gabe wirst du mir bringen? Was bietest du deinem König und Gastgeber an, der dir und deiner Mutter gegenüber all die Jahre so großzügig gewesen ist?«

Polydektes kannte Perseus gut und war überzeugt, daß der flammende Stolz des Knaben ihn dazu verleiten würde, ein unbesonnenes und vorschnelles Angebot zu machen – und genau dies war der Grund, weshalb der König so getan hatte, als würde er bald heiraten, und weshalb er die jungen Männer in seinen Palast gerufen hatte.

»Ich möchte dich nicht in Verlegenheit bringen, Perseus«, sagte der König. »Ich weiß, daß du nicht über dieselben Mittel wie diese anderen jungen Männer verfügst; doch sicherlich darf ich mit einer symbolischen Gabe rechnen, vielleicht mit einem Kaninchen, das du gefangen, oder einem Fisch, den du geangelt hast.«

»O König«, rief Perseus. »O, der du unser Gastgeber und Wohltäter bist, ich schulde dir zuviel des Dankes, als daß ich ihn mit einer so gewöhnlichen Gabe wie einem Pferd abstatten kann. Ich werde dir das Haupt der Medusa bringen!«

Der Thronsaal hallte von Gelächter wider, doch das Gesicht des Polydektes blieb ernst. »Du beliebst zu scherzen«, sagte er. »Das geziemt sich nicht für jemanden, der so lange schon mein Gast ist.«

»Ich scherze nicht«, rief Perseus. »Ein Versprechen ist mir heilig. Ich bringe dir das Haupt der Medusa, falls nicht, so magst du mir meinen eigenen Kopf abschlagen. Die Abmachung gilt.«

Perseus drehte sich um und schritt aus dem Thronsaal. Er ging zu einer Klippe am Meer, streckte die Arme dem Himmel entgegen und sagte: »O mein unbekannter Vater auf dem Olymp – Zeus oder Apollon oder Ares, oder wer immer es war, der meine Mutter in Gestalt eines Goldregens besucht hat –, gewähre deinem Sohn eine Gefälligkeit. Nicht das Haupt der Medusa. Das will ich selbst erringen, doch ich muß wissen, wo sie sich aufhält und wie ich dorthin gelange. Bitte hilf mir.«

Er ließ die Arme sinken und starrte in den klaren Himmel, der blauer und leerer zu sein schien als jemals zuvor.

»Guten Tag, Bruder«, hörte er eine Stimme sagen.

Blitzschnell drehte er sich um. Da stand ein erhabenes Wesen mit rundem Hut, lachendem Gesicht, keckem Bart, Flügelschuhen und einem goldenen, schlangenumwundenen Stab. Perseus wußte, daß es der Gott Hermes war und daß er auf die Knie fallen müßte; doch seine Knie wollten sich nicht beugen, und so verneigte er sich statt dessen.

»Unser Vater Zeus befindet sich auf einer seiner Reisen«, sagte Hermes, »doch während seiner Abwesenheit erledige ich einen Teil seiner Geschäfte, also bin ich gekommen, um dir zu Diensten zu sein. Was hat das mit dem Haupt der Medusa zu bedeuten?«

Perseus erzählte ihm von dem vorschnellen Versprechen, das er Polydektes gegeben hatte.

»Das war wirklich vorschnell«, murmelte Hermes. »Das war sogar ziemlich verwegen. Aber das liegt wohl in der Familie. Göttlicher und menschlicher Samen ergeben eine sonderbare Mischung, ein Ferment im Blut; das führt zu großen Taten oder zu großer Torheit. Doch ... auch die Torheit kann der Same großer Taten sein. Wir wollen sehen, was wir tun können.«

»Ich brauche ...«

»Bitte laß mich dir sagen, was du brauchst. Zunächst einmal muß ich dir sagen, daß Schwester Athene großen Anteil an deinem Fall nimmt. Sie ist für Medusas versteinernde Erscheinung verantwortlich, mußt du wissen, und sie ist eine eingeschworene Feindin der Gorgonen. Sie läßt dir dies hier schicken.«

Hermes langte in seinen Beutel und holte ein Paar Talarien heraus, mit Silber besetzte Flügelschuhe, wie er selbst sie trug. »Sie ist nicht nur eine einflußreiche alte Jungfer«, sagte er, »sondern sie stellt auch wundervolle Schuhe her. Sie hat Flügelschuhe für mich angefertigt, und jetzt hat sie auch ein Paar für dich gemacht. Damit kannst du schneller als ein Adler fliegen. Und jetzt hör zu, ich sage dir, was du zu tun hast. Mach dich noch heute auf den Weg. Fliege nach Norden. Begib dich auf die Suche, bis du die Grauen Schwestern gefunden hast. Wenn du sie gefunden hast, mußt du sie dazu zwingen, dir zu erzählen, wo du die Nymphen des Westens findest. Diese Nymphen haben gewisse Gegenstände in ihrem Besitz, die du brauchen wirst, um die Medusa zu töten. Ohne diese Dinge wirst du erfolglos bleiben ... Komm herunter, Perseus. Wie soll ich mit dir sprechen, wenn du da oben bist? Komm herunter. Du kannst nachher üben.«

Perseus lachte laut auf vor Freude, drehte einen Salto in der Luft und schwebte dann über dem Kopf des Hermes, wobei die Flügel an seinen Schuhen schwirrten wie die Flügel eines flatternden Vogels.

»Ich habe alles gehört«, rief er. »Ich habe alles gehört! Graue Schwestern, Nymphen des Westens ... ihre Geheimnisse werden meine Waffen sein. Ich danke dir, lieber Bruder. Ich danke dir, Hermes. Richte Athene meinen Dank aus. Leb wohl.«

Er wendete, so daß die untergehende Sonne zu seiner Linken war, eilte davon und rief: »Ich kann fliegen! Ich kann fliegen!«

# Die Suche

Möwen kreischten – voller Verwunderung über das große Ding, das zwar flog, aber keine Fische fing; Falken stießen herab, um es sich von nahem anzusehen, und flogen dann wieder davon; und Perseus schoß über die See zu der Stelle, wo das Land begann – ein schönes, reiches Land. Er flog dahin über Weizenfelder und Olivenhaine, über Schaf- und Rinderherden, über winzige Dörfer und weiße Städte. Dann wurde das Land wilder und unzivilisierter, und Berge erhoben sich, an deren Hängen nur wenige arme Dörfer kauerten. Hinter diesen ersten Bergen gab es noch höhere, schneebedeckte Felsgebirge, und dort lag der erste Schnee, den Perseus je in seinem Leben zu Gesicht bekam. Er flog hinweg über diese Berge, über weite Wälder, über eine Ebene voller Flüsse und über eine weitere Bergkette, wo keinerlei Menschen und auch keinerlei Tiere zu sehen waren. Ein Hagelsturm wütete und spie Perseus harte, scharfkantige Eisstücke entgegen, so daß er sein Gesicht in seinem Umhang verbergen mußte, während er weiterflog.

Als der Sturm sich ausgetobt hatte, fand sich Perseus über der See wieder, einer See von Eis, die nicht eben war, sondern voller turmhoher Wellen und Furchen, so als wäre ein Meer inmitten heftiger Windböen plötzlich gefroren. Die Sonne war ein riesiger bleicher Mond, der träge über den Rand des Himmels lugte. Die Luft war so kalt, daß er kaum atmen konnte.

Perseus hörte ein leises Schwatzen, das aber doch stärker als der Wind war. Er ging etwas tiefer und sah drei am Boden kauernde Gestalten. Da hob er die Arme, streckte die Zehen, ließ sich mit den Füßen voran auf die Erde fallen und landete bei den drei Grauen Schwestern. Sie waren drei Hexen, hochgewachsen und mager. Viele, viele Jahre, vor dem Beginn der Zeit, waren sie bereits alt zur Welt gekommen und wurden seitdem mit jedem Tag noch älter. Sie hatten graues Haar, das nie geschnitten worden war, so lang, daß es bis auf den Boden fiel und hinter ihnen herschleifte, wenn sie gingen. Ihre Haut war grau, und sie trugen keine Kleider, nur ihr langes graues Haar; ihre Haut war zäh und gegerbt wie die eines Alligators. Ihre nackten Füße sahen aus wie lederne Klauen.

Sie saßen eng beieinander im Kreis, keiften, schwatzten und kicherten. Immer wieder faßten sie sich bei den Händen, und da sah Perseus, daß sie alle drei gemeinsam nur ein einziges Auge und nur einen einzigen Zahn hatten. Sie stritten ohne Unterlaß und nahmen sich gegenseitig immer wieder Auge und Zahn weg.

»Gib mir das Auge!« schrie die eine. »Ich will sehen! Ich bin dran mit Sehen!«

»Gib mir den Zahn – dann wirst du mich sehen, wirst mich sehen ... wirst mich lächeln sehen.«

»Ich will etwas abbeißen mit dem Zahn. Wenn du den Zahn nimmst, dann muß ich das Auge haben.«

»Und was habe ich – ich, ich, ich?«

Plötzlich trat Perseus zwischen sie, erschauerte, als seine Hand ihre verwelkten Klauen berührte. Schnell ergriff er Zahn und Auge und trat zurück.

»Wo ist der Zahn? Gib mir den Zahn!«

»Wo ist das Auge? Gib mir das Auge!«

»Ich bin dran! Du hast es lange genug gehabt!«

»Ich bin dran ... ich bin dran.«

»Ich habe es nicht.«

»Ich habe es nicht.«

»Ich habe es nicht.«

»Wo ist es? ... Und wo ist der Zahn? ... Wo ist er, wo ist das Auge? ... Du hast es ... Du mußt es haben ... Nein, du, du, du –«

»Ich habe es«, sagte Perseus. »Ich habe beides, Auge und Zahn.«

»Ein Fremdling!«

»Ein Dieb!«

»Ein *Mann*!«

»Ein Mann! Gib mir das Auge, damit ich ihn sehen kann!«

»Ein Mann! Gib mir den Zahn, damit ich ihn anlächeln kann!«

»Aber *er* hat doch alles beides.«

»O je, er hat alles beides.«

»Gib sie uns zurück, junger Herr, damit wir dich sehen und dich anlächeln können ... Bitte ... Bitte ...«

»Ich habe euer Auge und euren Zahn«, sagte Perseus, »und ich werde euch beides nur wiedergeben, wenn ihr mir dafür euer Geheimnis verratet.«

»Was für ein Geheimnis? Was für ein Geheimnis?«

»Ich will wissen, wie ich die Nymphen des Westens finde.«

»Ach, das Geheimnis. Nein, das dürfen wir dir nicht verraten. Nein, wirklich nicht, es ist ein Geheimnis in einem Geheimnis, und die muß man für sich behalten, nicht weitererzählen. Wir wagen nicht, es dir zu sagen. Es ist ein Gorgonen-Geheimnis; sie werden uns in Stücke reißen, wenn wir es verraten.«

»Ihr gehört zu den Unsterblichen und könnt nicht getötet werden«, gab Perseus zurück, »also werdet ihr hier hocken bis ans Ende aller Tage – ohne Zahn im Mund, ohne Auge im Kopf. Und wenn ihr auch leben könnt, ohne zu lächeln und ohne zu kauen, so werdet ihr doch bald euer Auge brauchen. O ja, überlegt doch nur, wie lang und dunkel die Augenblicke für zwei von euch sind, wenn die dritte Schwester das Auge hat. Bedenkt, wie dunkel es jetzt schon für euch ist. Bedenkt die Qual, eine Stimme zu hören und

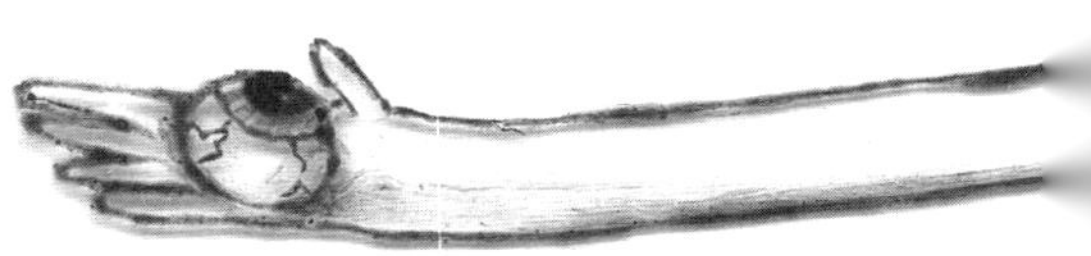

nicht sehen zu können, wer spricht, und jetzt sind erst ein paar Minuten vergangen. Bedenkt, wie sich diese Minuten zu Stunden dehnen, und die Stunden zu Tagen, und die Tage zu Monaten, und die Monate zu Jahren – dunkle Jahre, endlose, trübsinnige, schwere, dunkle Jahre, in denen Verstand und Gedächtnis leerer und immer leerer werden ...«

»Gib uns das Auge, das Auge! Behalte den Zahn und gib uns das Auge!«

»Ich halte ein wenig gallertartige Masse in der Hand. Ich halte sie zwischen Daumen und Zeigefinger. Nur ein wenig Druck, ein wenig mehr, und sie wird zerquetscht sein, nicht mehr zu gebrauchen, unfähig zu sehen. Ich bin ungeduldig. Ich muß das Geheimnis erfahren. Ich muß wissen, wo ich die Nymphen des Westens finden kann. Das Geheimnis! Schnell! Mein Zeigefinger nähert sich dem Daumen. Die Gallertmasse zittert. Fühlt ihr nicht den Schmerz in den leeren Augenhöhlen?«

»Aauuu ...«

»Hör auf!«

»Zerquetsche es nicht! Wir werden es dir sagen ... Wir werden es dir sagen ...«

»Also los!«

Und da – sie sprachen schnell und durcheinander, schluchzten und kicherten und seufzten – verrieten sie ihm, wie er die Nymphen des Westens finden könne, die als einzige ihm geben konnten, was er brauchte, um die Medusa zu bezwingen.

Wer waren nun aber diese Nymphen, und warum waren sie Hüterinnen dieses Geheimnisses? ... Vor ewigen Zeiten, als Hera den Zeus heiratete, gab Mutter Erde ihr als Hochzeitsgeschenk einen Baum, der goldene Äpfel trug. Hera liebte diesen Baum sehr, doch nach einiger Zeit stellte sie fest, daß sie ihn nicht in ihrem eigenen Garten behalten konnte, denn Zeus hatte sich angewöhnt, die schönen goldenen Äpfel zu stehlen und sie als Zeichen seiner Gunst derjenigen Nymphe oder Dryade oder Najade oder Titanin oder Sterblichen zu geben, der er zu dem Zeitpunkt zufällig gerade den Hof machte. Also nahm Hera ihren Zauberbaum und pflanzte ihn am äußersten Ende der Erde ein, auf der westlichsten Insel, einem Ort voller Wiesen und Obstgärten, von dem Zeus nichts wußte. Hier stand Atlas, der Titan, mit gebeugten Schultern, zerfurchter Stirn, angespannten Beinen, und stützte das Ende des Himmels. Die drei Töchter des Atlas, bezaubernd schöne Nymphen, hatte Hera dazu bestimmt, den Schatz zu hüten. Es war eine kluge Entscheidung gewesen. Diese üppigen, lieblich duftenden Dryaden gaben bessere Wächter ab als jeder Drache oder dreiköpfige Hund oder jede Seeschlange, denn solche Ungeheuer lassen sich töten, anketten oder überlisten, aber an den Nymphen kam niemand vorbei. Sie tanzten unter den Bäumen und riefen dem Obstdieb fröhliche Einladungen zu, bis er seinen ganzen Plan vergaß und herbeikam, um mit ihnen zu tanzen. Dann streichelten sie ihn und gaben ihm Wein zu trinken und tanzten im Kreis um ihn herum, bis er so berauscht war, daß sie mit ihm ganz nach Belieben verfahren konnten. Dann drängten sie ihn tanzend bis an den Rand der Klippe und stießen ihn ins Meer. All dies taten sie unter den Augen ihres Vaters Atlas, der zuweilen unter seiner Last stöhnte oder mit dem Fuß aufstieß und so die Erde erschütterte oder die Schultern zuckte und so Kometen niederstürzen ließ. Diese merkwürdigen Anfälle von Kummer bei dem Titanen verliehen der Insel einen schlechten Ruf; Fischer mieden sie, und die Seeleute auch. Andere düstere Geheimnisse wurden hier von den Nymphen des Westens begraben, und sie hüteten sie mit derselben schicksalhaften Gewandheit, mit der sie auch die goldenen Äpfel hüteten. So kam es, daß sie auch das Geheimnis der Gorgonen bewahrten.

Als nun Perseus den Anweisungen der Grauen Schwestern Folge leistete, flog er nach Westen. Er flog und flog über eine seltsam neblige See, bis er die mächtige gekrümmte Gestalt des Atlas sah, der das Himmelsgewölbe stützte. Dann ließ er sich zur Erde fallen. Die Nymphen tanzten, als sein Schatten über den Hain flog.

»Das ist Hermes!«

»Sei willkommen, lieblicher Bote! Sei willkommen, lieber Vetter!«

»Komm herunter! ... Komm schnell! Erzähl uns, was es Neues gibt!«

Perseus kam weiter hinunter und schwebte dicht über dem Boden.

»Das *ist* nicht Hermes!«

»Aber er trägt die Schuhe von Hermes. Hermes hat einen Helfer. Oh, welche Freude!«

»Das ist gar kein Gott, das ist ein Mann. Ein reizender junger Mann. Ganz zart und rein und lieblich.«

»Komm herunter, Mann!«

»Komm, spiel mit uns, bleib bei uns ...«

»Komm, tanz mit uns.«

»Du mußt ein sehr geschickter Dieb sein, wenn du die Schuhe von Hermes gestohlen hast; komm und erzähl uns, wie du es getan hast.«

»Komm herunter... Komm herunter...«

Perseus verbeugte sich, noch immer in der Luft stehend. »Nichts würde mir mehr Vergnügen bereiten, als mit euch zu tanzen und euch Geschichten zu erzählen, doch zuerst muß ich ein Versprechen einlösen, ein Versprechen einlösen, Waffen beschaffen, einen Feind töten.«

»Ach, ihr törichten Männer mit euren lächerlichen Abenteuern, euren Schwüren und Feinden und unmöglichen Aufgaben. Wann werdet ihr lernen, das Obst zu essen und die Kerne auszuspucken und traumlos in den Armen eurer Geliebten zu schlafen? Habt Ihr je in den Armen einer Frau geschlafen, lieblicher junger Herr?«

»In den Armen meiner Mutter.«

»In den Armen deiner Mutter... Schon recht gut für den Anfang, aber noch nicht genug, nicht genug. Komm, küß uns, Bursche – wir brauchen Küsse. Es ist ein trockener Sommer.«

»Ich kann euch jetzt nicht küssen«, sagte Perseus. »Sogar hier oben rieche ich euren Apfelblütenduft, und ich bin ganz verwirrt, und ich vergesse fast, wer ich bin. Was wird dann erst, wenn ich noch näher komme und eure apfelrote Haut berühre und euren Apfelweinatem trinke? Ich würde trunken werden wie die Bienen im Geißblatt, würde meinen Stachel verlieren und meinen Schwur vergessen. Bitte helft mir, ihr Nymphen. Stürzt mich nicht in Verwirrung.«

»Komm herunter... Hör mit dem Gerede auf und komm herunter... Vergiß deinen Auftrag, wir werden dir etwas Besseres geben. Komm herunter...«

»Seht, ihr lieblichen Wesen«, sagte Perseus. »Mein Vater war Zeus, der um meine Mutter in Gestalt einer Feuersäule, eines Lichtstrahls gefreit hat. Die Umstände meiner Geburt waren seltsam, und auch die Prophezeiungen bei meiner Geburt. Taten sind mein Schicksal, Abenteuer mein Beruf und der Kampf mein Vergnügen. Wenn ich nicht kämpfe und siege, tauge ich auch für die Liebe nicht. Habt ihr je einen Hahn gesehen, wenn er einen Kampf verloren hat? Er läßt seinen Kamm sinken, er ist unfähig zur Liebe, er enttäuscht seine Hennen. Sagt mir euer Geheimnis. Gebt mir, was ich brauche, um die Medusa zu bezwingen. Sagt mir, wo ich sie finden kann, und ich werde hingehen. Ich werde zurückkommen und ihren Kopf in einem Beutel bei mir tragen. Dann, dann, dann werde ich für euch bereit sein, meine Schönen. Ich werde zurückkommen und euch die Geschichte von meinem Kampf erzählen, und auch

noch andere Geschichten, und werde mit euch tanzen und euch erfreuen.«

»Er weiß mit Worten umzugehen, Schwestern. Er muß der Sohn eines Gottes sein.«

»Dann ist er unser Vetter. Wir schulden ihm Ergebenheit.«

»Auch die Gorgonen sind unsere Verwandten.«

»Aber sie sind so häßlich. So häßlich und so übelriechend. Ich ziehe diesen hübschen neuen Vetter vor.«

»Ja, ich mag ihn auch, diesen Flieger mit seiner hellen Stimme und silbernen Sporen. Er wird sein Versprechen halten, das weiß ich. Er wird zurückkommen und seine Hühnchen ganz vortrefflich behandeln.«

»Dann laßt uns ihm alles verraten ... schnell ... je eher wir es ihm sagen, desto eher wird er gehen, und desto eher wird er wieder zurückkommen.«

»Ich rieche Regen im Wind. Mit ein bißchen Glück kommen die Wolken und hüllen die Augen von Vater Atlas ein, so daß er nicht sieht, wie wir mit diesem Fremdling tanzen, und nicht eifersüchtig wird.«

»Also rasch ...«

Sie liefen auf Perseus zu, und indem sie seine Fußgelenke ergriffen, zogen sie ihn herab und drängten sich küssend und flüsternd an ihn. Er war ganz berauscht von ihrem Apfelduft und der Berührung ihrer sanften Hände und dem Geschmack ihrer Lippen; doch sie versuchten jetzt nicht mehr, ihn trunken zu machen, versuchten nur, ihn zu berühren, denn sie konnten niemandem etwas anvertrauen, den sie nicht berührt hatten. Und als er ihr Geflüster und Gemurmel zusammensetzte, erfuhr er, was er wissen mußte – wo die Gorgonen lebten und wie er die Medusa finden konnte.

Dann zogen sie ihn zu einem hohen Baum, dessen ineinander verschlungene Wurzeln halb aus dem Boden ragten.

Sie suchten etwas zwischen diesen Wurzeln und gaben ihm dann drei Dinge: einen Schild aus polierter Bronze, so hell wie ein Spiegel, und sie warnten ihn, er dürfe die Medusa niemals direkt ansehen, sondern nur ihr Spiegelbild auf dem Schild; ein Schwert, sichelförmig, schmal und glänzend wie der Neumond; und zum Schluß eine Tarnkappe – als er sie aufsetzte, verschwand er ganz und gar, und sie mußten tastend nach ihm suchen, um ihn zu fassen und ihm jede drei Küsse für die drei Geschenke zu stehlen.

Er nahm die Tarnkappe ab, erhob sich ein wenig in die Luft und strahlte vor Freude. »Habt Dank, ihr lieblichen Nymphen. Habt Dank, schöne Kusinen. Mit diesen Gaben muß ich erfolgreich sein.«

»Wirst du dein Versprechen halten? ... Wirst du zurückkommen und uns deine Geschichte erzählen? ... Wirst du zurückkommen, um mit uns zu tanzen und zu spielen? Wirst du ein andermal wiederkommen? ...«

»Lebt wohl ... Lebt wohl ...«, rief Perseus. Er erhob sich bis zu den Baumwipfeln, lächelte, als er sah, wie Heras goldene Äpfel zwischen den Blättern leuchteten, und nahm sich vor, bei seiner Rückkehr einen davon zu stehlen und seiner Mutter mitzubringen. Dann flog er am ärgerlichen Gesicht des Atlas vorüber, der ihm finster hinterherschaute; er schoß an der riesigen Schulter des Titanen vorbei und flog wieder nach Norden, immer am äußersten Rand der Erde entlang.

Mit der Tarnkappe auf dem Kopf, also unsichtbar wie der Wind, folgte Perseus der Krümmung des dunklen Ozeans, der die Erde umgürtet, bis er zum Land Jenseits kam – dem Land der Hyperboreer, in dem die See ein eingedämmter Sumpf war, ein Land mit verhangenem, braunem Himmel, wo von all dem Unkraut ein fauliger Gestank emporstieg. Hier sollten, so hatte man ihm gesagt, die Gorgonen hausen.

Er kam zur Erde nieder, kämpfte sich durch raschelndes Unkraut und gelangte zu einer Art Steingarten, der genau wie einer unserer Friedhöfe aussah, ein Wald von Statuen. Als er genauer hinschaute, erkannte er, daß es alte, regenverwaschene Gestalten von Menschen und Tieren waren; und ihm wurde bewußt, daß er all jene vor sich hatte, die das Gesicht der Medusa gesehen und zwischen einem Atemzug und dem nächsten in Stein verwandelt worden waren. Da war ein steinernes Kind, im Laufen gefangen, ein steinerner Mann, der von einem steinernen Pferd stieg, und steinerne Liebende, die sich berührten. Perseus schloß die Augen und atmete tief. Er zog sein Neumondschwert, hielt es bereit und hob seinen glänzenden Schild. Er mußte all seine Bewegungen am Gewicht der Gegenstände messen, denn durch die Tarnkappe war er auch für sich selbst unsichtbar.

Dann ging er, so leise er konnte, voran und bahnte sich seinen Weg zwischen den schrecklichen Steinfiguren hindurch, bis er ein Schnarchen vernahm. Er blieb stehen und schaute. Glitzernd in dem trüben Licht lagen dort bronzene Flügel. Da hob er seinen Schild, denn er wagte nicht, direkt hinzusehen, hielt ihn wie einen Spiegel und ließ sich von dem Spiegelbild leiten. Von Unkraut bedeckt lagen dort drei ungeheuer lange, massige Gestalten. Er sah bronzene Flügel und bronzene Klauen. Zwei von diesen Gestalten schliefen, wie Vögel schlafen, das heißt, sie hatten die Köpfe unter die Flügel gesteckt. Doch die dritte Gestalt hatte ihr Gesicht nicht verborgen. Perseus sah, als er in seinen Spiegelschild blickte, wie das Haar auf ihrem Kopf in die Höhe ragte und sich wand, und er wußte, es war Medusa. Er spürte, wie ihm sein eigenes Haar vor Schrecken zu Berge stand, als wollte es sich auch in Schlangen verwandeln.

Er drehte sich um, hielt den Schild vor sein Gesicht und machte ein paar Schritte rückwärts. Der Kopf der Medusa wurde größer auf dem Schild. Er sah, wie die Schlangen sich aufbäumten, sich wütend wanden, ihre Zunge herausschießen ließen und sich vor lauter Wut darüber, daß dieser Fremdling sich näherte, gegenseitig bissen, so daß ihr Blut wie Schweiß über die Stirn der Medusa rann. Er hielt den Schild schräg, um ihren Kopf in dessen Mitte zu sehen, denn sie war jetzt direkt unter ihm. Er atmete den entsetzlichen Gestank der blutenden Schlangen ein. Dann hob er das Schwert, orientierte sich an dem Spiegelbild, führte einen ungestümen Streich nach unten aus und spürte, wie sich Angst, Schrecken, Stolz und Kampfeslust in ihm zu einer mächtigen Arznei vermischten und ihn in eben dem Moment der Ausführung mit dem wütenden Triumph der vollendeten Tat erfüllten. Sein Schwert schlug zu mit magischer Wucht und hieb sich seinen Weg durch die Schlan-

gen, durch die dicken Muskeln und Sehnen, durch die eidechsenartige Zähigkeit ihrer Haut, durch Knochen und Knorpel und Fasern, und schlug dem Ungeheuer den Kopf ab, wie ein kleiner Junge auf einer Wiese einer Pusteblume den Kopf abschlagen würde.

Schnell bückte er sich, faßte den Kopf bei den schlaffen, toten Schlangen, stopfte ihn in seinen Beutel und blieb verwundert stehen, denn dort aus dem Boden, wohin ihr Blut geflossen war, sprangen zwei Geschöpfe hervor, ein Krieger mit goldenem Schwert und ein wunderschönes weißes Pferd mit goldener Mähne und prächtigen goldenen Flügeln. Das waren Chrysaor und Pegasus, die Kinder des Poseidon, die Medusa nicht hatte zur Welt bringen können, solange sie als Ungeheuer lebte, und die in ihrer Gebärmutter zu voller Größe herangewachsen waren.

Doch Perseus verweilte nicht, um zu schauen, denn gerade erwachten Medusas Schwestern. Er schwang sich in die Lüfte und flog davon, so schnell er konnte. Ohne auch nur einen Augenblick zu zögern, breiteten die Gorgonen ihre bronzenen Flügel aus, erhoben sich in die Lüfte und setzten ihm heulend hinterher. Er trug die Tarnkappe, und sie konnten ihn nicht sehen; doch sie witterten das Blut des abgeschlagenen Kopfes und folgten der Spur heulend wie Jagdhunde der Luft. Er wagte nicht, sich umzuschauen, hörte aber das Schlagen ihrer bronzenen Flügel und das hastige Zupacken ihrer riesigen Klauen. Doch Athene hatte gute, magisch gute Arbeit geleistet. Seine Schuhe trugen ihn schneller voran, als die Gorgonen fliegen konnten. Er gewann mehr und mehr Abstand zu ihnen, bis nur noch ein schwaches Klirren und Rufen zu hören war, das klang, als striche der Wind über eine Äolsharfe. Dann ließ er sie ganz und gar zurück.

# Die Rückkehr

Perseus hatte seine Beute. Der Kopf der Medusa war noch frisch und feucht in seinem Beutel, und er brannte darauf, nach Seriphos zurückzukehren, um vor seiner Mutter anzugeben und Polydektes zu zwingen, das Gesagte zurückzunehmen; doch zuerst mußte er halten, was er versprochen hatte.

Deshalb flog er zurück zur Insel der Hesperiden und tanzte mit den drei Apfelnymphen. Die ganze Nacht lang tanzten sie im Obstgarten. Sie tanzten mit ihm, wie sie noch nie zuvor mit einem der Obstdiebe getanzt hatten. Sie wirbelten ihn zwischen den Bäumen umher, erst eine nach der anderen, dann alle zusammen, schneller und immer schneller. Wie eine Biene berauschte er sich an ihrem Apfelduft, ihrer rötlichen Haut und ihrer blütensanften Berührung. Er war ein Held! Er hatte gerade sein erstes Abenteuer bestanden, seinen ersten Feind getötet. Er war noch ganz berauscht von dem Triumph, von der Freude. Er tanzte und brüstete sich und strahlte. Als der Morgen dämmerte, begrüßte er ihn mit goldener Stimme und einer großsprecherischen Herausforderung. Er feierte wie ein Held, und die Nymphen waren so trunken vor Vergnügen, daß sie ihn nicht daran hinderten, sich einen goldenen Apfel von Heras Baum zu nehmen, sondern nur dazu lächelten.

Doch da bebte die Erde. Der Himmel war erfüllt von Donnergrollen. Der Tag war inzwischen angebrochen. Der Morgennebel, der die Augen des Atlas umhüllt hatte, war jetzt davongeflogen, und der Titan schaute herab und sah, wie seine Töchter sich im Obstgarten vergnügten, ein Anblick, der ihm alles andere als lieb war. Er stampfte mit dem Fuß auf und erschütterte die Erde, grollte wie Donner und zuckte mit den Schultern, so daß Kometen niederfielen, riesige flammende Donnerkeile aus Stein, die wie Bomben auf den Obstgarten stürzten und die Apfelbäume in Brand setzten.

Das Blut pulste Perseus in den Adern, ihm stand Mord ins Herz geschrieben. Er flog direkt vor das riesige Gesicht des Atlas, hielt dort vor dem mächtigen Stirnrunzeln inne, und während er so in der Luft schwebte, öffnete er seinen Beutel und zog den Kopf der Medusa hervor. Der Titan wurde zu Stein. Er war nun ein Berg und trug das westliche Ende des Himmels. Und bis auf den heutigen Tag ist er ein Berg – der Atlas.

»Lebt wohl!« rief Perseus. »Lebt wohl, liebliche Kusinen ... schöne Nymphen. Lebt wohl, ihr Apfelliebchen.«

»Kommst du wieder? Kommst du wieder ...?«

»Ob ich wiederkomme?« rief Perseus. »Jedes Jahr zur Mittsommerzeit komme ich wieder, und wir werden uns im Obstgartentanz wiegen, bis die Bäume Feuer fangen. Lebt wohl ...« Und er flog davon.

Zuerst flog er nach Süden, dann nach Osten. Er überquerte eine Wüste; und jetzt sah er weit unten das erste Leuchten jenes unvergleichlichen Blaus, das zu seinem eigenen Ozean gehörte. Doch als er der Küste Philistias, der östlichen Grenze dieses Gewässers, folgte, wurde er eines seltsamen Anblicks gewahr: Er sah ein nacktes Mädchen, das an einen Felsen gekettet war, und den riesigen, flachen Kopf eines Seeungeheuers, das sich dem Felsen näherte. Die Küste war schwarz von Leuten, ein Ameisenschwarm von Menschen, die zuschauten.

Er ging tiefer hinab und sah, daß das Mädchen prächtige Juwelen trug. Sie weinte nicht, sondern starrte mit leerem Blick geradeaus. An der Küste, vor der Menge, standen ein hochgewachsener Mann und eine Frau, die beide

Kronen trugen. Perseus sah noch einmal genau hin und stellte fest, daß das Ungeheuer noch ein ganzes Stück entfernt war. Er ließ sich zur Erde fallen und während er die Tarnkappe abnahm, sprach er zu dem Mann mit der Krone: »Wer bist du? Wer ist das Mädchen, und warum soll es geopfert werden? Ist es eine private Zeremonie oder von den Göttern verlangt? Mein Name ist Perseus, und ich will es wissen.«

Die Königin barg ihr Gesicht in den Händen und weinte. Der König sagte: »Ich bin Kepheus, König von Ioppe. Dies ist meine Frau Kassiopeia, und das unglückliche Mädchen dort ist Andromeda, meine Tochter. Meine Frau, dies närrische, prahlerische Weib, hat mit ihrer Schönheit und der unserer Tochter angegeben, und das nicht ohne Grund, wie du siehst; doch sie hat es sich in den Kopf gesetzt, sich selbst vor allen Leuten zu preisen und zu erklären, daß sie und Andromeda schöner seien als alle Nereiden, die, wie du vielleicht weißt, außerordentlich neidisch sind und außerdem unter Poseidons Schutz stehen. So gingen sie also und weinten sich aus beim Meeresgott, erklärten, meine Frau habe sie beleidigt, und verlangten nach einer Strafe. Poseidon schickte diese Seeschlange, die länger ist als eine ganze Flotte von Kriegsschiffen, ein feuerspeiendes Ungeheuer, das unsere Küste verwüsten, all unsere Schiffe zerstören, unsere Dörfer verbrennen und unser Vieh verschlingen soll. Ich habe das Orakel befragt und zur Antwort erhalten, daß ich die von meiner Frau ausgesprochene Beleidigung nur tilgen könne, wenn ich meine Tochter dem Seeungeheuer opfere. Ich liebe meine Tochter, doch ich bin auch König, und persönliches Leid muß dem Wohl der Allgemeinheit weichen. Und so siehst du es nun, das liebliche, unschuldige Kind, an den Felsen geschmiedet, und das Ungeheuer kommt näher, kommt immer näher…«

Perseus erwiderte: »Wenn das Wohl der Allgemeinheit

durch persönliches Leid gedeiht, sind die Dinge in großer Unordnung, in schändlicher Verwirrung, die der Reinheit eines Schwertes bedarf. Höre, König, Poseidon ist mein Onkel, und mir steht es frei, mit seinen kleinen Haustieren zu spielen.«

Perseus hörte das Wasser zischen, sah einen Dampfstrahl aufsteigen, als der sengende Atem des Ungeheuers die Oberfläche kräuselte und die See zum Kochen brachte. Er wußte, daß sie zu lange miteinander gesprochen hatten. Er nahm sich gar nicht erst die Zeit, die Tarnkappe aufzusetzen, sondern zog sein Schwert und schwang sich in die Lüfte. Er schoß zu dem Kopf des Monsters und fiel herab wie ein Blitz, mitten auf den großen, schuppigen Rücken. Er ritt dort im Wasser auf dem Ungeheuer, hieb mit seinem Neumondschwert auf den riesigen Kopf ein, bis der flammende Atem des Monsters mit Blut durchsetzt war und der breite Nacken sich wie ein Baumstamm unter der Axt des Holzfällers spaltete.

Das Ungeheuer versank. Perseus flog wieder in die Höhe, das Wasser tropfte an ihm herab. Er flog zu dem Felsen, durchschlug Andromedas Ketten, nahm sie in seine Arme und trug sie sanft durch die Luft zu dem Platz, an dem ihre Mutter und ihr Vater standen.

»Hier ist eure Tochter«, sagte Perseus, »doch nur für kurze Zeit, für kurze Zeit, denn ich verlange sie zur Frau.«

»Zur Frau?« rief Kepheus. »Was willst du damit sagen? Glaubst du etwa, ich gebe meine Tochter Andromeda, die mit der reichsten Mitgift ausgestattete Prinzessin des Ostens, einem unbekannten Herumtreiber?«

»Ich bin ja vielleicht ein Herumtreiber«, entgegnete Perseus, »doch unbekannt werde ich nicht lange sein. Wenn du nicht bald mein Schwiegervater wärst, Kepheus, müßte ich dir erklären, was für ein Narr du bist. Aber um den Familienfrieden zu wahren, verzichte ich darauf. Du warst es zufrieden, als Preis für die Eitelkeit deiner Frau deine Tochter diesem Ungeheuer wie ein totes Stück Fleisch zum Fraß anzubieten, nur weil es mit guten Empfehlungen gekommen war. Doch du weigerst dich, sie lebendig und warm demjenigen zu geben, der das Ungeheuer getötet hat. Und warum? Einfach nur, weil es so unerwartet gekommen ist. Schwiegervater oder nicht, du bist ein Narr, Kepheus, ein armseliger Narr; und solltest du versuchen, mich durch Wort oder Tat davon abzuhalten, mir deine Tochter zu nehmen, wirst du ein toter Narr sein. Ich bitte dich nicht um Erlaubnis, ich kündige dir meine Absichten an. Sag' deinen Eltern Lebewohl, Andromeda.« Perseus nahm sie wieder in seine Arme und flog davon.

Als er auf Seriphos landete, sah er voller Erstaunen, daß die Insel verlassen war. Seine Mutter war nicht zu Hause, genausowenig wie sonst jemand im Dorf. Er eilte zur Burg und fand sie taghell erleuchtet. Er hörte lautes Schreien und Rufen und Gelächter und ein Geklirr von Waffen. Er bahnte sich seinen Weg gewaltsam durch eine große Anzahl von Zechern und trat in den Thronsaal.

Dort sah er seine Mutter – leichenblaß war sie, doch über und über behängt mit Juwelen, aufs prachtvollste gekleidet, ihr herrlicher bloßer, weißer Arm in der schwärzlichen Umklammerung von Polydektes. Da verstand Perseus, daß der König seine Abwesenheit ausgenutzt hatte, um Danaë zu zwingen, ihn zu heiraten. Er war gerade noch zur rechten Zeit gekommen.

Seine mächtige Stimme spaltete den Tumult. »He – Polydektes!«

Alle Stimmen verstummten. Der König stand aufrecht und steif, stierte ihn an, sein Gesicht zu einem verblüfften Zähnefletschen erstarrt. Perseus sah, wie er seinen Wachen Zeichen gab. Sie zogen ihre Schwerter und traten vor, zwanzig an der Zahl.

»Ich habe dir dein Geschenk gebracht, Polydektes«, sagte Perseus. »Dein Hochzeitsgeschenk. Weißt du noch? Die Braut ist eine andere, doch das Geschenk noch dasselbe.«

Er steckte seine Hand in den Beutel. »Mutter!« rief er. »Schließ' die Augen!«

Er zog den Kopf der Medusa hervor, und der Thronsaal wurde zu einem Wald voller Statuen. Steinerne Wächter standen da, mit erhobenen steinernen Schwertern. Einer hielt einen Speer und war im Begriff, ihn Perseus in den Rücken zu stoßen. Eine Statue des Polydektes, den Mund zu einem Schrei gefroren. Unter all den erstarrten Gestalten des Schreckens und der Wut – die weiße, geliebte, zitternde Gestalt seiner Mutter Danaë.

Er steckte den Kopf in den Beutel, trat auf Danaë zu und nahm sie in seine Arme. »Freue dich, Mutter«, sagte er. »Ich bin wieder zu Hause. Die Gefahr, in der du dich befandest, ist nur ein Traum, dein Feind ist zu seinem eigenen Denkmal geworden.«

»Die Götter sind es«, flüsterte sie. »Sie sind unerbittlich in ihren wunderlichen Einfällen; ihre Launen – unser Schicksal. Sieh nur, Perseus ...« Sie führte ihn zu einer der steinernen Gestalten. Einem bärtigen alten Mann mit einer Krone auf dem Kopf.

»Wer ist das?«

»Dein Großvater Akrisios, ein königlicher Gast, der den Hochzeitsfeierlichkeiten eines anderen Königs beiwohnte. Er wußte nicht, daß ich die Braut bin.«

»Dein Vater? Der Mann, der dich in den Turm gesperrt hat?«

»Dort eingesperrt, um die Prophezeiung zu durchkreuzen ... die Prophezeiung, daß sein eigener Enkel ihn töten würde.«

»Gern geschehen«, entgegnete Perseus. »Ich habe seine

Art nie gemocht. Dich in ein Verlies zu sperren ... Bin vor kurzem erst so einem Vater begegnet. Oh, da fällt mir etwas ein. Komm mit nach Hause. Ich möchte dich mit deiner Tochter bekannt machen ...«

Es war die Hochzeitsnacht von Perseus; doch bevor er seine Braut empfing, ging er zum Tempel der Athene und zum Tempel des Hermes, um sich bei ihnen für all das zu bedanken, was sie für ihn getan hatten. Er brachte ihnen Geschenke: Den Schild gab er Athene, ein recht sonderbarer Schild jetzt, auf ewig verziert mit dem Spiegelbild von Medusas Kopf, das sich in das Metall eingebrannt hatte; die Tarnkappe gab er Hermes. Er hätte Kappe und Schild gern für sich behalten, doch er wußte, daß Götter, die Geschenke machen, üppige Gegenleistungen erwarten. Die geflügelten Schuhe und das Neumondschwert jedoch behielt er. Er wußte, daß seine Abenteuer gerade erst begonnen hatten und daß er in der nächsten Zeit weit reisen und viele Kämpfe würde bestehen müssen.

Was Medusas Kopf betraf, so war es zu gefährlich, ihn zu behalten. Er warf ihn in die See. Er sank auf den Grund, wo er heute noch liegt, und von den Gezeiten wird er hierhin und dorthin getrieben, an Inseln vorüber, und überall, wohin er kommt, läßt er Korallen wachsen.

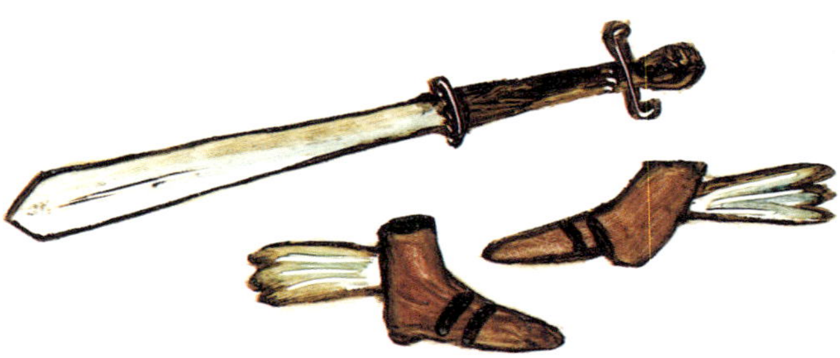

# Dädalos

Die allmächtigen Götter verlangte es nicht nach Gehorsam, sondern nach einer subtileren Huldigung: Sie sahen es lieber, daß ihre Absichten zum Streben des Menschen wurden und ihre Launen zu seinem Gesetz. Besonders Athene wollte auf diese Weise verehrt werden. Die grauäugige Göttin der Weisheit, deren Symbol die Eule war, lehrte die Menschen die Künste, die sie kennen mußten, nicht durch rüden Befehl, sondern indem sie die hellsten Köpfe zu glühendem Eifer anfachte, einem Zustand, in dem sie die geheimen Gesetze der Natur erkannten und Erfindungen und Entdeckungen machten.

Nun war in jenen Tagen ihr Liebling unter den Sterblichen ein Athener namens Dädalos. In der weißen Stadt der Göttin lebte er von allen Menschen geehrt, und Schätze über Schätze strömten aus seiner Werkstatt – das Rad, der Pflug, der Webstuhl. Doch schließlich ging, wie es bei vielen Menschen der Fall ist, sein Stolz mit seinem Verstand durch; und er verfiel in finsteren Neid auf seinen Neffen Talos, einen höchst begabten Jüngling, den er in seine Werkstatt genommen hatte und der einmal, so sagten alle, in seine Fußstapfen treten würde.

»Aber das tut er ein wenig schnell«, brummte Dädalos vor sich hin. »Er ist mir schon auf den Fersen.«

Dädalos arbeitete zu jener Zeit an einem besonderen Vorhaben, einer Klinge, die Holz schneller als ein Messer oder eine Axt schneiden sollte. Er hatte vieles ausgetüftelt, ausprobiert und versucht, doch es schien alles nicht zu funktionieren. Da hörte er eines Tages, als er in der Frühe zu seiner Werkstatt kam, ein merkwürdiges Geräusch. Es war sein Neffe Talos, der noch früher mit der Arbeit begonnen hatte. Er stand vornübergeneigt, stützte sich mit dem Knie auf ein Brett, das auf einen niedrigen Tisch genagelt war, und machte schnelle Schnitte hinein mit etwas, das aussah wie das Rückgrat eines Fisches.

Der Jüngling drehte sich zu ihm um und lächelte. »Sieh nur, Onkel«, rief er. »Schau doch, wie herrlich! Gestern habe ich am Strand einen angeschwemmten, von Möwen halb aufgefressenen Fisch gesehen, und da kam mir der Gedanke, daß sein Rückgrat mit den vielen scharfen Zähnen genau das sein könnte, was wir suchen. Also habe ich es dem Fisch weggenommen, der keine Verwendung mehr dafür hatte, und habe es hier gleich ausprobiert. Ich habe ein großes Stück Treibholz zerschnitten. Ist das nicht großartig? Glaubst du nicht auch, daß Athene, daß die Göttin selbst den Fisch ans Ufer gespült hat, damit ich ihn sehe? Warum schaust du mich so an, Onkel? Bist du nicht zufrieden?«

»Sehr zufrieden, mein Junge. Ich habe lange über dich nachgedacht und überlegt, wie ich dich deinen Verdiensten entsprechend belohnen könnte. Nun, ich glaube, ich weiß jetzt wie. Aber zuerst müssen wir zum Tempel der Athene gehen und ihr für diese gerade zur rechten Zeit gekommene Inspiration danken.«

Dädalos nahm den Jüngling bei der Hand und führte ihn über die sonnige Straße hinauf zur Hügelspitze, zur Akropolis, wo der Tempel der Athene stand – und immer noch steht. Er brachte ihn auf das Dach des Marmorgebäudes; und da trat Dädalos, als der Junge die Arme zum Himmel reckte, leise hinter ihn und stieß zu. Der Jüngling stürzte den Tempel, den Hügel hinunter, auf die Felsen zu. Doch Athene, die die ersten Worte seines Gebetes gehört hatte, fing ihn noch in der Luft auf und verwandelte ihn in

ein Rebhuhn, das mit den Flügeln trommelnd davonflog. Dann entzog sie Dädalos ihre Gunst.

Die Kunde vom Tod des Jünglings verbreitete sich blitzschnell in der Stadt. Man konnte Dädalos nichts beweisen, doch er wurde zum Ziel düsterster Verdächtigungen, die er als Beleidigung auffaßte, denn da man ihm nichts nachweisen konnte, fühlte er sich zu Unrecht angeklagt.

»Undankbare Schufte!« rief er. »Ich verlasse diese Stadt. Ich werde woanders hingehen und verständnisvollere Nachbarn finden.«

Er hatte ihnen nichts von der Erfindung der Säge erzählt, sondern nahm das Modell, das Talos angefertigt hatte, und machte sich auf den Weg nach Kreta. Als er dort angekommen war, ging er geradewegs zum Palast von König Minos, der damals der mächtigste König der ganzen Welt war, und schenkte ihm das wundersame Werkzeug, das Holz schneller schneiden konnte als jedes Messer und jede Axt. Der entzückte Minos ernannte Dädalos unverzüglich zum Hofhandwerker, zum Schmied mit besonderen Aufgaben, richtete ihm eine Werkstatt ein und wies ihm die geeignetsten jungen Burschen als Lehrlinge zu. Minos gab dem alten Mann außerdem eine schöne junge Sklavin zu Diensten.

Nun gab es nichts Lieblicheres auf der Welt als die kretischen Frauen und nichts Glanzvolleres als den Königshof Kretas. Verglichen mit der Hauptstadt Knossos wirkte Athen wie ein kleines Dorf. Sowohl Frauen als auch Mädchen trugen brustfreie Kleider, Juwelen im Haar und verbreiteten einen höchst betörenden Duft, der von Sklaven gemischt worden war, die man geblendet hatte, damit ihr Geruchssinn feiner wurde. Dädalos war ein geehrter Mann an diesem Hof – und etwas Neues obendrein. Die Kreter waren verrückt nach allem Neuen, so daß der alte Mann umschmeichelt wurde und sehr zufrieden war.

In besonderer Gunst stand er bei den jungen Prinzessinnen Ariadne und Phädra, die ihn gern in seiner Werkstatt besuchten und zusahen, wie er Dinge schuf. Er gewann die Mädchen sehr lieb und machte für sie hölzerne Gliederpuppen mit Sprungfedern, die so geschickt angebracht und gewunden waren, daß die Puppen knicksten und tanzten und mit den Augen blinzelten. Auch Königin Pasiphaë kam oft zu ihm. Für sie stellte er einen Parfumflakon her, der ein Lied spielte, wenn man ihn entkorkte, und einen Spiegel, der es ihr ermöglichte, ihren Hinterkopf zu sehen. Sie verbrachte viele Stunden bei ihm mit Klatsch und Tratsch, denn sie langweilte sich sehr.

Die Königin versuchte immer wieder, Dädalos zu überreden, ihr zu verraten, warum er Athen nun wirklich verlassen hatte, denn sie witterte ein Geheimnis; doch er wollte weiter nichts sagen, als daß die Göttin Athene ihm ihre Gunst entzogen habe, so daß er gezwungen gewesen sei, ihre Stadt zu verlassen.

»Die Göttin Athene!« rief sie. »Göttin dies und Gott das ... Was für ein Unsinn! Das ist Altweibergeschwätz, das sind Spukgeschichten aus der Kinderstube, nichts, worüber sich intelligente Männer und Frauen Sorgen machen sollten.«

»O je, Herrin«, rief Dädalos. »Im Namen des Himmels, hüte deine Zunge. Die Götter hören alles, und du wirst bestraft werden.«

»Und ich hielt dich für einen klugen Mann«, sagte die Königin. »Einen weltgewandten Mann, einen Reisenden, einen Wissenschaftler. Ich bin enttäuscht von dir. Götter, also wirklich! Und bist du, Schmied, nicht weit geschickter als dieser lahme Hephaistos? Und bin ich nicht schöner als Aphrodite?«

Sie stand auf – groß und füllig und, in der Tat, wunderschön. Der alte Mann zitterte.

»Komm her. Komm näher. Sieh mich an. Gib zu, daß ich schöner bin als die Schaumgeborene ... als Aphrodite. Von allen Göttern ist sie diejenige, an die ich am wenigsten glaube. Liebe ... meine Zofen schwatzen ständig darüber, meine Töchter machen Luftsprünge, wenn sie nur daran denken. Auf der ganzen Insel treffen sich Männer und Frauen bei Felsen und Bäumen, ihre Schatten vermischen sich; und ich, ich habe Minos, eine Krone auf einem Stock, der nichts liebt, nur seine eigenen Befehle.«

»Ruhig, Herrin, ruhig«, sagte Dädalos. »Du bist nicht du selbst. Es ist Mittsommer, eine verwirrende Zeit für Frauen; was sie in dieser Zeit sagen, darf man nur mit Vorsicht genießen. Deine wütenden Worte wird man dir vergeben, aber bitte wiederhole sie nicht. Nun schau, was ich für dich gemacht habe, selbst als du diese törichten Dinge gesagt hast: einen Sonnenschirm, der leichter ist als ein Schmetterlingsflügel, und doch so konstruiert, daß er sich wie eine Blume von ganz allein öffnet, wenn er die Sonne spürt.«

Doch Aphrodite hatte alles gehört, und sie ersann grausige Rache.

Nun hatte Minos immer schon Stiere gemocht, besonders weiße. Er wußte nicht, daß diese Vorliebe Vererbung war, daß seiner Mutter Europa von Zeus der Hof gemacht worden war, der zu diesem Zweck die Gestalt eines weißen Stieres angenommen hatte. Der König wußte nur, daß er weiße Stiere mochte. Und da er es sich leisten konnte, seinen Neigungen nachzugeben, schickte er durch die ganze Welt, um den größten, den prächtigsten und den weißesten zu finden. Schließlich wurde ihm einer gebracht, der herrlichste Stier, den er je zu Gesicht bekommen hatte. Er war blendend weiß, hatte feurige schwarze Augen, glänzende Hufe und korallenrote Nüstern; seine langen, spitzen Hörner schienen aus Pechkohle zu sein. Der König war entzückt und ließ den ganzen Hofstaat kommen, um seinen prächtigen neuen Stier vorzuführen.

Er konnte ja nicht ahnen, daß ihm das Tier von Aphrodite geschickt worden war, und ebenso ahnungslos war Pasiphaë. In dem Augenblick, als die Königin den Stier sah, spürte sie, wie eine große Welle der Leidenschaft sie fast erstickte. Sie verliebte sich heftig und ungeheuerlich in den Stier. Sie kam zu Dädalos und erzählte ihm davon.

»Was soll ich bloß tun?« stöhnte sie. »Was kann ich nur tun? Ich werde wahnsinnig. Es reißt mich in Stücke. Du bist der klügste Mann auf der Welt. Nur du kannst mir helfen. Bitte, bitte sag mir, was ich tun soll.«

Dädalos konnte der schönen Königin nichts abschlagen; im übrigen hatte sie an seine Eitelkeit gerührt. Er mußte sich als klug genug erweisen, ihr den unmöglichen Wunsch zu erfüllen. Er überlegte und überlegte und machte sich schließlich an die Arbeit. Er schuf eine hölzerne Kuh mit bernsteinfarbenen Augen, mit Hörnern und Hufen aus echtem Elfenbein und polsterte sie sorgfältig mit der geschmeidigsten Kuhhaut. Sie war hohl und so geformt, daß Pasiphaë sich in ihr verstecken konnte. Er steckte Räder auf die Hufe und Sprungfedern in die Räder. In jener Nacht, als der Mond gerade aufging, sah der große, weiße Stier, wie die Gestalt einer anmutigen Kuh über die Wiese auf ihn zuglitt, und hörte sie melodisch muhen.

Am nächsten Morgen kam Pasiphaë in die Werkstatt. Sie gab Dädalos einen großen Lederbeutel voller Gold und sagte: »Hüte dich, lieber Freund. Dies ist ein tödliches Geheimnis.«

Sowohl Pasiphaë als auch Dädalos konnten Geheimnisse bewahren; doch dieses eine mußte nach einiger Zeit herauskommen, denn die Königin gebar ein Kind, das be-

trächtliche Aufmerksamkeit erregte, weil es halb Stier war. Die Leute nannten den Jungen spöttisch Minotauros, das heißt Stier des Minos.

Selbst in seinem ärgsten Zorn war Minos ein sorgfältiger Planer. Er beschloß, seine Schande zu verstecken, denn er wußte, daß die Welt vergißt, was sie nicht sieht. Er ließ Dädalos einen verworrenen Irrgarten auf dem Grund und Boden des Palastes anlegen, einen Ort mit dornigen Hecken und plötzlich sich auftuenden Räumen, der Labyrinth genannt wurde. Es gab Pfade, die hierhin und dorthin liefen, zu Gängen wurden, in die Erde abstürzten, einander kreuzten, und jeder führte zurück in die Mitte, so daß es keinen Weg nach draußen gab.

Hier hinein sperrte König Minos Pasiphaë und den Minotauros – und auch Dädalos. Minos wollte ganz sichergehen, daß der alte Handwerker das Geheimnis des Labyrinthes niemals preisgeben könne, also lebte nun Dädalos hier. Seine Werkstatt befand sich im Labyrinth, aber seine Arbeit ging ihm nicht gut von der Hand. Wenn er an seiner Werkbank stand, hörte er das Wehklagen von Pasiphaë und das entsetzliche gequälte Gebrüll des Stier-Mannes, der mit jedem Tag abscheulicher und wilder wurde.

Sein einziger Trost war sein Sohn Ikaros, der sich aus freien Stücken entschlossen hatte, bei ihm zu leben, weil er seinen Vater so sehr liebte und bewunderte. Und dieser Ikaros sagte eines Tages zu ihm: »Vater, ich bin diesen Irrgarten allmählich leid. Laß uns diesen Ort verlassen und zu Orten gehen, die ich noch nie gesehen habe.«

»Ach, mein lieber Junge«, erwiderte Dädalos, »das ist nicht möglich. Es ist uns verboten, das Labyrinth zu verlassen.«

»Du kennst doch den Weg nach draußen, oder? Schließlich hast du das Ding doch gebaut.«

»Ja, gewiß. Ich kenne den Weg nach draußen. Aber ich

wage es nicht, ihn zu benutzen. Minos würde uns auf der Stelle töten lassen. Ich kann höchstens eine Bittschrift an den König richten und ihn bitten, dich gehen zu lassen, aber ich muß bleiben.«

»Nein. Wir gehen zusammen.«

»Aber ich habe dir doch erklärt, daß das nicht möglich ist.«

»Minos ist ein mächtiger König«, sagte Ikaros. »Aber er herrscht nicht über die ganze Erde. Laß uns die Insel verlassen. Laß uns Kreta verlassen und das Meer überqueren.«

»Du bist wahnsinnig, mein lieber Junge. Wie sollten wir das tun? Die See ist uns versperrt. Jedem Bootsführer auf jedem Boot, ob klein oder groß, ist es strikt untersagt, mich abreisen zu lassen. Wir können nicht fort von der Insel.«

»O doch, wir können«, entgegnete Ikaros. »Ich sage dir wie. Mach uns einfach ein Paar Flügel.«

»Flügel?«

»Zum Fliegen. Wie die Vögel, du weißt schon – Flügel.«

»Ist das möglich? Wie soll ich das tun?«

»Vögel haben doch Flügel. Also müssen sie gemacht worden sein. Und alles, lieber Vater, was gemacht worden ist, kannst du nachmachen. Du hast Dinge geschaffen, die nie zuvor jemand gesehen, nie zuvor jemand gekannt, von denen nie zuvor jemand geträumt hat.«

»Ich mache mich sofort an die Arbeit«, rief Dädalos.

Er ließ Ikaros Fischköder auslegen und eine Möwe fangen. Dann kopierte er mit äußerster Sorgfalt ihre Flügel – nicht nur die Form, sondern auch die hohlen, knöchernen Verstrebungen und die Federn mit ihren den Wind auffangenden Überlappungen und hohlen Stengeln, und er dachte sich noch einige Verbesserungen aus. Schließlich hatte er eines Tages zwei prächtige Flügelpaare mit richtigen Federn fertiggestellt, die er von den Federumhängen gepflückt hatte, die die kretischen Tänzer benutzten. Sie waren riesig, breiter als Adlerflügel.

Ein Paar paßte er Ikaros an und befestigte die Schwingen an den kräftigen Schultern des Jünglings mit Wachs. Dann legte er sein eigenes Flügelpaar an.

»Leb wohl, Kreta!« rief Ikaros voller Freude.

»Hör mir gut zu, mein Junge«, sagte Dädalos. »Bleib' dicht hinter mir und komm' nicht vom Weg ab. Flieg' nicht zu tief, sonst wird die Gischt deine Flügel durchnässen, aber auch nicht zu hoch, sonst wird die Sonne sie schmelzen. Nicht zu hoch und nicht zu tief, sondern dicht hinter mir, in der mittleren Luftschicht.«

»O komm doch, komm«, rief Ikaros, und er sprang in die Luft, breitete seine Flügel aus und schnellte über die Hecken des Labyrinths in die Höhe, als sei er mit Flügeln geboren worden. Dädalos flog hinter ihm her.

Sie flogen zusammen über die Palastanlage, über die Strände und auf die See zu. Ein Schäfer schaute auf und sah sie, und ein Fischer schaute auf und sah sie, und beide dachten, daß sie Götter vorüberfliegen sahen. Frohen Herzens betete der Schäfer zu Hermes und der Fischer zu Poseidon. Nun wußten sie, daß ihre Gebete erhört würden.

Noch nie war Ikaros so glücklich gewesen. Mit einem Sprung hatte sich sein Leben verändert. Statt in den dumpfigen Gängen des Labyrinths herumzukriechen, konnte er nun fliegen, frei unter dem weiten, hellen Himmel in einer Flut von Sonnenlicht dahinziehen, der erste Jüngling in der Geschichte der Welt, der fliegen konnte. Er schaute auf und sah eine Möwe und versuchte, seine Flügel ganz ruhig zu halten und auf der Luft zu gleiten wie die Möwe, so leicht, wie eine Ente auf dem Wasser dahingleitet. Er spürte, wie er fiel, und er fiel den ganzen Weg in steilem Sturzflug auf die tanzende Oberfläche des Wassers zu, bevor er sein Gleichgewicht wiederfand. Das

Wasser, das ihm an die Brust spritzte, fühlte sich herrlich kühl an.

»Nein ... nein ...«, hörte er seinen Vater von weit oben rufen. »Nicht zu hoch und nicht zu tief. Halte dich in der mittleren Luftschicht ...«

Ikaros rief einen wortlosen Freudenschrei hinauf, schlug mit den Flügeln und schwang sich hoch, hoch empor zu der dahingleitenden Möwe.

»Ha ...« dachte er bei sich. »Diese Dinger fliegen schon ihr ganzes Leben lang. Wartet nur, bis ich ein wenig Übung habe, ich werde noch besser fliegen als ihr alle.«

Kreta war jetzt ein brauner Fleck unter ihnen; da war kein Land mehr vor ihnen, nur noch das diamantenglitzernde Wasser. Der alte Dädalos kämpfte sich seinen Weg durch die Luft, ausdauernd und vorsichtig, probierte diese Flügelstellung und jene, diese Körperhaltung und jene, und beobachtete, wie die Möwen hinunterstießen und hochschnellten. Er behielt Ikaros im Auge und überlegte, wie er die Flügel noch verbessern könne, wenn sie erst einmal gelandet wären. Er fühlte sich etwas erschöpft. Die Sonne lastete ihm schwer auf den Schultern. Ideen wirbelten in seinem Kopf umher.

»Ich darf nicht einschlafen«, sagte er zu sich. »Ich muß den Jungen beobachten. Er begeht womöglich eine Dummheit.«

Doch Ikaros flog ganz entspannt neben ihm, also zog Dädalos die Schultern hoch, ließ das Kinn auf die Brust fallen und rollte sich auf einer Säule von Luft halb zusammen. Er schloß einen Augenblick lang die Augen ... nur einen Augenblick ...

In diesem Moment sah Ikaros neben sich einen weißen Schwan mit weitgespreizten Schwingen aufsteigen, der wie ein großer weißer Pfeil geradewegs auf die Sonne zuschoß und einen langen klagenden Schrei ausstieß. Ikaros schaute ihm nach; er war schon verschwunden, war nur noch ein Lichtsplitter, der sich auf die Sonne zubewegte.

»Wie prachtvoll er ist, und er fliegt so schnell, so stolz, so hoch. Wie gern würde ich mir die Sonne von nahem anschauen. Einmal nur möchte ich selber sehen, wie sie wirklich ist. Ist es ein großes feuriges Auge, das durch ein riesiges Guckloch schaut, wie einige in Libyen sagen; oder fährt Apollon auf einem von goldenen Pferden gezogenen goldenen Wagen den Himmel entlang, wie die Athener glauben; oder ist es vielleicht ein riesiger flammender Tintenfisch, der durch die Himmelswasser schwimmt, wie die Barbaren meinen; oder ist es womöglich, wie mein Vater denkt, ein ungeheurer Ball brennenden Gases, den Apollon in Bewegung setzt und der sich dann von allein weiterbewegt? Wie auch immer, ich glaube, ich werde etwas näher heranfliegen. Der alte Mann scheint eingenickt zu sein. Ich kann aufsteigen und wieder herunterkommen, bevor er die Augen aufschlägt. Wie herrlich es wäre, wenn ich tatsächlich einen Blick auf die Sonne werfen und dann meinem Vater etwas erzählen könnte, was er noch nicht weiß. Wie ihn das entzücken würde. Wie wir uns zusammen freuen würden. Ja ... ich muß diesem Schwan folgen.«

Also breitete Ikaros freudig und kraftvoll – das Blut pulsierte in seinen Adern – die selbstgemachten Flügel aus und stieg hinter dem Schwan in die Luft empor. Höher, höher, höher flog er. Die Luft schien dünner, sein Körper schwerer; die Sonne war jetzt angeschwollen, füllte den ganzen Himmel aus und brannte auf ihn nieder. Er konnte nicht mehr sehen als vorher; das Licht blendete ihn.

»Näher«, dachte er. »Höher... näher... immer höher hinauf ...«

Er spürte, wie seine Schultern ganz feucht wurden.

»Ja«, dachte er. »Das ist eine Arbeit, bei der man ins Schwitzen gerät.«

Doch die Feuchtigkeit war nicht das, wofür er sie hielt; es war Wachs – schmelzendes Wachs. Das wächserne Bindemittel seiner Flügel schmolz in der Sonnenglut. Er fühlte, wie die Flügel von ihm glitten. Und während sie abfielen und langsam nach unten schwebten, schaute er ihnen verblüfft hinterher. Eine große goldene Hand hatte ihn ergriffen und schleuderte ihn auf die See zu. Der Himmel kippte. Sein Atem wurde ihm aus der Brust gerissen. Die diamantenharte See raste auf ihn zu.

»Nein«, schrie er. »Nein … nein …«

Dädalos, der auf der Luftsäule, die ihn trug, eingedöst war, spürte, wie der Schrei gleich einem Pfeil sein Herz aufriß. Er öffnete die Augen und sah den weißen Körper seines Sohnes in die Tiefe stürzen. Er fiel ins Meer und verschwand.

# Theseus

Der Jüngling Theseus hatte ein Geheimnis. Er lebte mit seiner Mutter in einer kleinen Hütte an einem wilden, wellengepeitschten Teil der Küste, die Troizen genannt wurde. Trotz der armseligen Behausung und trotz seiner abgetragenen Gewänder war er sehr stolz, denn er hatte ein Geheimnis: Er wußte, er war der Sohn eines Königs. Seine Mutter hatte ihm die ganze Geschichte eines Abends erzählt, als sie einmal besonders wenig Fische gefangen hatten und sehr hungrig waren.

»Ein König, wahrhaftig«, sagte sie. »Und eines Tages wirst du seinen Namen erfahren.«

»Aber Mutter, warum bist du dann keine Königin, und warum bin ich kein Prinz? Warum leben wir nicht in einem Palast statt in einer Hütte?«

»Politik, mein Sohn«, sagte sie traurig. »Alles nur Politik ... Du bist noch zu jung, um das zu verstehen, aber dein Vater hat einen Vetter, ein äußerst mächtiger Herrscher mit fünfzig Söhnen. Sie warten darauf, daß dein Vater stirbt, damit sie das Königreich unter sich aufteilen können. Wenn sie wüßten, daß er einen eigenen Sohn und Erben hat, würden sie diesen Sohn unverzüglich töten.«

»Wann kann ich zu ihm? Wann kann ich gehen und meinem Vater helfen?«

»Wenn du erwachsen bist. Wenn du weißt, wie du deine Feinde besiegen kannst.«

Das war das Geheimnis des Theseus ... und er brauchte ein Geheimnis, das ihn in jenen langen, kalten, harten Jahren wärmte. Eine seiner ärgsten Sorgen war seine Größe.

Daß er klein für sein Alter war, quälte ihn entsetzlich, denn wie sollte er ein großer Krieger werden und seinem Vater gegen schreckliche Feinde beistehen, wenn er sich nicht einmal gegen die Dorfjungen behaupten konnte? Er trainierte ständig, indem er die Klippen entlanglief, in der rauhesten See schwamm, Baumstämme und Felsbrocken stemmte, junge Bäume niederbog; und tatsächlich wurde er viel kräftiger, aber er war immer noch höchst unzufrieden mit sich.

# Eine Stimme aus dem Meer

Eines Tages, als er in einem Kampf mit einem größeren Jungen besiegt worden war, ging er zum Strand hinunter, streckte sich auf dem Sand aus, beobachtete die Wellen und hoffte, eine große würde kommen und über ihm zusammenschlagen.

»So will ich nicht leben!« rief er dem Wind zu. »Ich werde nicht länger klein und schwach und arm sein. Ich werde ein König sein, ein Krieger... oder ich werde gar nicht mehr sein.«

Und dann schien es, als werde das Rauschen der Wellen zu einem mit tiefer Stimme gesungenen Wiegenlied, und Theseus schlief ein – oder vielmehr nicht ganz, denn er beobachtete eine große weiße Möwe, die Venusmuscheln aufbrach, indem sie sie auf die Felsen unter sich fallen ließ. Dann stieß der Vogel herab, landete neben dem Kopf des Theseus, schaute ihn an und sprach: »Ich kann Venusmuscheln aufbrechen, weil sie schwer sind. Kann ich das auch mit Garnelen oder Kammuscheln machen? Nein ... die sind zu leicht. Weißt du die Antwort auf mein Rätsel?«

»Ist das ein Rätsel?«

»Ein besonders wichtiges sogar. Dies ist die Antwort: Fürchte nicht die Größe deines Feindes, sondern verwende sie gegen ihn. Dann wird seine Stärke zu deiner werden. Wenn du dieses Geheimnis erprobt hast, komm zurück, und ich erzähle dir ein noch besseres.«

Theseus setzte sich auf und rieb sich die Augen. War das ein Traum? War die Möwe tatsächlich dagewesen und hatte mit ihm gesprochen? War das möglich? Was hatte das alles

zu bedeuten? Theseus überlegte und überlegte; dann sprang er auf und rannte den Strand entlang, die Klippen hinauf und ins Dorf, wo er auf den Jungen traf, der ihn gerade besiegt hatte, und er schlug ihn mitten ins Gesicht. Als der Junge, der beinah so groß war wie ein Mann, auf ihn losstürzte und seine große Faust schwang, ergriff Theseus die Faust und zog in dieselbe Richtung. Der Junge, der durch seine eigene Kraft aus dem Gleichgewicht gebracht worden war, wirbelte herum und fiel kopfüber zu Boden.

»Steh auf«, sagte Theseus. »Ich will das noch einmal ausprobieren.«

Der große Kerl rappelte sich schwerfällig wieder hoch und stürzte sich wütend auf Theseus, der sich blitzschnell bückte. Der Junge stolperte über ihn und landete wieder auf dem Boden. Diesmal blieb er liegen.

»Tja«, sagte Theseus, »das war wirklich eine schlaue Möwe.«

Einen nach dem anderen forderte Theseus die größten Jungen des Dorfes heraus; und weil er schnell und sicher war und ihre eigene Stärke gegen sie verwendete, besiegte er sie alle.

Dann kehrte er an den Strand zurück und legte sich in den Sand, schaute auf die Wellen und lauschte, bis das Rauschen zu einem Wiegenlied wurde. Und wieder fielen ihm die Augen zu und öffneten sich dann. Die große weiße Möwe schritt ganz in seiner Nähe über den Sand.

»Danke«, sagte Theseus.

»Danke nicht mir«, entgegnete die Möwe. »Danke deinem Vater. Ich bin nur sein Bote.«

»Meinem Vater, dem König?«

»Ja, tatsächlich, dem König. Aber er ist nicht der König, den deine Mutter meint.«

»Was willst du damit sagen?«

»Also hör mir zu ... Dein Vater regiert kein armseliges

Stückchen Land. Sein Reich ist so riesig wie alle Ozeane zusammen und alles, was darunter ist, und alles, worauf die Ozeane Anspruch erheben. Er ist der Erderschütterer Poseidon.«

»Poseidon ... mein Vater?«

»Du bist sein Sohn.«

»Wieso weiß meine Mutter das dann nicht? Wie kann das sein?«

»Du mußt wissen, mein Junge, daß die Götter sich zuweilen in schöne Erdenmädchen verlieben, aber sie können diesen Mädchen nicht in ihrer eigenen Gestalt erscheinen. Die Götter sind zu groß, zu hell, zu schrecklich, also müssen sie sich verkleiden. Als sich nun Poseidon in deine Mutter verliebte, hatte sie sich gerade heimlich mit Aigeus, dem König von Athen, verheiratet. Poseidon verkleidete sich als ihr neuer Gemahl, und du, du bist sein Sohn. Einer von vielen, sehr vielen; aber er scheint ganz besonderen Gefallen an dir gefunden zu haben und hat große und schreckliche Dinge mit dir vor – wenn du nur den Mut dazu hast.«

»Ich werde den Mut haben«, versicherte Theseus. »Sag mir nur, was er im Sinn hat.«

»Morgen«, erwiderte die Möwe, »wirst du ein unerwartetes Geschenk erhalten. Dann mußt du deiner Mutter Lebewohl sagen und nach Athen zu Aigeus gehen. Aber nicht auf dem Seeweg. Nimm den gefährlichen Landweg, und deine Abenteuer werden beginnen.«

Die Wellen erzeugten eine mächtige rauschende Musik. Der Wind sang leise. Dunkelheit senkte sich über den Geist des Jungen. Als er die Augen öffnete, war die Möwe verschwunden, und die Sonne tauchte gerade im Meer unter.

»Ganz bestimmt nur ein Traum«, sagte er sich. »Aber der letzte Traum hat funktioniert. Vielleicht auch dieser.«

Am nächsten Morgen herrschte große Aufregung im Dorf. Mitten auf der Straße lag plötzlich ein riesiger Felsbrocken. In diesem Felsbrocken steckte fast bis ans Heft ein Schwert; und ein Bote war vom Orakel in Delphi gekommen und erklärte, wer das Schwert aus dem Fels ziehen könne, sei der Sohn eines Königs und müsse zu seinem Vater gehen.

Als Theseus das hörte, umarmte er seine Mutter und sagte: »Leb wohl.«

»Wohin gehst du, mein Sohn?«

»Nach Athen. Auf diesen Augenblick haben wir gewartet. Ich werde das Schwert aus dem Fels ziehen und mich auf den Weg machen.«

»Aber mein Sohn, es steckt doch so tief in dem Fels. Glaubst du wirklich, du schaffst das? Sieh nur... sieh nur... die stärksten Männer können es nicht von der Stelle bewegen. Da versucht es gerade der Schmied... Und da der Hauptmann der Wache... Und sieh nur... Sieh nur, wie sich der riesenhafte Hirt abmüht. Schau nur, wie er zieht und grunzt. Ach, mein Sohn, ich fürchte, der Augenblick ist noch nicht gekommen.«

»Entschuldigt bitte«, sagte Theseus und bahnte sich seinen Weg durch die Menge. »Laßt mich bitte durch. Ich würde es auch gern versuchen.«

Als die Dorfbewohner das hörten, als sie den kleinen, zerbrechlich wirkenden Jüngling diese Worte sagen hörten, brachen sie in schallendes Gelächter aus.

»Freut mich, daß ihr euch gut amüsiert«, sagte Theseus. »Und jetzt seht her.«

Theseus packte das Schwert am Griff und zog es so mühelos aus dem Fels, als zöge er es aus einer Scheide; er verneigte sich vor der Menge und steckte das Schwert in seinen Gürtel. Die Dorfbewohner waren zu verblüfft, als daß sie etwas hätten sagen können. Sie traten zur Seite, als er sich näherte, und machten ihm Platz, damit er vorbeigehen konnte. Er lächelte, umarmte noch einmal seine Mutter und machte sich auf den weiten Weg nach Athen.

# Der Weg

Der Landweg von Troizen nach Athen war der gefährlichste Weg auf der Welt. Nicht nur Wegelagerer machten ihn unsicher, sondern auch Riesen, Menschenfresser und Zauberer, die Wanderern auflauerten und sie wegen ihres Geldes oder ihrer Waffen oder einfach nur aus Spaß töteten. Wer diese Reise machen mußte, nahm für gewöhnlich den Seeweg, denn er zog die Gefahren von Schiffbruch und Piraten den entsetzlichen Bergbanditen vor. Wenn der Landweg genommen werden mußte, schlossen Wanderer sich zusammen, bewaffneten sich bis an die Zähne und hielten Wache wie auf einem Militärzug.

Theseus wußte das alles, aber er dachte nicht lange darüber nach. Er war viel zu glücklich, endlich unterwegs zu sein, das langweilige kleine Dorf und sein alltägliches Leben dort verlassen zu können. Er war auf dem Weg in die große Welt und zu wirklichen Abenteuern. Er freute sich auf die Gefahren, die auf ihn lauerten. »Je mehr, desto besser«, dachte er. »Wo Gefahr ist, da ist auch Ruhm. Ich wäre richtig enttäuscht, wenn man mich nicht angreifen würde.«

Er sollte nicht enttäuscht werden. Er war noch nicht weit gekommen, als er einen riesigen Mann in einem Bärenfell traf, der eine ungeheure eherne Keule mit sich führte. Das war Korunetes, der Keulenträger, der Schrecken der Reisenden. Er streckte eine behaarte Hand aus, packte Theseus am Hals und hob seine Keule, die im heißen Sonnenlicht funkelte.

»Entschuldige bitte«, sagte Theseus. »Was hast du vor?«

»Ich will dir den Schädel einschlagen.«

»Warum?«

»Weil ich das nun mal tun werde.«

»Eine prächtige Keule hast du da, Herr«, sagte Theseus. »So hell und so glänzend. Weißt du, es ist mir wirklich eine Ehre, mir den Schädel von solch einer Waffe einschlagen zu lassen.«

»Reines Erz«, brummte der Räuber.

»Mmmh ... aber ist es auch wirklich Erz? Es könnte auch vergoldetes Holz sein, weißt du. Eine eherne Keule wäre viel zu schwer, als daß man sie hochheben könnte.«

»Nicht zu schwer für mich«, erwiderte der Räuber, »und es ist wirklich reines Erz. Sieh nur...«

Er hielt seine Keule hin, und Theseus nahm sie lächelnd entgegen. Er schwang sie in einem mächtigen Bogen und schlug dem Räuber den Schädel ein, als wäre er ein Ei.

»Liegt gut in der Hand«, sagte Theseus. »Ich glaube, ich werde sie behalten.« Er schulterte die Keule und setzte seine Reise fort.

Die Straße führte am Rand der Klippen oberhalb der gleißenden blauen See entlang. Er folgte einer Abzweigung und sah einen Mann auf einem Felsen sitzen. Der Mann hielt eine große Streitaxt in der Hand; er war so riesig, daß die Axt eher wie ein kleines Hackbeil wirkte.

»Halt!« sagte der Mann.

»Guten Tag«, entgegnete Theseus.

»Hör gut zu, Fremdling, wer hier vorüberkommt, muß mir die Füße waschen. Das ist der Wegzoll. Noch irgendwelche Fragen?«

»Nur eine. Nimm einmal an, ich tue es nicht.«

»Dann schlag ich dir einfach den Kopf ab«, erwiderte der Mann, »es sei denn, du denkst, daß das kleine Zweiglein, das du da mit dir trägst, diese Axt abwehren kann.«

»Ich habe ja nur gefragt«, sagte Theseus. »Es ist mir eine Freude, dir die Füße zu waschen, Herr. Körperpflege ist außerordentlich wichtig, besonders wenn man unterwegs ist.«

»Was?«

»Ich sagte, ich will es tun.«

Theseus kniete zu Füßen des Mannes nieder, zog ihm die Sandalen aus und überlegte scharf. Er wußte, wer dieser Mann war; er hatte Geschichten über ihn gehört. Es war Skiron, der dafür berüchtigt war, sich als Haustier eine Schildkröte zu halten, die für eine Schildkröte ungewöhnlich groß war, so wie Skiron ungewöhnlich groß war für einen Mann; eine Schildkröte, die darauf dressiert war, Menschenfleisch zu fressen. Diese Riesenschildkröte schwamm am Fuß der Klippe im Meer herum und wartete darauf, daß Skiron seine Opfer hinunterstieß. Theseus warf einen flüchtigen Blick die Klippen hinunter. Und tatsächlich sah er, wie die Schildkröte ihren großen platten Kopf aus dem Wasser hob und wartete.

Theseus nahm Skirons riesigen Fuß in die Hand und hielt ihn beim Knöchel umklammert. Während er so kniete, holte der Riese zu einem mächtigen Tritt aus. Theseus war aber darauf gefaßt. In dem Augenblick, in dem der Riese zutrat, zog Theseus ihn zu sich heran und duckte sich schnell, als der massige Körper über ihn fiel – über ihn hinweg und dann hinunter – und das Wasser so hoch wie die Klippe aufspritzen ließ, als er unten aufschlug. Er stand auf, schüttelte den Straßenstaub von den Knien und setzte seine Reise fort.

Die Straße führte jetzt bergab, an einem Pinienhain entlang.

»Halt!«

Er hielt inne. Direkt vor ihm stand ein weiteres Scheusal. Zuerst dachte Theseus, Skiron sei die Klippen wieder heraufgeklettert; aber dann fiel ihm ein, daß es wohl Skirons Bruder sein mußte, von dem er ebenfalls gehört hatte. Dieser hier hieß Pityokamptes, was »Pinienbieger« bedeutet. Er war so groß und so stark, daß er Pinienbäume bis zur Erde niederbiegen konnte. Er pflegte einen Baum gerade in dem Augenblick niederzubiegen, in dem sich ein Reisender näherte, und dann bat er den Ankömmling, den Baumwipfel einen Moment lang zu halten. Der Reisende, der sich nicht traute, dem Riesen die Bitte abzuschlagen, ergriff dann stets die Baumspitze. Dann ließ Pityokamptes mit spöttischem, dröhnendem Gelächter los. Die Pinie schnellte kraftvoll wieder in die Höhe und schleuderte das arme Opfer hoch in die Luft, so daß bereits alles Leben aus ihm gewichen war, wenn er auf der Erde aufschlug. Dann suchte der Räuber die Taschen des Opfers ab, ohne in seinem Lachen innezuhalten; er war ein großer Spaßvogel. Jetzt sagte er also zu Theseus: »Warte, Freund, ich möchte dich bitten, mir einen Gefallen zu tun.«

Er ergriff eine Pinie und bog sie langsam zur Erde nieder, so daß sie aussah wie ein riesiger Bogen. »Halt' das bitte einen Augenblick für mich, bist du so nett?«

»Gewiß«, entgegnete Theseus.

Theseus ergriff den Baum, trat fest mit den Beinen auf, biß die Zähne zusammen, machte seinen Kopf frei und ließ seine ganze Kraft nach unten fließen, durch die Beine, in die Erde, und war so in der Erde verankert wie ein Fels. Pityokamptes ließ los und erwartete, Theseus in die Luft fliegen zu sehen. Doch nichts geschah. Die Pinie blieb umgebogen. Der Jüngling hielt sie, er hatte die Beine durchgedrückt, seine Arme zitterten. Der Riese glaubte seinen Augen nicht zu trauen. Er dachte, er müsse die Pinie beim Niederbiegen abgebrochen haben. Er trat näher heran, um nachzusehen. Da ließ Theseus los. Der Baum schoß in die Höhe, traf den Riesen unter dem Kinn und schlug ihn bewußtlos. Theseus bog den Baum noch einmal nieder und band schnell die Handgelenke des Riesen daran fest. Er zog noch eine Pinie zu sich heran, und daran fesselte er die Beine von Pityokamptes ... und dann ließ er beide Pinien los. Sie schnellten auseinander. Die eine Hälfte von Pityokamptes hing an dem einen Baum, die andere Hälfte an dem anderen. Die Geier kreischten vor Freude und fraßen, gerecht verteilt, von beiden Hälften. Theseus wischte sich das Pinienharz von den Händen und setzte seine Reise fort.

Inzwischen war die Nacht hereingebrochen, und er war sehr müde. Er kam zu einem Gasthaus, wo Licht aus einem Fenster schien und Rauch aus dem Schornstein aufstieg. Aber es war kein einladender Anblick: Der Vorgarten war übersät von Totenschädeln und anderen Knochen.

»Die geben sich ja keine große Mühe, Gäste anzulocken«, dachte Theseus. »Ach, was soll's ... ich bin müde. Es war ein schrecklicher Tag. Am liebsten würde ich mich jetzt hinlegen und mit dem Kämpfen für heute Schluß machen. Andererseits darf ich, wenn sich mir ein Abenteuer bietet, ihm nicht aus dem Weg gehen. Wollen doch mal sehen, was dieser Knochensammler für ein Kerl ist.«

Festen Schrittes ging er auf die Tür zu, hämmerte dagegen und rief: »Gastwirt! He, Gastwirt!«

Die Tür wurde aufgestoßen. Eingerahmt von der Türfüllung erblickte er einen schmierig aussehenden Riesen, der Skiron und dem Pinienbieger ähnelte, der aber älter, schmutziger war und langes, strähniges graues Haar und einen blutverschmierten grauen Bart hatte. Seine fleischigen Hände waren mächtig wie Greifhaken.

»Hast du ein Bett frei für die Nacht?« fragte Theseus.

»Ein Bett? Jawohl, das habe ich. Komm nur rein.«

Er führte Theseus in einen Raum, in dem ein Bett stand – ein riesiges, häßliches Möbelstück, von dem Ledergurte, Ketten und Fesseln herabhingen.

»Wozu sind all die Gurte und Halterungen gut?« fragte Theseus.

»Sie sollen dich zwingen, im Bett zu bleiben, bis du dich ordentlich ausgeruht hast.«

»Warum sollte ich das Bett verlassen wollen?«

»Alle scheinen das zu wollen. Siehst du, das ist ein Spezialbett, von Kopf- bis Fußende genau 1,80 Meter lang. Und ich bin ein sehr reinlicher, ordentlicher Mensch. Ich mag es gern, wenn alles passend ist. Wenn nun also der Gast zu klein für das Bett ist, binden wir diese Ketten an seinen Fußgelenken fest und strecken ihn. Ganz einfach.«

»Und wenn er zu groß ist?« fragte Theseus.

»Na ja, dann hacken wir einfach so viel von den Beinen ab, bis er die richtige Länge hat.«

»Ach so.«

»Aber darum mach dir nur keine Sorgen. Du siehst mir ganz danach aus, als müßtest du gestreckt werden. Also los, leg dich hin.«

»Und wenn ich das tue, wirst du mir Ketten um die Fußgelenke legen und mich strecken – wenn ich dich richtig verstehe.«

»Du verstehst mich ganz gut. Leg dich hin.«

»Aber all dies Strecken klingt ziemlich ungemütlich.«

»Du bist schließlich hergekommen. Keiner hat dich darum gebeten. Jetzt mußt du die bösen wie die guten Dinge ertragen.«

»Ja, natürlich«, erwiderte Theseus. »Ich nehme an, wenn ich mich entschließe, deine Gastfreundschaft auszuschlagen, wirst du mich schon dazu bringen, mich hinzulegen, habe ich recht?«

»Sicher. Kein Problem.«

»Wie fängst du das an? Zeig es mir.«

Der Gastwirt, der Prokrustes hieß, streckte eine riesige Hand aus, legte sie Theseus auf die Brust und drängte ihn zu dem Bett. Theseus ergriff das Handgelenk des anderen, und als der Riese schob, zog Theseus ... führte aus der Schulter heraus die den anderen nach unten reißende Bewegung aus, die er sich selbst beigebracht hatte. Prokrustes flog über seine Schulter und landete auf dem Bett. Theseus band ihn fest, nahm eine Axt und hackte ihm die Beine ab, weil sie weit über das Fußteil des Bettes hinausragten. Dann hackte er ihm, weil er ihn nicht leiden lassen wollte, auch noch den Kopf ab.

»Was du den Reisenden angetan hast, tut man jetzt dir an«, sagte Theseus. »Wie du dich bettest, alter Mann, so sollst du jetzt auch liegen.«

Er legte die Axt weg, nahm seine Keule auf und setzte seine Reise fort.

# Athen

In jenen Tagen war Athen noch keine große Stadt, aber es war die prächtigste Stadt, die Theseus je zu Gesicht bekommen hatte. Mit ihren Obstgärten und Grünanlagen und Marmortempeln fand er sie ausnehmend schön. Doch nach den Abenteuern der Straße kam sie ihm seltsam langweilig vor. Außerdem erlitt er Demütigungen, zwar war er der Sohn des Königs, doch die Position seines Vaters war nicht sehr gefestigt, und so war er auch kein richtiger Prinz. Der mächtige Vetter seines Vaters, der hochgewachsene Pallas mit den schwarzen Brauen, und seine fünfzig wilden Söhne herrschten in der Stadt. Ihr Anwesen war viel weitläufiger und prachtvoller als die Burg, ihre Privatarmee stärker als die königliche Garde; Theseus konnte das kaum noch länger mit ansehen.

»Warum habe ich das Zeichen erhalten«, wütete er. »Warum habe ich das Schwert aus dem Fels gezogen und bin hierher nach Athen gekommen? Um mich in der Burg zu verstecken wie ein entlaufener Sklave? Was macht es schon aus, wie viele sie sind, Vater? Wenn wir sie bekämpfen, werden es sehr viel weniger sein. Laß uns kämpfen. Auf der Stelle!«

»Nein«, sagte Aigeus, »das können wir nicht. Noch nicht. Das wäre keine Schlacht, das wäre Selbstmord. Sie dürfen nicht wissen, daß du hier bist. Das tut mir leid, gerade wo ich dich den ganzen Weg nach Athen habe machen lassen. Es ist zu gefährlich. Ich hätte dich in einem kleinen Dorf irgendwo außerhalb der Stadt verstecken sollen, wo wir uns jeden Tag gefahrlos hätten sehen können.«

»Also wenn ich dir hier nicht helfen kann, laß mich nach Kreta gehen!« rief Theseus. »Wenn ich schon unsere Feinde hier nicht besiegen kann, laß mich mein Glück anderswo versuchen.«

»Kreta! ... Ach, mein lieber Junge, nein, nein ...«, und der alte Mann begann zu wehklagen, denn in dieser Zeit war die Stadt Athen in einem Krieg mit Kreta besiegt worden und daher gezwungen, König Minos einen schrecklichen Tribut zu entrichten. Jedes Jahr verlangte er, daß die Athener ihm sieben ihrer schönsten Jungfrauen sandten und sieben ihrer kräftigsten jungen Männer. Sie alle wurden in das Labyrinth geschickt und dem Ungeheuer vorgeworfen, das dort lebte: dem fürchterlichen Minotauros, halb Mensch, halb Stier, Sohn der Pasiphaë und des Stieres, in den sie sich verliebt hatte. Jahr um Jahr wurden sie ihren Eltern entrissen, diese sieben Jungfrauen und sieben Jünglinge, und niemand hörte je wieder etwas von ihnen. Jetzt näherte sich erneut der Tag des Tributes.

Theseus bot an, selber als einer der sieben jungen Männer mitzugehen und sein Glück bei dem Ungeheuer zu erproben. Er bestürmte seinen Vater, brachte so viele Argumente vor, brannte so vor Wut und Ungeduld, daß sein Vater schließlich zustimmte, und der Name Theseus auf die Liste derer gesetzt wurde, die man für den Tribut ausgewählt hatte. Am Abend vor seiner Abreise umarmte er Aigeus und sagte: »Sei guten Mutes, Vater. Ich bin auf einer Straße gereist, die vorher als todbringend galt und bin doch lebend davongekommen. Ich bin auf meiner Reise etlichen unerfreulichen Gestalten begegnet und hatte etliche aufregende Erlebnisse, aber aus allem habe ich gelernt, daß die beste Waffe, die man einem Feind geben kann, die eigene Angst ist. Also wer weiß. Vielleicht komme ich als Sieger aus dem Labyrinth und führe meine Gefährten wieder sicher heim. Dann wird das Volk von Athen mich kennen, und ich werde erreichen, daß es sich gegen deine despotischen Vettern erhebt und du dich wirklich als König fühlen kannst.«

»Mögen die Götter dich beschützen, mein Sohn«, erwiderte Aigeus. »Täglich werde ich Zeus und Ares und unserer eigenen Athene Opfer bringen und für dein Wohlergehen beten.«

»Vergiß Poseidon nicht«, sagte Theseus.

»O ja, und auch Poseidon«, entgegnete Aigeus. »Aber etwas mußt du noch für mich tun, mein Sohn. Ich werde jeden Tag auf den Tempelhügel steigen und von dort auf die See hinausblicken und nach deinem Schiff Ausschau halten. Bei der Abreise wird das Schiff schwarze Segel setzen, wie es bei all den traurigen Tributschiffen gewesen ist; aber wenn du den Minotauros besiegt haben solltest, dann bitte, ich flehe dich an, laß weiße Segel setzen. Dann werde ich wissen, daß du lebst, und habe eine Tageswache gespart.«

»Das will ich tun«, antwortete Theseus. »Halte Ausschau nach dem weißen Segel ...«

# Kreta

Ganz Athen war am Pier, um das Schiff mit den schwarzen Segeln abfahren zu sehen. Die Eltern der Opfer weinten und zerrissen ihre Kleider. Die Jungfrauen und Jünglinge, die man nach Schönheit und Mut ausgewählt hatte, standen an Deck und versuchten, stolz dreinzublicken; doch die Klagelaute drangen zu ihnen, und sie weinten, weil sie ihre Eltern weinen sahen. Da spürte Theseus vor lauter Wut einen Kloß im Hals. Er stampfte mit dem Fuß auf und rief: »Anker hoch und Leinen los!«, als wäre er der Kapitän des Schiffes. Die verblüffte Mannschaft gehorchte, und das Boot segelte aus dem Hafen hinaus.

Sofort rief Theseus die anderen zu sich. »Hört mir zu«, sagte er. »Ihr sollt euch nicht als Opfer sehen, dann werdet ihr auch keine Opfer sein. Die Zeit des Tributes ist vorüber. Ihr müßt diese Reise nicht als Unterwerfung, sondern als militärischen Feldzug betrachten. Alles wird anders werden, aber zuerst müßt ihr eure Betrachtungsweise der Dinge ändern. Vertraut euch mir an, stellt euch unter meinen Befehl. Wollt ihr das?«

»Das wollen wir«, riefen sie alle.

»Gut. Jetzt will ich, daß alle Männer die Frauen im Gebrauch des Schwertes und der Streitaxt unterweisen. Möglicherweise müssen wir uns den Weg in die Freiheit erkämpfen. Ich werde euch auch beibringen, auf meine Signale – Pfiffe, Handzeichen – zu reagieren, denn wenn wir als Mannschaft vorgehen, können wir den Minotauros womöglich besiegen und unsere Feinde verwirren.«

Voller Eifer stimmten sie zu. Sie waren zu jung, als daß sie ohne Hoffnung leben konnten, und die Worte des Theseus machten ihnen Mut. Jeden Tag trainierte er mit ihnen, mit den Männern wie auch den Frauen, als seien sie ein Trupp Soldaten. Er lehrte sie, auf die Weise zu ringen, die er erfunden hatte. Und dieses ungestüme Vorgehen der jungen Leute, diese Übungskämpfe und Fechtmanöver regten die Mannschaft so an, daß sie sich bereitwillig unter den Befehl des jungen Mannes stellte.

»Ja«, sagte er. »Ich nehme eure Treuegelöbnisse an. Ihr seid Athener. Heute bedeutet das noch, daß ihr arm und besiegt seid und in Angst lebt. Aber eines Tages wird ›Athener‹ der stolzeste Name der Welt sein, ein Wort, das Krieger in ihrer Rüstung beben und Könige auf ihrem Thron zittern läßt!«

Nun war aber Minos von Kreta der mächtigste König auf der ganzen Welt. Seine Hauptstadt Knossos war die fröhlichste, reichste, stolzeste Stadt der Welt; und der Tag im Jahr, an dem die für den Minotauros bestimmten Opfer aus Athen eintrafen, war stets ein bedeutender Festtag. Die Leute drängten sich auf den Straßen – Krieger mit geschorenen Köpfen und prachtvollen federbesetzten Umhängen, juwelengeschmückte Frauen mit brustfreien Kleidern, Kinder, Bauern, hochgewachsene prahlerische Viehhirten, wendige Stierkämpfer, Zwerge, Pfauen, Elefanten und Sklaven, Sklaven, Sklaven aus allen den Menschen bekannten Ländern der Erde. Die Straßen waren so vollgestopft, daß niemand sich mehr richtig bewegen konnte, aber die königlichen Wachen sorgten dafür, daß ein Weg vom Kai bis zum Palast frei blieb. Und hier wurden jedes Jahr die vierzehn Opfer entlanggeführt, so daß die ganze Stadt sie sehen konnte, an den Menschenmengen vorbei zum Palast, um dort vor den König gebracht zu werden, der sich von ihrer Schönheit überzeugte, bevor sie dem Minotauros ausgeliefert wurden.

An diesem Ankunftstag kam der aufgeregte Hafenmeister schnaufend zur Burg gelaufen, fiel vor dem Thron auf die Knie und keuchte: »Gnade, großer König, Gnade ...«

Und dann erzählte der Hafenmeister mit vor Angst erstickter Stimme dem König, daß eines der künftigen Opfer, ein junger Mann namens Theseus, eine Privataudienz bei Minos verlange, ehe er den Athenern erlauben würde, das Schiff zu verlassen.

»Meine Kriegsschiffe!« brüllte Minos. »Der Hafen ist voll von Triremen. Laß das Schiff stürmen und diesen Theseus und seine Gefährten durch die Straßen hierherschleifen.«

»Das ist nicht möglich, Euer Majestät. Ihr Schiff ankert vor der engen Hafeneinfahrt. Und er schwört, er wird es dort versenken lassen und so den Hafen sperren, wenn sich auch nur eines unserer Schiffe nähert.«

»Unangenehm ... sehr unangenehm«, murmelte Minos. »Recht findig für einen Athener, dieser junge Mann. Man sollte ihn sich wirklich einmal ansehen. Laß ihn zu mir bringen.«

Daraufhin teilte man Theseus mit, der König habe zugestimmt, ihn unter vier Augen zu empfangen. Er wurde in den Palast geführt und sah sich neugierig um, als er an der riesigen Menschenmenge vorbei durch die Straßen geleitet wurde. Nie zuvor hatte er solch eine Stadt gesehen. Athen wirkte dagegen wie ein kleines Fischerdorf. Er war freudig erregt und schritt stolz aus, mit hocherhobenem Kopf und blitzenden Augen. Als er zum Palast kam, wurde er den beiden Töchtern des Königs, den liebreizenden jungen Prinzessinnen Ariadne und Phädra, vorgestellt.

»Ich bedaure, daß meine Königin nicht hier ist, um dich willkommen zu heißen«, sagte Minos. »Aber sie hängt sehr an ihrem Sommerhaus im Labyrinth und verbringt die meiste Zeit dort.«

Die Prinzessinnen sagten kein Wort, wandten die Augen aber nicht von Theseus ab. Er konnte sich nicht entscheiden, welcher er den Vorzug gab. Ariadne, so dachte er – die andere war eigentlich noch ein kleines Mädchen. Aber sie hatte einen seltsamen katzenartigen Blick, der ihn anzog. Aber darüber konnte er jetzt nicht nachdenken; er hatte etwas mit dem König zu besprechen.

Minos bedeutete schließlich den Mädchen, den Raum zu verlassen, und winkte Theseus zu sich heran. »Du wolltest mich unter vier Augen sprechen«, sagte er. »Hier bin ich also. Sprich.«

»Ich habe eine Bitte, Herr. Als Sohn meines Vater Aigeus, König von Athen, und als sein Stellvertreter an diesem Königshof bitte ich dich in aller Form, von nun an darauf zu verzichten, deinen jährlichen Tribut zu verlangen.«

»Allmächtiger«, erwiderte Minos. »Ich dachte, du hättest etwas Originelles vorzubringen. Und da kommst du mit dieser abgedroschenen alten Bitte. Die habe ich schon tausendmal gehört und tausendmal abgelehnt.«

»Ich weiß nichts von dem, was vorher gewesen ist«, sagte Theseus. »Ich weiß nur, was ich tun muß. Du hast Athen diesen Tribut auferlegt, um die Stadt zu bestrafen und der Welt zu zeigen, daß du der Herr bist. In Wirklichkeit schadest du damit nur deinem Ruf und zeigst der Welt, daß du ein Narr bist.«

»Dich dem Minotauros zum Fraß vorzuwerfen, ist ein viel zu mildes Ende für einen so unverschämten Kerl«, gab Minos zur Antwort. »Ich werde mir eine weit interessantere Todesart für dich überlegen – vielleicht mehrere Todesarten.«

»Laß mich erklären, was ich meine«, erwiderte Theseus. »So seltsam es auch erscheinen mag, ich hasse dich nicht. Ich bewundere dich. Du bist der mächtigste König der Welt, und ich bewundere Macht. Tatsächlich beabsichtige ich, mir deine Laufbahn zum Vorbild zu nehmen. Also sage ich, was ich zu sagen habe – in aller Freundschaft: Wenn du unsere jungen Männer und Frauen nimmst und sie in dem Labyrinth einsperrst, damit sie vom Minotauros gefressen werden, erreichst du nur, daß die ganze Welt Minos vergißt, den großen Heerführer Minos, den weisen König. Du bringst sie dazu, an Minos, den betrogenen Gatten, zu denken, den Mann, dessen Frau ihn so wenig liebte, daß sie mit einem Stier davonlief. Und an dieses Bild deiner selbst werden sich die Leute erinnern. Verzichte auf den Tribut, sage ich, und du wirst in der Vorstellung der Menschen wieder als Krieger, Gesetzgeber und König leben.«

»Du bist ein geschickter Redner«, erwiderte Minos, »und außerdem ein sehr kühner junger Mann, sonst hättest du das alles nicht zu mir gesagt. Aber da ist ein Fehler in deiner Beweisführung. Würde ich auf den Tribut verzichten, würden meine Untertanen das als einen Akt der Schwäche auslegen. Sie würden ermutigt, Verschwörungen gegen mich anzuzetteln. Andere Länder unter meiner Herrschaft würden zur Rebellion ermutigt. Es ist unmöglich.«

»Ich kann dir einen eleganten Weg zeigen, den Tribut fallenzulassen. Einen Weg, den man nicht als Zeichen der Schwäche sehen wird. Sage mir nur, wie ich das Ungeheuer töten kann.«

»Das Ungeheuer töten, was? Und dann als Held nach Athen zurückkehren? Und deine Feinde hier auslöschen? Und dann andere griechische Städte unterwerfen, bis du der Anführer einer mächtigen Allianz geworden bist? Und dann noch einmal mit einer großen Flotte und einer riesigen Armee herkommen und den alten Minos vom Thron stürzen? Sind das deine ehrgeizigen Pläne?«

»Um die Zukunft kümmere ich mich nicht«, antwortete

Theseus. »Ich mache eines nach dem anderen. Und im Augenblick interessiere ich mich nur dafür, den Minotauros zu töten.«

»Ach, vergiß den Minotauros«, sagte Minos. »Woher weißt du, daß es ihn überhaupt gibt? Woher weißt du, daß es nicht ein Irrer ist, der sich Stöcke auf den Kopf bindet? Was immer es auch ist, laß ihn da in dem Labyrinth mit seiner wahnsinnigen Mutter verrotten. Ich habe einen besseren Plan für dich. Meine Söhne sind tot. Meine Tochter Ariadne sieht, wie ich festgestellt habe, mit Wohlgefallen auf dich. Heirate sie und werde mein Erbe. Eines Tages wirst du dann sowohl Kreta als auch Athen regieren ... und all die Städte am Meer.«

»Danke, Herr. Ich weiß dein Angebot zu schätzen. Aber ich bin hergekommen, um ein Ungeheuer zu besiegen.«

»Du bist wahnsinnig.«

»Vielleicht. Aber so bin ich nun einmal. Wenn ich erst in deinem Alter bin, wenn die Jahre mein Blut verdünnt haben, wenn die Wut sich bis zur Einsicht abgekühlt hat, werde ich mich für Verträge, für Kompromisse entscheiden. Aber jetzt muß ich kämpfen.«

»Woher nimmt der junge Narr dieses Selbstvertrauen?« fragte sich Minos. »Er benimmt sich wie ein Mann, der weiß, daß er unter dem Schutz der Götter steht. Kann es wahr sein, was man sich erzählt? Ist er wirklich der Sohn des Poseidon? Habe ich es mit so einem Feind zu tun? Wenn ja, muß ich erst recht dafür sorgen, daß ich ihn loswerde.«

Dann sagte er laut: »Du tust unrecht, mein Angebot zurückzuweisen. Ich nehme an, das Altweibergeschwätz in deinem kleinen Dorf, das Gerede, daß du der Sohn von diesem oder jenem Gott bist, hat dich so tollkühn gemacht. Diese Bergdörfer bei euch sind wirklich lächerlich. Wann immer ein Kind etwas Ungewöhnliches tut, kommen all die alten Weiber und Hexen zusammen und flüstern: ›Er ist der Sohn eines Gottes, wahrhaftig der Sohn eines Gottes.‹ Ist es nicht so? Sag mir jetzt die Wahrheit.«

»Meine Wahrheit«, antwortete Theseus, »ist, daß ich der Sohn des Poseidon bin.«

»Poseidon, was? Kein Geringerer. Nun, wie willst du das beweisen?«

»Warum sollte ich das beweisen wollen? Ich *weiß* es ja. Das reicht mir. Die ganze Welt hat davon gehört, daß du der Sohn des Zeus bist, der deiner Mutter Europa in Gestalt eines weißen Stieres den Hof gemacht hat. Alle haben diese Geschichte gehört; kaum einer zweifelt daran. Aber kannst du es beweisen?«

»Komm mit mir«, erwiderte Minos.

Er führte ihn aus dem Palast hinaus, durch die Stadttore hindurch, zu einer Klippe oberhalb der See. Er stand ganz still da, hob die Arme und sagte: »Vater Zeus, gib mir ein Zeichen.«

Blitze flammten so heftig auf, daß die Nacht heller wurde als der Tag, und der Himmel sprach mit Donnerstimme. Dann ließ Minos die Arme sinken, das Licht durchzuckte nicht länger den Himmel, und der Donner schwieg.

»Nun«, fragte Minos. »Habe ich meine Herkunft bewiesen?«

»Ein sehr beeindruckendes Schauspiel. Ich nehme an, es beweist etwas.«

»Dann beweise du mir, daß du der Sohn des Poseidon bist.«

Minos nahm seine Krone vom Kopf und warf sie über die Klippe in die See. Sie hörten das schwache Aufklatschen tief unten.

»Wenn du sein Sohn bist, birgt die See keine Schrecken für dich. Hol' mir meine Krone zurück«, befahl Minos.

Ohne auch nur einen Augenblick zu zögern, trat Theseus an den Rand der Klippe und sprang. Im Fallen murmelte er: »Vater, hilf mir jetzt.«

Und er stürzte in die Tiefe, schlug auf dem schwarzen Wasser auf, tauchte ein und durchpflügte das Meer, bis er meinte, die Lungen würden ihm platzen. Aber er stieß nicht zurück zur Oberfläche. Er ließ die Luft aus seinem Brustkorb mit einem langen, gequälten Keuchen entweichen, und dann atmete er ein. Keine erstickende Wasserflut, sondern einen tiefen Lungenzug süßer, kühler Luft ... und er spürte, daß er so natürlich atmete wie ein Fisch. Er schwamm nach unten, immer weiter nach unten, und während er so schwamm, gewöhnten sich seine Augen allmählich an die Farbe der nachtblauen See; er bewegte sich in einem dunkelgrünen Licht. Und das erste, was er sah, war die auf dem Meeresgrund leuchtende Krone. Er tauchte hinunter und nahm sie auf.

Theseus stand auf dem Meeresgrund, hielt die Krone in der Hand und sagte: »Besten Dank, Vater Poseidon.«

Er wartete darauf, daß der Gott ihm antworten würde, doch alles, was er sah, waren dunkle, dahingleitende Gestalten, Geschöpfe des Meeres, die wie Schatten vorüberzogen. Langsam schwamm er zur Oberfläche, kletterte die Klippe hinauf und ging zu der Stelle, an der Minos wartete.

»Deine Krone, Herr.«

»Danke.«

»Bist du jetzt davon überzeugt, daß Poseidon mein Vater ist?«

»Ich bin überzeugt davon, daß das Wasser hier seichter ist, als ich gedacht hatte. Überzeugt davon, daß du Glück hattest.«

»Glück? Ist das nicht ein anderes Wort für göttliche Gunst?«

»Vielleicht. Jedenfalls bin ich außerdem davon überzeugt, daß du ein gefährlicher junger Mann bist. So gefährlich, daß ich gezwungen bin, dir einige Vergünstigungen zu entziehen, die allen gewährt werden, die dem Minotauros gegenübertreten. Du wirst weder Schwert noch Axt mit dir führen, sondern nur deine bloßen Hände ... Und dein Glück natürlich. Ich glaube, wir werden uns nicht wiedersehen. Also leb wohl.« Er gab einen schrillen Pfiff von sich. Die königliche Wache erschien, umringte Theseus und führte ihn zu einem steinernen Turm am Rande des Labyrinths. Dort sperrten sie ihn über Nacht ein.

Eine Stunde vor Sonnenaufgang erschien Ariadne bei ihm und bekannte: »Ich liebe dich, Theseus. Ich werde dich vor dem sicheren Tod erretten, wenn du mir versprichst, mich nach Athen mit zurückzunehmen.«

»Und wie willst du mich retten, liebliche Prinzessin?«

»Weißt du, was das Labyrinth ist? Es sind tausend von Hecken umgebene Wege, die alle ins Innere führen, und nur einer führt nach draußen. Und dieser eine ist so versteckt, hat so viele Biegungen und Krümmungen und geheime Windungen, daß unmöglich jemand den Weg nach draußen finden kann. Nur ich kann mich frei im Labyrinth bewegen. Ich werde dich hineinführen und dich verstecken. Ich werde dich auch um den inneren Raum, in dem der Minotauros haust, herumführen und dich wieder hinausbringen. Du wirst das Ungeheuer nicht einmal zu Gesicht bekommen. Weil nie jemand den Weg aus dem Irrgarten hinaus gefunden hat, wird Minos annehmen, daß du den Minotauros getötet hast, und du wirst Gelegenheit haben, an Bord deines Schiffes zu gehen und zu fliehen, bevor die List entdeckt ist. Aber du mußt mich mitnehmen.«

»Das ist unmöglich«, entgegnete Theseus.

»Glaubst du mir etwa nicht? Es ist alles wahr. Sieh nur ...«

Sie nahm aus ihrer Tunika einen zu einem Knäuel aufgewickelten gelben Seidenfaden und ließ ihn zu Boden fallen. Das Knäuel rollte schnell durch den Raum und wickelte sich dabei selbst ab. Es rollte um die Bank herum, schlang sich Theseus um den Knöchel, rollte die Wand hinauf, über die Decke und wieder hinunter. Dann zog Ariadne heftig an ihrem Ende des Fadens, und das Knäuel drehte sich um, rollte denselben Weg, den es gekommen war, wieder zurück und drehte sich dabei um seinen Faden. Es rollte zurück zu Ariadne und sprang in ihre Hand.

»Das hat der alte Dädalos für mich gemacht«, sagte Ariadne. »Er hat das Labyrinth gebaut, weißt du. Und mein Vater hat auch ihn darin eingesperrt. Ich habe ihn immer dort besucht. Er hat mir dieses Zauberknäuel gemacht, damit ich immer den Weg zu ihm und wieder zurück finden konnte. Er mag mich sehr.«

»Auch ich fange langsam an, dich sehr zu mögen«, sagte Theseus.

»Stimmst du zu?« rief Ariadne. »Erlaubst du mir, dich in das Labyrinth zu führen und dir zu zeigen, wie du dem Ungeheuer aus dem Weg gehen und meinen Vater zum Narren halten kannst? Sag, daß du zustimmst. Bitte ...«

»Ich erlaube dir, mich durch den Irrgarten zu führen«, antwortete Theseus. »Genau zu der Stelle, wo das Ungeheuer haust. Du kannst dort bleiben und dem Kampf zusehen. Und wenn alles vorbei ist, führst du mich wieder zurück.«

»Nein, nein, das kann ich nicht. Du wirst sterben! Du kannst unmöglich den Minotauros besiegen.«

»Es ist mir unmöglich, es nicht zu tun.«

»Du wirst nicht einmal bewaffnet sein.«

»Ich bin stets mit leichtem Gepäck gereist, liebliche Prinzessin, und habe mir meine Waffen vom jeweiligen Feind genommen. Ich sehe keine Veranlassung, gerade jetzt von meinen Gepflogenheiten abzuweichen. Bist du die Art Mädchen, die einen Mann von seinen Gewohnheiten abzubringen versucht? Wenn das so ist, glaube ich nicht, daß ich dich nach Athen mitnehmen werde.«

»Ach bitte, verweigere mir deine Liebe nicht«, sagte sie. »Ich will alles tun, was du sagst.«

Am nächsten Morgen, als die königliche Wache Theseus aus dem Turm herausführte und ihn in den äußeren Weg des Labyrinths drängte, war Ariadne da und wartete an der ersten Wegbiegung. Sie band ein Ende des Fadens an einen Zweig der Hecke und warf dann das Knäuel zu Boden. Es rollte langsam vorwärts und wickelte sich dabei ab; Hand in Hand gingen sie hinterher. Es war angenehm, so im Labyrinth spazierenzugehen. Die Hecke wuchs hoch über ihren Köpfen und war schwer von kleinen, weißen, süßduftenden Blüten. Der Weg wand und krümmte sich und wand sich wieder, doch das Garnknäuel lief voraus, und sie folgten ihm. Theseus hörte ein Heulen.

»Hört sich an wie der Wind«, sagte er.

»Nein, das ist nicht der Wind. Das ist meine Mutter, die da heult.«

Sie gingen weiter. Sie hörten ein polterndes, krachendes Geräusch.

»Was ist das?«

»Das ist mein Bruder. Er hat Hunger.«

Immer noch folgten sie dem Knäuel. Jetzt waren die Hecken zu beiden Seiten so hoch, daß sich die Zweige über ihren Köpfen trafen, und es war dunkel. Ariadne schaute traurig zu ihm auf. Er neigte den Kopf und hauchte ihr einen Kuß auf die Lippen.

»Bitte geh nicht zu ihm«, flehte sie. »Laß mich dich hinausführen. Er wird dich töten. Er hat die Kraft eines Stieres und die Schläue eines Menschen.«

»Wer weiß?« erwiderte Theseus. »Vielleicht hat er auch die Schwäche eines Menschen und die Dummheit eines Stieres.« Er legte ihr die Hand auf den Mund. »Wie auch immer, laß mich lieber daran glauben, da ich mit ihm kämpfen muß, weißt du, und ich möchte mich nicht so gern vorher bange machen.«

Das entsetzliche Brüllen wurde lauter und lauter. Das Knäuel lief weiter voraus, rollte vom Weg fort auf eine offene Fläche. Und hier, auf einer Lichtung, die von den hohen Hecken des Labyrinths umgeben war, stand der Minotauros.

Theseus glaubte seinen Augen nicht zu trauen. Das Untier war furchteinflößender, als er es sich in seinen schlimmsten Träumen ausgemalt hatte. Er hatte einen Stierkopf auf einem Menschenkörper erwartet. Was er sah, war ein drei Meter großes Wesen in der Gestalt eines Menschen; genau wie ein unglaublich massiger und entsetzlich muskulöser Mann, aber bewachsen mit kurzem, dichtem braunen Fell. Das Wesen hatte das Gesicht eines Mannes, aber es war ein zusammengedrücktes, entmenschlichtes Gesicht mit bösartigen roten Augen, riesigen stumpfen Zähnen und dünnen ledernen Lippen. Aus seinem Kopf schossen zwei lange, schwere, glänzende Hörner hervor. Seine Füße waren rasiermesserscharfe Hufe; seine Hände waren geformt wie die eines Mannes, aber viel größer und hart wie Horn. Wenn er sie zusammenballte, waren es große Fäuste aus Knochen.

Er stand da, stampfte mit einem Huf auf das Gras und starrte Theseus aus seinen kleinen roten Augen an. Blutiger Speichel bedeckte seine Lippen.

Da war Theseus nun zum erstenmal seit all seinen Kämpfen seiner selbst nicht mehr sicher. Die Erscheinung des Ungeheuers verwirrte ihn. Es erfüllte ihn mit einer Art Grauen, die jenseits der Angst lag, als ringe er mit einer riesigen Spinne. Daher konnte sich Theseus, als das Ungeheuer den Kopf senkte, zum Angriff überging und die großen knöchernen Lanzen auf ihn richtete, nicht von der Stelle rühren.

Er hatte nur eine Chance. Er stellte sich auf Zehenspitzen, machte sich so schmal wie möglich, sprang in die Luft und ergriff die Hörner des Ungeheuers. Er schwang zwischen den Hörnern hin und her und machte einen Salto auf den Kopf des Minotauros, wo er sich hinhockte und mit verzweifelter Kraft die Hörner packte. Das Ungeheuer brüllte vor Wut und schüttelte heftig den Kopf. Doch Theseus ließ nicht los. Ihm war, als würden ihm die Zähne aus dem Mund gerissen; er spürte, wie die Augäpfel in ihren Höhlen zitterten. Doch er ließ nicht los.

Falls man es schafft, ohne aufgespießt zu werden, zwischen seinen Hörnern hin- und herzuschwingen, ist dies eine ausgezeichnete Technik beim Kampf mit einem richtigen Stier; aber der Minotauros war kein richtiger Stier; er hatte Hände. Als also Theseus sich nicht abschütteln ließ, sondern zwischen den Hörnern auf dem Kopf des Ungeheuers stand und versuchte, ihm die Hacken in die Augen zu stoßen, hörte der Minotauros auf, den Kopf zu schütteln, ballte seine große, hornige Faust, die riesig war wie ein Kohlkopf und hart wie ein Fels. Er holte zu einem tückischen Schlag nach hinten aus, ließ die Faust schmetternd auf seinen Kopf niederfahren und versuchte, Theseus zu zermalmen, so wie man einen Käfer zermalmt.

Darauf hatte Theseus nur gewartet. Sobald die Faust auf ihn zukam, sprang er vom Kopf des Minotauros, und mit voller Wucht prallte die Faust zwischen den Hörnern auf den Schädel. Der Minotauros sackte in die Knie, schwankte und fiel zu Boden; er hatte sich selbst niedergeschlagen. Theseus wußte, daß ihm nur ein paar Sekunden blieben, bis das Untier seine Kräfte wiedererlangt hätte. Er schoß auf das Ungeheuer zu, ergriff mit beiden Händen ein Horn, stemmte seinen Fuß gegen das widerwärtige Gesicht, und indem er all seine Kraft in eine einzige gewaltige Anstrengung legte, brach er das Horn dicht über dem Ansatz ab. Er machte einen Satz nach hinten. Nun war auch er bewaffnet, und zwar mit einer Waffe, die er dem Feind abgenommen hatte.

Der Schmerz des abbrechenden Horns ließ den Minotauros aus seiner vorübergehenden Ohnmacht erwachen. Er rappelte sich auf, gab ein ungeheures, gepreßtes Brüllen von sich und griff Theseus an, indem er versuchte, ihn auf dem verbliebenen Horn aufzuspießen. Knochen stieß krachend auf Knochen, als Theseus den Hieb mit seinem Horn parierte. Es war jetzt wie ein Duell, das Untier stieß mit seinem Horn zu, Theseus parierte und stieß seinerseits zu. Da der Minotauros viel kräftiger war, drängte er Theseus zurück – so weit zurück, bis er ihn gegen die Hecke gepreßt hatte. Sobald er spürte, daß er die Hecke im Rücken hatte, machte sich Theseus frei, tauchte hinter dem Minotauros weg und rannte zur Mitte der Wiese, wo er gelassen mit nach hinten gestrecktem Arm stehenblieb. Denn das lange spitze Horn eignete sich genausogut als Speer wie als Schwert und konnte deshalb auch aus sicherer Entfernung benutzt werden.

Der Minotauros wirbelte herum und griff von neuem an. Theseus wartete, bis er auf zehn Schritt an ihn herangekommen war, ließ dann den Arm nach vorn schnellen und schleuderte den Speer mit all seiner Kraft. Er traf den Stier am Hals und trat hinten wieder aus. Doch so mächtig war der Sturmangriff des Minotauros, so hartnäckig seine bestialische Kraft, daß er mit dem spitzen Horn im Hals weiter vorwärts wankte, Theseus überrannte und ihn brutal zu Boden warf. Dann wirbelte er herum, weil er versuchen wollte, Theseus mit seinem Horn zu erdolchen, doch das Blut sprudelte jetzt schnell, und das Ungeheuer schwankte und fiel neben Theseus zu Boden.

Ariadne rannte zu dem am Boden liegenden Jüngling. Sie drehte ihn um, nahm ihn in die Arme; er atmete. Sie küßte ihn. Er schlug die Augen auf, schaute sich um und sah den toten Minotauros; dann blickte er Ariadne an und lächelte. Er erhob sich und stützte sich dabei schwer auf sie.

»Prinzessin, sag deinem Faden, er soll sich wieder aufrollen. Wir wollen uns auf den Weg nach Athen machen.«

Als Theseus aus dem Labyrinth trat, hatten sich dort zahlreiche Einwohner Kretas versammelt. Sie hatten die Kampfgeräusche gehört, und wie es der Brauch war, hatten sie sich versammelt, um vom Tod der Geiseln zu erfahren. Als sie den jungen schmutz- und blutbesudelten Mann sahen, der ein abgebrochenes Horn mit sich trug und an dessen Arm sich Ariadne klammerte, fingen sie lauthals an zu jubeln.

Minos stand mit verschränkten Armen da. Phädra war an seiner Seite. Theseus verneigte sich vor ihm und sagte: »Herr, ich habe die Ehre zu berichten, daß ich dein Königreich von einem abscheulichen Ungeheuer befreit habe.«

»Prinz Theseus«, erwiderte Minos. »Entsprechend unserer Abmachung muß ich dich und die anderen Geiseln freilassen.«

»Deine Tochter hat mir geholfen, König. Ich habe ihr versprochen, sie mitzunehmen. Hast du etwas dagegen einzuwenden?«

»Ich glaube, es ist jetzt wohl zu spät für Einwände. Die Frauen in unserer Familie haben nicht viel Glück in der Liebe gehabt. Sei bitte nicht allzu grob zu ihr.«

»Vater«, sagte Phädra, »sie wird einsam sein im fernen Athen. Darf ich nicht mit ihr gehen und ihr Gesellschaft leisten?«

»Du auch?« fragte Minos. Er wandte sich an Theseus.

»Wahrhaftig, junger Mann, ob nun Poseidon dir zur Seite gestanden hat oder nicht, Aphrodites Hilfe hattest du gewiß.«

»Ich werde gut achtgeben auf deine Töchter, König«, entgegnete Theseus. »Leb wohl.«

Und so schritten Theseus, seine dreizehn glücklichen Gefährten und die beiden kretischen Prinzessinnen von der königlichen Wache eskortiert durch die Straßen und durch die dichtgedrängte Menschenmenge vom Palast zum Hafen. Dort bestiegen sie ihr Schiff.

Es war ein fröhliches Schiff, das da von Kreta aus Richtung Norden nach Athen segelte. Tag und Nacht wurde gefeiert und getanzt. Und jeder junge Mann an Bord kam sich vor wie ein Held und jede junge Frau wie eine Prinzessin. Und Theseus war ihrer aller Held und trank voller Kraft und Freude. Er war so glücklich, daß er das Versprechen vergaß, das er seinem Vater gegeben hatte – daß er vergaß, der Mannschaft zu befehlen, das schwarze Segel einzuholen und ein weißes zu hissen.

König Aigeus, der einsame Wacht auf dem Tempelhügel hielt, sah zunächst einen winzigen Fleck am Horizont. Er schaute lange hin und beobachtete gespannt, wie er größer und immer größer wurde. Er konnte nicht erkennen, ob das Segel weiß oder schwarz war; als aber das Schiff näher kam, wurde ihm das Herz schwer. Das Segel schien dunkel zu sein. Das Schiff kam näher, und er sah, daß es ein schwarzes Segel gehißt hatte. Er wußte, sein Sohn war tot.

»Ich habe ihn getötet«, rief er. »In meiner Schwäche habe ich ihn fortgeschickt, damit er getötet werde. Ich bin unfähig, König zu sein, unfähig zu leben. Ich muß unverzüglich in den Tartaros gehen und ihn dort um Verzeihung bitten.«

Und der alte König sprang vom Hügel, stürzte steil durch

die Luft in die See tief unten und ertrank. Er gab dem herrlichen blauen, tödlichen Wasserstreifen für alle Zeit seinen Namen – Ägäis.

Bei seiner Rückkehr nach Athen wurde Theseus als König begrüßt. Die Menschen beteten ihn an. Schnell hob er eine Armee aus, vernichtete seine mächtigen Vettern und führte dann die Athener in viele Schlachten und vereinigte alle Städte Griechenlands zu einer Allianz. Dann, eines Tages, kehrte er nach Kreta zurück, um die Krone des Minos zu verlangen, die er einst vom Meeresgrund zurückgeholt hatte.

# Atalanta

Atalantas Pech begann bei ihrer Geburt: Ihr Vater, der König von Arkadien, hatte einen Sohn gewollt. Vor lauter Wut darüber, daß man ihm eine Tochter brachte, befahl er, sie im Gebirge zum Sterben auszusetzen. Nun befand sich der nächste Berg im Lande Kalydon, so daß man das Neugeborene dorthin brachte. Die Kleine wurde in eine Felsspalte gelegt und den kalten Sternen überlassen.

Ihr Weinen erregte die Aufmerksamkeit einer Bärin, die auf der Suche nach ihrem verlorenen Jungen über die Hänge streifte. Das riesige pelzige Tier mit dem platten Kopf näherte sich schnüffelnd dem schreienden Säugling. Es war nicht ihr Junges, aber es war lebendig; die winzige Hand des Kindes kam hervor und griff nach dem zottigen Hals der Bärin. Sie hob das Baby vorsichtig mit ihren Klauen hoch und trug es zu ihrer Höhle.

Jenseits des Tales von der Bärenhöhle aus gesehen befand sich eine Burg, die dem König von Kalydon gehörte, dessen Sohn Meleager ebenfalls eine seltsame Kindheit hatte. Als er drei Tage alt war, erhielt seine Mutter, Königin Althaia, Besuch von einer hochgewachsenen, graugesichtigen alten Frau, die eine lange silberne Schere in der Hand trug. Die Königin wußte, es war Atropos, eine der drei Schicksalsgöttinnen, und sie hatte Angst. Die alte Frau sprach zu ihr: »Wir sind freundlich zu dir. Gewöhnlich schlagen wir ohne Warnung zu. Siehst du das Holzscheit am Rande des Kamins, das gerade zu brennen beginnt? Das Leben deines Sohnes wird nur so lange währen, bis das Scheit abgebrannt ist.«

Dann verschwand Atropos.

Althaia sprang zum Kamin, riß das Holzscheit aus den Flammen und verschloß es in einer großen bronzenen Truhe.

Der Prinz war nicht so wie andere Kinder; von dem Moment an, als er laufen konnte, interessierte er sich nur noch für die Jagd. Sein Vater war entzückt von dem Jungen. Er ließ seinen Schmied einen winzigen Speer anfertigen und einen Bogen, von dem man Jagdpfeile abschießen konnte, die nicht größer waren als Wurfpfeile, aber all das war kein Spielzeug. Meleager übte ständig damit und lernte, wie man diese Waffen geschickt benutzte. Sobald er auf einem Pony sitzen konnte, ritt er mit seinem Vater zur Jagd; und als er ein junger Mann war, galt er als bester Jäger in ganz Griechenland. Er hatte genügend Felle erbeutet, um damit die Böden der weitläufigen Burg zu bedecken: Löwen-, Wolfs- und Bärenfelle. An den Wänden hingen Hirschgeweihe und Bärenzähne. Im Flachland jagte er zu Pferde; im Gebirge zu Fuß.

Doch in einer Hinsicht bereitete Meleager seinen Eltern Sorgen, denn er verschmähte alle heiratsfähigen jungen Mädchen von Kalydon.

»Bitte, Vater«, sagte er. »Sie sind mir unerträglich ... verweichlichte, quiekende junge Dinger; die wissen mit Speer oder Bogen gar nichts anzufangen, und auf einem Pferd sind sie hoffnungslos. Ich werde nicht eher heiraten, bis ich ein Mädchen finde, das mit mir zur Jagd geht.«

Eines Tages stellte er auf den Hängen eines nahegelegenen Berges einen riesigen Bären. Der ließ seine große Tatze vorschnellen und hieb Meleager den Speer aus der Hand. Dann griff der Bär so schnell an, daß der Jüngling kaum Zeit hatte, sein Schwert zu zücken, bevor sich das Untier auf ihn stürzte. Er duckte sich unter den hin- und herschwingenden Tatzen weg und stach den Bären von hinten in den Hals. Das Tier taumelte, fiel beinah hintenüber und riß dadurch Meleager zu Boden. Als er aufsprang, sah er gerade noch, wie der Bär den Hang hinaufrannte, das Schwert steckte ihm im Hals, Blut strömte aus der Wunde. Meleager kletterte hinterher.

Trotz seiner schrecklichen Verletzung konnte der Bär noch sehr schnell laufen, und Meleager verlor ihn bald aus den Augen; doch er folgte der Blutspur, und er wußte, daß es nur eine Frage der Zeit war, bis das Tier zusammenbrechen würde. Es war früher Morgen gewesen, als er mit dem Bären gekämpft hatte; jetzt brannte die Sommersonne direkt über ihm, und er keuchte vor Anstrengung, als er der Blutspur nachlief. Da bot sich ihm, als er um einen Felsvorsprung bog, ein erstaunlicher Anblick: Eine hochgewachsene, barfüßige junge Frau, die einen weiten, zottigen Fellumhang trug, kam mit großen Schritten den Hügel hinuntergelaufen. Gerade als er sich fragte: »Warum trägt sie einen schweren Umhang in dieser Hitze?« sah er, daß Blut an ihr hinunterlief, und er erkannte, daß es kein Pelzumhang war, den sie trug, sondern daß sie auf dem Rücken den riesigen Bären schleppte, mit dem er gekämpft hatte. Der Kopf des Tieres rollte auf ihrer Schulter hin und her, sein Blut lief an ihr herunter; er sah, daß das Heft seines Schwertes dem Tier noch im Nacken steckte.

Meleager blieb auf dem Pfad stehen. Die junge Frau hielt inne. Sacht ließ sie den Körper des Bären zu Boden gleiten, richtete sich auf und sah ihm ins Gesicht. Er war geblendet von ihrer Schönheit. Sie war so groß wie er, ihre Beine so lang wie die eines Hirsches, sie trug eine kurze Tunika aus Wolfsfell, ihr üppiges braunes Haar hing ihr bis zu den Hüften herab. Ihr Gesicht war schmutzverschmiert, ihre bloßen Arme und Schultern waren blutbefleckt; im selben Moment wußte er, daß dies für ihn die einzige Frau auf der Welt war.

»Das ist mein Bär«, sagte er. »Aber ich schenke ihn dir.«

»Dein Bär?«

»Ich habe ihn erlegt. Das da ist mein Schwert, das ihm da im Hals steckt. Ich bin ihm den ganzen Tag gefolgt. Aber du kannst ...«

Ihr heiserer Wutschrei unterbrach ihn. Rasch bückte sie sich, hob einen riesigen Stein hoch, als wäre es ein Kiesel, und schleuderte ihn auf seinen Kopf. Er duckte sich, spürte aber, wie der Stein sein Haar streifte. Er sah, daß sie sich wieder bückte und dem Bären das Schwert aus dem Hals zog. Dann kam sie mit dem Schwert in der Hand langsam auf ihn zu.

»Dieser Bär ist mein Bruder«, sagte sie. »Du hast meinen Bruder getötet. Jetzt muß ich dich töten.«

»Liebliches Mädchen ...«

»Lieblich? Du wirst schon sehen, ich bin bitter wie der Tod. Los, nimm deinen Speer auf und kämpfe.«

Er nahm den Speer auf, und mit derselben Bewegung schleuderte er ihn. Er flog singend durch die Luft und spaltete einen jungen Baum glatt in zwei Hälften. Er drehte sich um und trat dem Mädchen mit leeren Händen gegenüber.

»Warum hast du dich selbst entwaffnet?« fragte sie. »Ich habe vor, dich zu töten.«

»Dann komm. Nimm ruhig das Schwert. Dann ist der Kampf gerechter.«

Sie heulte auf vor Wut und warf das Schwert fort. »Ich brauche keine Vergünstigungen von dir!« rief sie. »Ich werde mit bloßen Händen kämpfen.«

Sie stürzte sich auf ihn. Er packte sie bei den Armen und versuchte, sie sacht zu behandeln; aber das war unmöglich, denn sie war so stark wie ein Wildpferd. Sie umklammerte ihn mit einem mächtigen Bärengriff, der ihm beinah das Rückgrat brach. Grunzend, sich windend befreite er sich aus ihrer Umklammerung und kämpfte dann ernsthaft. Da rangen sie nun miteinander, unter der heißen Sonne, unter den glasigen toten Augen des Bären.

Atalanta war eine kraftvolle Kämpferin, weil eine Bärin sie adoptiert, in einer Bärenhöhle aufgezogen und wie ein Bärenjunges behandelt hatte. Unter mehreren Würfen von Bärenjungen war sie groß geworden, hatte sich mit ihnen gebalgt, hatte mit ihnen gejagt; sie war zu einer tiefgebräunten, geschmeidigen, flinkfüßigen jungen Frau herangewachsen und war selbst so stark wie eine Bärin. Mit Meleager zu kämpfen schien für sie keine große Anstrengung zu sein. Sie hatte vor, ihn in ihrer Umarmung zu zerschmettern und ihn über die Klippe zu werfen.

Aber als sie so mit Meleager unter der heißen Sonne inmitten des Duftes von Thymian und zertretenem Gras kämpfte, geschah etwas völlig Neues. Sie war daran gewöhnt, mit zottigen Bären zu kämpfen und voller Erstaunen festzustellen, wie zart ihre Arme und Beine im Vergleich mit deren Massen von Fell wirkten. Sie hatte sich gefragt, warum sie so anders, so haarlos sei, und war doch irgendwie froh gewesen, daß sie anders war. Und als sie nun den jungen Mann in ihrer kraftvollen Umklammerung hielt, spürte sie seine Zartheit; und es war ihr, als würde sie sich zum ersten Mal berühren. Ihr eigener Körper kam ihr fremd und doch zutiefst vertraut vor. Während sie so kämpfte, stellte sie fest, daß sie nicht mehr wußte, wo sein Körper endete und ihrer anfing. Als sie das bemerkte, schien ihr, als steige der Duft des zertretenen Grases wie süßer Nebel empor und mache sie schwindlig. Sie fühlte, daß ihre Knie nachgaben. Sie, die steile Berghänge kilometerweit hinauflaufen konnte, die sogar schneller lief als die Bergziegen, spürte, wie ihr die Knie wegknickten. Ihr letzter Gedanke, als sich ihr Verstand umnebelte und verdüsterte, war: »Es ist ein Zauber. Er arbeitet mit irgendeinem Zauber. Er bekämpft mich mit einem Zauber.«

Als ihr Kopf wieder klar wurde, merkte sie, daß sie beide dicht am Rand der Klippe mit dem Rücken gegen einen verkrümmten Olivenbaum lehnten und auf eine breite strahlendblaue Meeresbucht hinaussahen, über der ein brauner Adler kreiste. Sie hatten die Arme noch wie im Kampf umeinander geschlungen, aber ihre Körper rührten sich nicht. Sie nannte ihm ihren Namen.

»Ich bin Atalanta. Ich gehöre zu diesem Berg, zur Sippe der Bergbären.«

»Ich bin Meleager«, entgegnete er. »Ich gehöre zu Atalanta.«

So fand Meleager die Jägerin, von der er geträumt hatte; gemeinsam jagten sie im Flachland und im Gebirge, in Wäldern und Sümpfen und Feldern, zu Fuß und zu Pferde, mit Hunden oder langbeinigen Jagdkatzen, die von Ägypten herübergebracht wurden und die man Geparden nannte, aber öfter noch jagten sie ganz allein. Sie waren so glücklich bei der gemeinsamen Jagd und brachten so viel Wild heim, daß Artemis, die Göttin der Jagd, die Herrin der wilden Dinge, davon erfuhr; sie hörte von Meleager, dem gutaussehenden Prinzen, dem großen Speerwerfer, und von seiner Gefährtin Atalanta, die so hochgewachsen und flinkfüßig und stark war, daß die Leute sagten, sie sei die zur Erde herabgestiegene Artemis. Die Göttin wurde sehr ärgerlich.

»Ich werde ihnen schon zeigen, daß es nur eine Artemis gibt«, rief sie. »Ich werde ihnen eine Jagd liefern, die sie nie vergessen werden.«

Sie tauchte ihre Hände in den Schlamm des Flusses Skamander und formte einen riesigen schlammfarbenen Eber mit bösartigen roten Augen. Er war weit größer als jeder den Menschen bekannte Eber, riesig wie ein Rhinozeros, mit so langen, schweren und scharfen Hauern bewaffnet, daß er mit einem Zurückwerfen des Kopfes einen Baum fällen konnte. Sie schuf dieses riesige Untier, erfüllte es mit rasendem Blutdurst und versetzte es nach Kalydon, damit es dort die Landschaft verwüste.

# Die Jagd

Sogleich begann das Untier, Tod und Schrecken im ganzen Land zu verbreiten. Es verwüstete die Felder, tötete Pferde, Vieh, Ziegen – und auch all jene, die diese Tiere hüteten. Es griff Menschen an, die auf den Feldern arbeiteten, spießte sie auf und zertrampelte sie zu blutigen Lumpen. Und in seiner Zerstörungswut griff das Untier ein Bauernhaus an, warf es um, wütete in den Trümmern und tötete alle, die von den herabstürzenden Balken noch nicht zerschmettert worden waren. Schäfer und Ziegenhirten weigerten sich, ihre Herden auf den Hügeln weiden zu lassen; die Bauern hatten Angst, ihre Ernte einzubringen. Der König, Meleagers Vater, war verzweifelt. Er bat seinen Sohn um Rat. Meleager war außer sich vor freudiger Erregung. Er schwor seinem Vater, daß er den Eber töten werde.

»Nur ich allein und ein Gefährte. Wir schaffen das, Vater. Kein Tier kann uns entgehen.«

Doch der König erwiderte: »Nein, mein Sohn. Dies ist kein gewöhnliches Tier. Es ist zu groß, zu unwiderstehlich und stark. Es ist ein Fluch, von einem Gott geschickt, den wir unwissentlich beleidigt haben. Aber ich habe allen Göttern geopfert, und immer noch streift das Untier durch unser armes Land und tötet und verwüstet …«

»Ich muß ihn erlegen, Vater! Das ist die Beute, von der wir geträumt haben – etwas, das den Einsatz unserer Fähigkeiten lohnt.«

»Ich verbiete es. Du bist mein einziger Sohn. Wenn du getötet wirst, wird das Land in die Hände der törichten Brüder deiner Mutter fallen. Laß uns lieber folgendes tun,

Meleager: Wir wollen die Helden Griechenlands einladen, den Eber zu erlegen. Jedermann wird davon erfahren.«

Daraufhin sandte man Botschaften an die Helden in ganz Hellas, mit denen sie eingeladen wurden, nach Kalydon zu kommen, um den riesigen Eber zu jagen. Alle nahmen sie die Einladung an, Könige, Prinzen und grimmige Glücksritter, die später mit Jason segelten und vor Troja kämpften.

Aber dem alten König wollte es nicht so recht gefallen, für so viele große Männer den Gastgeber zu spielen.

»Ich werde an der Jagd nicht teilnehmen können«, erklärte er seiner Frau. »Meleager wird sich die Ehre geben, während ich zu Hause bleibe und die Burg bewache.«

»Ist das wirklich nötig?« fragte die Königin. »Traust du denn deinen Nachbarn nicht?«

»Doch, ich traue ihnen zu, daß sie sich ganz wie zu Hause benehmen. Unsere Nachbarn sind nicht so reiche Grund- und Viehbesitzer geworden, weil sie alles rechtmäßig gekauft haben, meine Liebe. Es sind Männer, die sich stets genommen haben, was sie haben wollten; so haben sie ihren Besitz und ihren Ruf erworben. Ehrlich gesagt habe ich mehr Angst vor ihnen als vor dem Eber, und doch sagt mir mein Herz, daß mein Sohn auf dieser Jagd sterben könnte und daß ich mit ihm reiten sollte. Ich weiß nicht, was ich tun soll.«

»Du brauchst dir um unseren Sohn keine Sorgen zu machen«, entgegnete Königin Althaia. »Die Schicksalsgöttinnen haben mich zur Wächterin über sein Leben gemacht. Sieh nur...«

Sie schloß die Truhe auf, zeigte ihm das angekohlte Holzscheit und erzählte ihm, wie Atropos, die Herrin der Schere, sie besucht und ihr versprochen hatte, der Prinz würde leben, solange das Scheit nicht abgebrannt würde.

»Also sorge dich nicht länger, geliebter Gemahl, und laß

ihn ruhig die Jagd anführen, während du zu Hause bleibst und die Burg bewachst. Im übrigen schicke ich meine beiden Brüder mit, damit sie ein Auge auf ihn haben. Nein, runzle nicht die Stirn, ich weiß, wie du über meine Brüder denkst, aber sie sind in gewissen Dingen weniger nachsichtig als du. Sie werden verhindern, daß er dies wilde Mädchen mit zur Jagd bringt.«

»Es ist ein Fehler, sich da einzumischen«, warnte der König. »Er liebt das Mädchen und wird nie eine andere lieben.«

»Er darf sie nicht haben!« rief Althaia. »Solange ich lebe, wird er sie nicht als seine Frau in dieses Haus bringen.«

»Nun, ich kann mir im Augenblick nicht auch noch um sie Sorgen machen«, erwiderte der König. »Mir gehen wichtigere Dinge im Kopf herum. Schreckliche Untiere, schreckliche Gäste – das wilde Mädchen wird warten müssen.«

»Sie wird lange warten müssen, bevor sie meinen Sohn heiraten darf«, sagte Althaia.

Am nächsten Morgen versammelten sich alle zur Jagd. Die Helden staunten über ihren Gastgeber Meleager, der mit Atalanta an seiner Seite herangeritten kam. Sprachlos starrten sie die liebliche, geschmeidige junge Jägerin an, die eine Wolfsfelltunika trug, Bogen und Köcher umgeschlungen hatte und einen Speer hielt. Ein Gemurmel erhob sich. Alle waren überrascht; manche waren wütend; einige der jüngeren waren von ihrer Schönheit entflammt und wurden eifersüchtig auf Meleager. Die feierlich dreinschauenden Onkel des Prinzen ritten zu ihm hin, ihre Bärte sträubten sich vor Empörung.

»Das ist ehrlos«, sagten sie. »Du bringst Schande über dich und deine ehrenwerten Gäste. Sie wollen nicht mit diesem Bärenjungen von den Hügeln auf die Jagd reiten.«

Meleager zwang sein Pferd zwischen sie und ergriff ihre

Arme, drückte sie, bis sie spürten, wie ihre Ellenbogen in seinen eisernen Händen krachten.

»Hört mir zu«, flüsterte er. »Noch ein Wort von euch, und ich werde diese Jagd abblasen, unsere Gäste nach Hause schicken, und Atalanta und ich werden den Eber allein erlegen, wie wir das von Anfang an vorhatten. Aber vorher werde ich eure Köpfe aneinander schlagen, damit unsere Gäste sehen, bei wem der Fehler liegt.«

Die Onkel sagten nichts mehr. Meleager blies mit seinem Horn ein Jagdsignal, das über die Hügel hallte, und die strahlende Gesellschaft ritt aus, um den Eber aufzuspüren.

Sie mußten nicht weit reiten. Ihre Beute kam ihnen entgegen und wählte ihre Stellung so umsichtig wie ein General, der seine Truppen stationiert; der Eber bezog einen Bau in einer Felsschlucht, in der die Wände sich verengten, so daß er nur von vorn und nur von zwei Männern gleichzeitig angegriffen werden konnte. Dieser felsige Engpaß war mit Weiden zugewachsen, und der Eber kauerte dort, ohne gesehen zu werden, und wartete auf die Jäger.

Aber die Jäger waren wohlvertraut mit solchen Finten. Sie stürmten nicht hinein, um ihn anzugreifen, sondern reihten sich vor dem Eingang seines Lagers auf, brüllten, schlugen mit den Speeren auf die Schilde und versuchten, ihn ins offene Gelände hinauszulocken. Das gelang ihnen nur zu gut, sie hatten ja keine Ahnung von seiner Größe und Geschwindigkeit. Der Eber preschte mit der zerschmetternden Wucht eines riesigen Felsblocks, der den Berghang hinunterstürzt, aus dem Unterholz hervor. Er pflügte sich seinen Weg in eine Gruppe von Jägern, trieb sie in alle Richtungen, wirbelte seinen massigen Leib leicht wie ein Fuchs herum und riß zwei Männer mit seinen rasiermesserscharfen Hufen in Stücke. Dann griff er die flüchtenden Jäger noch einmal an, stürzte sich mit seinen

Hauern auf einen von ihnen und riß ihm das Bein direkt unterhalb der Hüfte ab.

Die beiden kriegerischen Brüder Telamon und Peleus – der später der Vater des Achilles wurde – bewiesen ihren Mut, indem sie langsam mit gezückten Speeren auf den Eber zugingen. Ihr Angriff inspirierte zwei andere, Ankaios und Eurytion, von hinten auf den Eber zuzugehen. Doch das Untier brach aus dem Speerkreis aus, indem es Telamon angriff. Peleus schleuderte seinen Speer; er streifte die Schulter des Ebers, prallte ab und durchbohrte Eurytion, der tot zusammenbrach. Ein Stoß des Ankaios, der mit seiner Streitaxt auf den Eber zielte, wurde von einer schwungvollen Drehung eines Hauers pariert, und der Eber zerriß mit einer entgegengesetzten Drehung dem Mann die Eingeweide und schlitzte ihn auf wie ein Fischer den Fisch. Das Untier wirbelte herum und griff Peleus an, der beinahe auf der Stelle getötet worden wäre – und niemals einen Sohn namens Achilles hinterlassen hätte (und Hektor wäre beinahe unbesiegt geblieben, und vielleicht wäre auch Troja nicht abgebrannt) –, doch Atalanta spannte ihren Bogen und schoß einen Pfeil in die verwundbare Stelle hinter dem Auge des Ebers. Er drang bis zu den Federn ein. Ein anderes Tier wäre auf der Stelle tot gewesen, doch der Eber war noch am Leben und noch immer mörderisch stark.

Brüllend vor Schmerz jagte der Eber Atalanta hinterher. Theseus kam hinter einem Felsen hervor und schleuderte einen Speer, traf aber nicht. Schnell legte Atalanta einen weiteren Pfeil auf ihn an. Sie stand dem Untier genau gegenüber, als es sich auf sie stürzte. Sie hatte gerade noch Zeit genug, ihm den Pfeil ins Auge zu schießen.

Meleager stieß einen wilden Kriegsschrei aus, warf sich dem Eber in den Weg und schleuderte seinen Speer mitten aus dem Lauf heraus. Er traf den Eber unterhalb der Schulter und brachte ihn dazu, jetzt ihn anzugreifen, der immer weiterlief und dann wie ein kretischer Stierkämpfer über das angreifende Tier sprang. Er kam auf der anderen Seite herunter, und bevor das Untier sich drehen konnte, rammte er sein Schwert unter den großen Muskelberg, durchtrennte das Rückenmark und zerschnitt den heißen Lebensdraht; der Eber fiel tot um.

Meleager zog sein Schwert heraus und kniete gelassen, wie auf einer Hirschjagd, neben dem riesigen Tier nieder und häutete es. Mit dem blutigen Fell in den Armen ging er zu Atalanta, verneigte sich, reichte ihr die Haut und sagte: »Dein Pfeil hat ihn zuerst getroffen. Die Haut gehört dir.«

Nun war aber diese Eberhaut ein höchst kostbares Geschenk. Sie war so dick und zäh, daß sie sich wunderbar als Kriegsweste eignete, sie war leichter und fester als eine Rüstung, konnte geschleuderte Speere und fliegende Pfeile abwehren. Es herrschte viel Unmut, als Meleager die Haut dem Mädchen gab. Die Onkel, die diesen Unwillen spürten, traten noch einmal zu Meleager und klagten ihn der Günstlingswirtschaft und der mangelnden Gastfreundschaft an. Plexippus, der ältere Onkel, fing an, Atalanta zu verfluchen und sie mit unflätigen Worten zu beschimpfen, und sein Bruder fiel mit ein.

Meleager wischte das Blut von seinem Schwert und trocknete es sorgfältig mit einer Handvoll Binsen ab. Er prüfte die blitzende Klinge, und dann schwang er sie zweimal. Die Köpfe seiner Onkel rollten so schnell abgetrennt in den Staub, daß sie noch im Fallen weiterzufluchen schienen. Dann sagte Meleager: »Ich bitte euch, ihr Herren, verzeiht diesen unziemlichen Familienzwist; doch wenn einer von euch sich allzu beleidigt fühlt, bin ich gern bereit, mit ihm die Klingen zu kreuzen. Wenn nicht, so seid ihr alle in die Burg zu einem Fest geladen, mit dem wir den Tod des Ebers feiern und seine liebliche Henkerin, die Jägerin

Atalanta, ehren wollen, die ich zu meiner Frau machen werde.«

Unter den Helden erhob sich großer Jubel. Viele waren immer noch wütend, andere eifersüchtig, doch alle bewunderten sie Mut, wenn er sich ihnen zeigte; im übrigen hatten sie an diesem Tag genug gekämpft, so daß sie zur Burg zurückkehrten, und Atalanta und Meleager ritten fort, um vor Beginn des Festes einige Stunden allein zu sein.

Als die Jäger zur Burg zurückkamen, wurden sie vom König und von der Königin empfangen, die begierig waren, ihre Geschichte zu hören. Doch als sie von dem Streit wegen der Haut erzählt hatten und davon, wie Meleager seine Onkel getötet und Atalanta den Männern als seine Braut vorgestellt hatte, funkelte die Königin vor Zorn und eilte in ihr Zimmer.

Dort sank sie auf dem Steinfußboden auf die Knie und rief: »Verdammter Prinz, ungehorsamer Sohn, du hast meine beiden Brüder in den Tartaros geschickt und willst an Stelle dieser edlen Männer diese wilde, namenlose Nymphe von den Hügeln heimbringen. Das darf nicht sein, mein Sohn, mein Feind. Die Schicksalsgöttinnen haben deiner Mutter die Macht gegeben, deinen schlimmen Lebenswandel zu enden ...«

Wahnsinnig vor Kummer eilte Althaia zu der Truhe, riß den Deckel hoch, nahm das angekohlte Scheit aus seinem Versteck und warf es aufs Feuer. Sie sah zu, wie es abbrannte.

In diesem Augenblick befanden sich Meleager und Atalanta an ihrem Lieblingsplatz unter dem krummen Olivenbaum bei der Klippe, sahen auf die weite blaue Meeresbucht hinaus und unterhielten sich leise.

»Ich will deine Frau sein«, sagte Atalanta. »Du bist der einzige Mann, den ich je lieben werde, aber warum müssen wir in einer Burg leben? Warum muß ich Königin sein und

Kleider tragen und auf einem Thron sitzen? Warum können wir nicht so bleiben, wie wir sind, und über die Hügel streifen und jagen und kämpfen?«

»Das werden wir ja, das werden wir ja!« rief Meleager. »Als Ausgleich für jeden Tag, den wir in der Burg verbringen, König und Königin sind und Gesetze und so etwas machen, als Ausgleich für jeden so armselig verbrachten Tag, wollen wir zehn Tage reiten und jagen und fischen, du und ich, Seite an Seite. Das verspreche ich dir, Atalanta. Und ich verspreche auch ...«

Er hielt inne. Sie sah, wie er sich an die Brust griff, sah seine Augen hervorquellen, sein Gesicht blau anlaufen. Sie nahm ihn in die Arme. Sein Kopf fiel zurück; seine brennend heißen Lippen teilten sich. Er gab einen erstickten Schmerzensschrei von sich; sein Kopf fiel schlaff zur Seite, und er war tot.

In der Burg stieß Königin Althaia mit dem Zeh in den Kamin und zerstreute die letzten Aschenreste. Dann richtete sie ihre Gewänder und ging nach unten, um sich um die Gäste zu kümmern.

# Das Wettrennen

Nach Meleagers Tod konnte Atalanta für Kalydon nur noch Haß empfinden. Sie kehrte den vertrauten Felsschluchten und Berghängen den Rücken und machte sich auf den Weg nach Arkadien. Einem vagen Instinkt, einem dumpfen, heimwärts gerichteten Impuls gehorchend, der in ihrem entsetzlichen Schmerz das einzige war, was sie empfand, kehrte sie nach Arkadien zurück, wo sie geboren war.

Ihr Vater, der König, der inzwischen hochbetagt war, erkannte an ihrer Geschichte, daß sie seine Tochter war, die er, als sie noch ein Säugling gewesen, im Gebirge ausgesetzt hatte und die jetzt zu einem so kraftvollen Jäger und Krieger herangewachsen war, wie er sich das von einem Sohn gewünscht hätte. Er erkannte sie als sein Kind an, und sie lebte in der Burg.

Doch die Jagd war Atalanta nun verhaßt, sowie auch alles andere, was sie an den ermordeten Geliebten erinnerte. Ihr Ruhm verbreitete sich im ganzen Land, und die Helden, die auf die kalydonische Jagd gegangen waren, aber auch andere, kamen herbei, um der kriegerischen Jungfrau den Hof zu machen, denn sie war nun keine Waise mehr, sondern eine Prinzessin, die Land, Vieh und Gold erben würde. Also kamen sie und freiten um sie.

Atalanta konnte ihren Anblick nicht ertragen. »Niemals mehr werde ich den Wunsch haben, mich zu vermählen«, erklärte sie ihrem Vater. »Dieser Teil von mir ist mit Meleager gestorben. Niemals mehr werde ich einen Mann lieben. Schick' sie fort.«

»Ich kann sie nicht so beleidigen«, entgegnete ihr Vater. »Sie sind zu mächtig. Wenn ich versuchen wollte, sie fortzuschicken, würden sie mir den Krieg erklären, mich erobern; und dich würde man fortschleppen – als Gefangene, nicht als Ehefrau.«

»Wer immer mich gefangennimmt, wird nicht lange genug leben, um daran Freude zu haben«, erwiderte Atalanta. »Aber laß uns folgendes tun: Verkünde ihnen, daß ich nur den heiraten werde, der mich in einem Wettrennen besiegt. Wer gewinnt, den heirate ich; wer verliert, verliert auch seinen Kopf.«

Der König stimmte zu. Atalantas Bedingungen wurden im Land verkündet. Die meisten Helden, die sie auf der Jagd gesehen hatten, waren Zeugen ihrer Behendigkeit geworden und hatten ihre langen Beine betrachtet, wußten also, wie das Rennen ausgehen würde, und beschlossen, sich anderswo nach einer Braut umzusehen. Einige Jüngere waren wagemutig genug zu bleiben. Einer nach dem anderen traten sie gegen Atalanta an. Der ganze Hof kam, um diese Wettrennen zu sehen. Rennen folgte auf Rennen; sie brauchte keine Pause, und den Zuschauern schien es, als würden die jungen Männer immer noch am Start auf der Stelle treten, während Atalanta schon über die Ziellinie schoß. In der Durchsetzung der Strafe war sie unbarmherzig. Jeder unterlegene Freier ging zum Richtblock und zahlte mit seinem Kopf.

Nun war da ein junger Mann mit Namen Hippomenes, der auch an der kalydonischen Jagd teilgenommen hatte, obwohl er dort keine bedeutende Rolle gespielt hatte. Aber er hatte sich leidenschaftlich in Atalanta verliebt, so sehr verliebt, daß der Tod von Meleager ihn bekümmerte, weil er wußte, wie sehr er sie schmerzte. Ohne je die Kühnheit zu besitzen, sich mit ihr bekannt zu machen, war er ihr von fern gefolgt, war auf ihren Spuren von Kalydon nach Arkadien gezogen und hatte sich dort niedergelassen. Jeden Tag plante er so, daß er einen Blick von ihr erhaschen konnte, und das genügte ihm, um bis zum nächsten Tag auszuhalten. Und immer noch hatte sie ihn nicht kennengelernt.

Als die Wettrennen angekündigt wurden, durchlebte Hippomenes die merkwürdigsten und verschiedenartigsten Gefühle. Einerseits war er glücklich, daß sie ihre Verachtung für die anderen Freier deutlich zeigte; andererseits war er traurig, weil er begriff, daß sich diese Verachtung auch auf ihn erstrecken würde, wenn sie von ihm wüßte. Jeden Tag kam er, um sich die Rennen anzusehen, und wieder geriet er in höchste Verwirrung, denn er war nun jeder junge Mann in dem Rennen und spürte, wie der Tod ihm durch die Adern kroch, wenn er Atalanta über die Ziellinie schießen sah. Er war nun jeder junge Mann, der seinen Kopf auf den blutigen Block legte, und doch war er froh, wenn der Kopf fiel, denn wieder gab es einen Rivalen weniger. Und durch all dies lief ein seltsamer Faden bitterer Freude, denn seine Qual, so wußte er, mußte bald enden. Das Wettrennen würde ihm Gelegenheit geben, für seine schreckliche Liebe mit dem Leben zu bezahlen.

Als alle Freier enthauptet worden waren, meldete er sich als Teilnehmer. Jedermann beschwor ihn, nicht zu rennen. Er war ein sanfter junger Mann mit weicher Stimme und sorglosem Lächeln. Er sah nicht aus, wie man sich allgemein einen Helden vorstellte, und niemand glaubte, daß er eine Chance habe. Selbst die grausame Atalanta sagte: »Sei kein Narr. Verlier' deinen Kopf lieber für ein anderes Mädchen. Ich bin nichts für dich.«

Doch trotz all seines Sanftmutes ließ er sich nicht erweichen. Er blieb fest, und so wurde das Wettrennen angesetzt. Nun hatten alle anderen jungen Männer, die gegen Atalanta angetreten waren, die verschiedensten Götter angefleht, ihnen zum Sieg zu verhelfen: Hermes mit den Flügelschuhen, den Gott der Spiele; Ares, den Gott der Siege; Artemis, die Herrin der Jagd. Sie baten Athene um taktisches Geschick, Zeus um Kraft. Doch Hippomenes betete zu keinem von diesen Göttern. Er dachte sich: »Die anderen wollten sie bezwingen. Ich will, daß sie mich will ...« Also betete er zu Aphrodite, der Göttin der Liebe.

Aphrodite erschien ihm, als er schlief, gab ihm drei goldene Äpfel und erklärte ihm, welchen Gebrauch er von ihnen machen solle. Als er erwachte, wußte er, daß er geträumt hatte, und doch waren da auf seinem Bett die drei goldschimmernden Äpfel. Er versteckte sie in seiner Tunika und ging zum Rennen.

Es war ein strahlend sonniger Tag; der ganze Hof war anwesend. Atalanta hatte nie schöner ausgesehen als an diesem Tag, als sie in ihrer kurzen weißen Tunika, über die das lange dunkle Haar offen fiel, zum Start ging. Hippomenes lächelte sie an und wünschte ihr einen guten Morgen, dabei hielt er die glatten goldenen Äpfel unter seiner Tunika fest, damit sie nicht vor Beginn des Rennens wegrollten. Sie nahm seinen Gruß entgegen und nickte ernst. Dann betrachtete sie ihn und runzelte die Stirn. Warum hielt er seine Gewänder auf diese merkwürdige Art? So hielt man sich doch nicht vor einem Rennen.

Sie spürte, wie sich ein merkwürdiger heißer Klumpen tief in ihrer Kehle bildete; da war etwas an seinen Händen, etwas Schreckliches an der Art, wie seine Hände die Tunika umklammerten. Dann erinnerte sie sich, erinnerte sich daran, wie ihr Geliebter Meleager seinen Leib umklammert hatte, als der Fluch in ihm brannte, kurz bevor er starb.

Sie war so in ihren Erinnerungen versunken, daß sie das Trompetensignal, mit dem der Start des Rennens angekündigt wurde, nicht hörte und Hippomenes bereits einen großen Vorsprung hatte, als sie wieder zu sich kam und zu laufen anfing. Er hörte ihre leichten Schritte hinter sich, hörte

das mühelose Singen ihres Atems. Dann einen lauten Schrei von der Menge, und er wußte, daß sie aufgeholt hatte. Er ließ einen der goldenen Äpfel fallen und ihr in den Weg rollen.

Und Atalanta, die noch immer ihren Erinnerungen nachhing und wie im Traum lief, sah das goldene Aufblitzen und bückte sich ganz automatisch, um den rollenden Apfel aufzuheben. Sie trottete langsam weiter, während sie das glitzernde Ding betrachtete. Sie sah ihr verzerrtes, vergrößertes Gesicht darin und dachte: »So werde ich aussehen, wenn ich alt bin ...«

Dann hörte sie die Menge schreien, hob den Kopf und sah Hippomenes weit vor sich. Sie schaltete ihren Verstand aus und ließ die Geschwindigkeit durch ihre Beine und in ihre wirbelnden Füße strömen, bis sie wieder direkt hinter ihm war.

»Armer Junge«, dachte sie. »Quäle ich ihn mit Hoffnung? Oder ist solche Qual auch ein Geschenk der Liebe? Wäre es besser gewesen, wenn ich Meleager nie gesehen, ihn nie geliebt, nie gelitten hätte, als ich ihn verlor? Nein! Schlimmer, schlimmer, schlimmer!«

In ebendiesem Augenblick ließ Hippomenes den zweiten Apfel fallen. Glitzernd kullerte er weiter.

»Was für ein hübscher Gegenstand«, dachte sie. »Wie einer von Aphrodites Äpfeln von dem magischen Baum bei den Hesperiden. Ich werde ihn und den anderen nehmen und sie beide nach Kalydon zu Meleagers Grab bringen.«

Nun hatte Hippomenes den Apfel diesmal kraftvoller geworfen; er war ein ganzes Stück weit gerollt, bevor sie sich entschloß, wegen des Apfels zurückzulaufen. Als sie ihn aufgehoben hatte, sah sie Hippomenes weit vor sich auf der Strecke, beinah schon an der Ziellinie. Da rannte sie mit verzweifelter Geschwindigkeit und holte ihn gerade zwei Schritte vor dem Ziel ein.

Er ließ den dritten Apfel fallen. Sie lachte verächtlich. »Der Narr... glaubt er etwa, ich bleibe deswegen stehen und lasse ihn gewinnen? Ich laufe einfach über die Ziellinie und komme den Apfel holen, wenn er zum Richtblock geführt wird.«

Der Apfel lag vor ihren Füßen. Er rollte nicht weiter. Sie mußte sich mitten im Lauf einfach nur bücken und ihn aufheben. Aber hatte sie dazu Zeit? Der Apfel brannte. Er wurde zu einem Kopf, der ganz hell von Blut war. Dem Kopf von Hippomenes, der unter der Axt fortrollte. Dann wurde er zum Kopf von Meleagers Onkel, der vom blitzenden Schwert abgemäht wurde... verwandelte sich in Meleagers Gesicht, das von Schweiß und Todesschmerz leuchtete... verwandelte sich in ihr eigenes Gesicht, widergespiegelt, grob, verzerrt, alt... jetzt wuchs er, schwoll an, vom Gebrüll der Menge aufgeblasen, schoß wie ein Pilz in das goldene Strahlen der Sonne – die so riesig, so gleichgültig heiß war und die Erde mit den Jahreszeiten berührte, mit knospenden Blumen, mit Tieren, Jägern, Nymphen, Pferden, verliebten Prinzen, bösen Königinnen... Geburt und Tod...

Sie hielt die drei goldenen Äpfel und träumte in deren glänzendem Feuer, ihr Gesicht war feucht von Tränen, und das Brüllen der Menge war ein ferner, verlorener Donner wie das Schlagen der Brandung. Sie stand da auf der Rennstrecke, ganz verloren in ihren Traum, als Hippomenes über die Ziellinie lief und dann zurückkam, um seinen Gewinn zu beanspruchen.

# Legenden

# Midas

Einst lebte ein König mit Namen Midas, und was er auf der Welt am meisten liebte, war Gold. Er hatte selber reichlich davon, aber er konnte den Gedanken nicht ertragen, daß andere auch Gold besaßen. Jeden Morgen wachte er sehr früh auf, beobachtete den Sonnenaufgang und sagte: »Von allen Göttern, wenn es überhaupt Götter gibt, mag ich dich, Apollon, am wenigsten. Wie kannst du dich erdreisten, aus deinem Sonnenwagen so verschwenderisch auf Arm und Reich zugleich goldene Lichtbündel zu verteilen – auf König und Bauer, auf Händler, Schäfer, Krieger? Das ist von Übel, o schwelgerischer Gott, denn nur Könige sollten Gold besitzen; nur die Reichen wissen, was man damit anfangen kann.«

Nach einiger Zeit erreichten diese jeden Morgen ausgestoßenen Klageworte Apollon, und er war zornig. Er erschien Midas im Traum und sprach: »Andere Götter würden dich bestrafen, Midas, doch ich bin bekannt für mein ausgeglichenes Temperament. Statt dir Gewalt anzutun, werde ich dir zeigen, wie huldvoll ich sein kann, und werde dir einen Wunsch erfüllen. Also, was willst du?«

Midas rief: »Mache alles, was ich berühre, zu Gold!«

Das rief er mitten im Schlaf mit erstickter, gieriger Stimme, und die Wachen an der Tür nickten einander zu und sagten: »Der König schreit. Er hat wohl wieder von Gold geträumt.«

Von dem Traum beunruhigt, schlief Midas bis nach Sonnenaufgang; als er erwachte, war es bereits Morgen. Er ging in seinen Garten hinaus. Die Sonne stand hoch, der Himmel war blau. Eine sanfte Brise spielte in den Bäumen. Es war ein herrlicher Morgen. Der König schlief noch halb. Fetzen des Traumes gingen ihm im Kopf herum.

»Kann es denn wahr sein?« fragte er sich. »Man sagt, daß Götter einem im Traum erscheinen. Deshalb wissen die Menschen ja von ihnen. Andererseits weiß ich, daß Träume falsche, irreführende Dinge sind. Man darf ihnen nicht glauben. Wollen wir ihn doch einmal auf die Probe stellen.«

Er streckte die Hand aus und berührte eine Rose. Sie verwandelte sich in Gold – mit Blütenblättern und Stiel verwandelte sie sich in Gold und stand starr, schwer und glänzend. Eine Biene brummte ärgerlich über ihren Windungen; sie ließ sich auf der Hand des Königs nieder, um ihn zu stechen. Midas schaute auf die schwere goldene Biene auf seinem Handrücken und setzte sie auf seinen Finger.

»Ich werde sie als Ring tragen«, sagte er.

Midas ging umher, berührte all seine Rosen und sah sie starr werden und glänzen. Sie verloren ihren Duft. Die enttäuschten Bienen erhoben sich in Schwärmen und flogen ärgerlich brummend davon. Schmetterlinge flogen fort. Die erhärteten Blumen klingelten wie kleine Glöckchen, wenn der Lufthauch um sie wehte, und der König war sehr zufrieden.

Seine kleine Tochter, die Prinzessin, die im Garten spielte, lief zu ihm hin und sagte: »Vater, Vater, was ist mit den Rosen passiert?«

»Sind sie nicht hübsch, mein kleiner Liebling?«

»Nein! Sie sind häßlich! Sie sind schrecklich und spitz, und ich kann sie gar nicht mehr riechen. Was ist passiert?«

»Eine Art Zauber.«

»Wer hat den Zauber vollbracht?«

»Ich war das.«

»Dann zaubere sie zurück! Ich hasse diese Rosen.«

Sie fing an zu weinen.

»Weine doch nicht«, sagte er und strich ihr über den Kopf. »Hör' auf zu weinen, dann gebe ich dir eine goldene Puppe mit einem Blattgoldkleid und winzigen goldenen Schuhen.«

Sie hörte auf zu weinen. Er spürte, wie das Haar unter seinen Händen stachelig wurde. Ihre Augen verhärteten sich und gefroren so, wie sie waren. Die kleine blaue Ader an ihrem Hals hörte auf zu pulsieren. Sie war eine Statue, eine Gestalt aus bleichem Gold, die mit hochgerecktem Gesicht auf dem Gartenweg stand. Ihre Tränen waren winzige goldene Perlen auf ihren goldenen Wangen. Er sah sie an und sagte: »Das ist bedauerlich. Es tut mir leid, daß das geschehen ist. Aber ich habe heute morgen keine Zeit, um traurig zu sein. Ich werde damit beschäftigt sein, Dinge in Gold zu verwandeln. Aber wenn ich einen Augenblick Zeit habe, werde ich über dieses Problem nachdenken, das verspreche ich.« Er eilte fort aus dem Garten, in dem er sich nicht mehr wohl fühlte.

Während Midas zur Burg zurückging, machte er sich einen Spaß daraus, den Kies auf dem Pfad mit dem Fuß hochzuwerfen und dann zu beobachten, wie die kleinen Steinchen als winzige Goldklumpen klirrend wieder zu Boden fielen. Die Tür, die er öffnete, wurde zu Gold; der Stuhl, auf den er sich setzte, wurde zu massivem Gold wie sein Thron. Die Teller verwandelten sich in Gold, und die Tassen wurden zu goldenen Gefäßen, und all das vor den Augen der verblüfften Dienstboten, die zu berühren er sorgfältig vermied. Er wollte, daß sie ihn weiterhin bedienen konnten; er war sehr hungrig.

Mit großem Appetit nahm Midas ein Stück Brot mit Honig auf. Seine Zähne bissen auf Metall, sein Mund war voller Metall. Er spürte, wie er fast erstickte. Er faßte in seinen Mund und holte ein goldenes, ganz blutig gewordenes Stück

Brot heraus und warf es aus dem Fenster. Ganz vorsichtig berührte er jetzt die anderen Lebensmittel, um zu sehen, was geschehen würde. Fleisch ... Äpfel ... Walnüsse ... alles verwandelte sich in Gold, auch wenn er es nur mit der Fingerspitze berührte ... und wenn er es nicht mit den Fingern berührte, sondern es mit der Gabel zum Mund führte, verwandelte es sich in Gold, sobald er es mit den Lippen berührte, und er mußte alles wieder auf den Teller zurücklegen. Er hatte grausamen Hunger. Schlimmer noch als der Hunger war es, wenn er ans Trinken dachte, ihm wurde bewußt, daß Wein oder Wasser oder Milch sich in seinem Mund zu Gold verwandeln und ihn ersticken würden, wenn er zu trinken versuchte. Als er daran dachte, daß er nicht trinken könnte, begann der Durst in seinem Bauch zu brennen. Ihm war, als sei er voller heißen, trockenen Sandes, ihm war, als stünde seine Kopfhaut in Flammen.

»Was nützt mir all das Gold«, rief er, »wenn ich nicht essen und trinken kann?«

Er brüllte vor Wut, schlug auf den Tisch und warf mit den Tellern um sich. Die Diener liefen voller Furcht aus dem Zimmer. Dann rannte Midas aus der Burg über die Brücke, die über den Festungsgraben führte, über den goldenen Kiesweg in den Garten, wo die starren Blumen haßerfüllt klirrten und die Statue seiner Tochter ihn mit erhobenen und leeren Augen ansah. Dort in dem Garten, im grellen Sonnenlicht, reckte er die Arme gen Himmel und rief: »Apollon, du falscher Gott, du Verräter! Du hast so getan, als wolltest du mir vergeben, aber du hast mich mit einem Geschenk gestraft!«

Da schien es ihm, als würde die Sonne noch heller, als würde das Licht dichter, als stünde der Sonnengott auf dem Pfad vor ihm, hochgewachsen, aufrecht, in flammendes Gold gekleidet. Eine Stimme sprach: »Auf die Knie, Elender!«

Er sank auf die Knie.

»Bereust du?«

»Ich bereue. Ich will nie wieder Gold begehren. Ich will nie wieder die Götter anklagen. Ich flehe dich an, nimm dein tödliches Geschenk wieder zurück.«

Apollon streckte die Hand aus und berührte die Rosen. Das Geklirr hörte auf, sie wurden weich, schwangen hin und her, erröteten. Ein Wohlgeruch verbreitete sich in der Luft. Die Bienen kehrten zurück, und auch die Schmetterlinge. Er berührte die Wange der Statue. Sie verlor ihre Starrheit, ihren metallischen Glanz. Sie lief zu den Rosen, kniete sich mitten hinein und rief: »O danke, Vater. Du hast sie wieder zurückverwandelt.« Dann lief sie rufend und lachend davon.

Apollon sprach: »Ich nehme mein Geschenk zurück. Ich erlasse dir die goldene Ansteckung deiner Berührung. Aber ganz ungestraft sollst du nicht davonkommen. Weil du der törichste Mensch von allen gewesen bist, sollst du von nun an Eselsohren haben.«

Midas berührte seine Ohren. Sie waren lang und pelzig. Er sagte: »Ich danke dir, daß du mir vergeben hast, Apollon … selbst wenn deine Vergebung mit einer Strafe einhergeht.«

»Geh jetzt«, sagte Apollon. »Iß und trink. Erfreue dich an den Rosen. Sieh dein Kind heranwachsen. Das Leben ist der einzige Reichtum, Midas. In deiner ungeheuren Verschwendungssucht hast du das Leben vergeudet, und deshalb trägst du dieses Zeichen auf dem Kopf. Leb wohl.«

Midas setzte sich einen hohen spitzen Hut auf den Kopf, damit niemand seine Ohren sah. Dann ging er hinein, um reichlich zu essen und zu trinken.

Jahrelang trug er den Hut, weil niemand von seiner Schande erfahren sollte. Aber der Diener, der sein Haar schnitt, wußte natürlich davon, so daß Midas ihn zum Stillschweigen verpflichtete und ihm drohte, es würde ihn den Kopf kosten, wenn er über die Ohren des Königs spräche. Doch der Diener, der ein Feigling war, war ebenfalls ein Schwätzer. Er konnte kein Geheimnis für sich behalten, erst recht kein so schimpfliches. Obwohl er sich fürchtete, davon zu sprechen, meinte er auch, er müsse platzen, wenn er es nicht täte.

Eines Nachts ging er zum Flußufer, grub ein kleines Loch, legte seinen Mund darauf und flüsterte: »Midas hat Eselsohren, Midas hat Eselsohren …«, stopfte das Loch schnell wieder zu, lief zur Burg zurück und fühlte sich besser.

Aber das Schilfrohr am Fluß hörte ihn, und immer, wenn der Wind durch die Halme fuhr, flüsterten sie miteinander. Man hörte sie flüstern: »Midas hat Eselsohren … Eselsohren …«, und bald flüsterte das ganze Land: »Hast du schon von Midas gehört? Hast du das von seinen Ohren gehört?«

Als der König davon erfuhr, wußte er, wer das Geheimnis verraten hatte, und gab Befehl, den Mann zu köpfen; doch dann dachte er: »Der Gott hat mir vergeben, vielleicht sollte auch ich diesem Plappermaul vergeben.« Und so ließ er den verräterischen Mann seinen Kopf behalten.

Da erschien Apollon noch einmal und sprach: »Midas, du hast die letzte Lektion, die Gnade, gelernt. Und wie du gehandelt hast, so soll auch an dir gehandelt werden.«

Und Midas spürte, wie seine langen haarigen Ohren auf normale Größe schrumpften.

Er war jetzt ein alter Mann. Seine Tochter, die Prinzessin, war erwachsen. Er hatte Enkelkinder. Zuweilen erzählt er seiner jüngsten Enkelin die Geschichte von ihrer Mutter und davon, wie sie in eine goldene Statue verwandelt worden war, und er sagt: »Siehst du, ich verwandele dich auch. Schau nur, dein Haar ist ganz aus Gold.«

Und sie tut so, als habe sie Angst.

# Pygmalion

Die Frauen Zyperns waren ungehalten über Pygmalion. Er war einer der wenigen unverheirateten jungen Männer auf der Insel, und er schien die Absicht zu haben, ledig zu bleiben. Er war Bildhauer und lebte allein in einem Haus, das er rasch aus einem alten Stall zusammengezimmert hatte: ein riesiger Raum auf einem Hügel mit Blick auf die See, weit weg von jedem Nachbarn. Hier verbrachte er zufrieden seine Tage. Große unbehauene Marmorblöcke standen herum sowie Wannen voll Ton und eine große Zahl von Figuren, Männer und Frauen, Nymphen, Satyrn, Wölfe, Löwen, Stiere und Delphine. Manche waren halb bearbeitet, manche waren beinah formlose Tongebilde; und andere waren fertige Statuen, wunderbar leuchtende Formen aus weißem Marmor.

Zuweilen kamen Leute und kauften Pygmalions Figuren. Er verkaufte nur Statuen, die anzusehen er überdrüssig geworden war, aber niemals setzte er einen Preis fest. Er nahm, was man ihm anbot. Oft schenkte er seine Arbeit her, wenn er annahm, daß es jemandem Freude machte, sie zu betrachten, der aber kein Geld hatte, sie zu kaufen. Er aß, wenn er Hunger hatte, schlief, wenn er müde war, arbeitete, wenn er Lust dazu hatte, schwamm im Meer, wenn es heiß war, und verbrachte ganze Tage, ohne andere Menschen zu sehen.

»Ach, ich habe viel Gesellschaft«, sagte er immer. »So viele Statuen hier, nicht? Keine sonderlich gewandten Unterhalter, aber sie können herrlich zuhören.«

Nun verwirrte all dies die Mütter und Töchter Zyperns

außerordentlich. Ein Junggeselle ist schon schlimm genug, ein glücklicher Junggeselle ist unerträglich. Und so beschlossen sie, daß er heiraten müsse.

»Er verdient genug, um eine Frau zu ernähren ... das heißt, das würde er, wenn er ordentliche Preise verlangen würde. Das ist noch ein Grund, warum er eine Frau braucht. Meine Althea ist ein sehr schlaues Mädchen. Sie würde dafür sorgen, daß er angemessene Preise für seine Arbeit verlangt ...«

»Meine Laurel ist eine ausgezeichnete Haushälterin. Sie würde seinen Schweinestall aufräumen und ihn so herrichten, daß man darin leben kann ...«

»Meine Tochter hat sehr festgefügte Vorstellungen. Sie würde ihn schon dazu bringen, daß er spurt. Woher nimmt er die Modelle für diese Nymphenstatuen? Sagt mir das mal. Wer weiß, was in seinem Stall da vor sich geht ...«

»*Meine* Tochter...«

Und immer so weiter. So redeten sie die ganze Zeit, und Pygmalion war sich sehr wohl bewußt, was für Pläne sie für ihn schmiedeten. Mehr denn je beschloß er, ganz für sich zu bleiben.

Nun war Zypern eine der Aphrodite geweihte Insel, denn sie war das erste Land, das sie betrat, als sie dem Meer entstieg. Die Mütter der Insel faßten den Entschluß, Aphrodites Gunst für ihre eigenen Zwecke zu nutzen. Sie drängten sich im Tempel der Aphrodite und richteten dies Gebet an sie:

»O große Göttin der Liebe, du, die du nackt und schaumbedeckt aus dem Meer stiegst und an diese Küste kamst und sie mit Bäumen und Blumen zum Blühen brachtest, du, Aphrodite, höre unsere Bitte: Bewege das Herz des jungen Pygmalion, der so hart wie sein eigener Marmor geworden ist. Spinne deinen Liebeszauber, flicht ihn in die Zöpfe eines der Mädchen, mache ihn zu einer Falle für seine ungezügelte Einsamkeit. Bitte deinen Sohn, den Bogenschützen der Liebe, einen seiner Pfeile auf den gleichgültigen jungen Mann zu schießen, auf daß er mit der süßen Krankheit infiziert werde, für die es nur eine Heilung gibt. Bitte, Göttin, verbiete ihm jedes einsame Vergnügen. Binde ihn an eines unserer Mädchen. Gib, daß er sie liebt und sie zur Frau nimmt.«

In jener Nacht erhielt Pygmalion im Traum Besuch von der Göttin, die zu ihm sprach: »Pygmalion, man hat mich gebeten, dich zu verheiraten. Hast du irgendwelche Vorlieben?«

Als Künstler war Pygmalion mit der schrecklichen Wirklichkeit der Träume vertraut und wußte, daß es ernst war, daß er bedroht war. Er erwiderte: »Es gibt eine, die mir gefällt. Aber sie ist schon verheiratet.«

»Wer?«

»Du.«

»Ich?«

»Du, Aphrodite, Königin der Schönheit, Herrin des Entzückens. Wie kannst du annehmen, daß ich, der ich mich in meiner täglichen Arbeit mit nichts anderem als den Formen idealer Schönheit zufriedengebe, wie kannst du annehmen, daß ich mein höchstes Streben auf etwas anderes als das vollkommenste Gesicht und die vollkommenste Gestalt richte? Auf dich, Aphrodite. Dich, dich. Ich liebe dich, und nur dich allein. Und ehe ich nicht eine Sterbliche von derselben Vollkommenheit finde, werde ich nicht lieben.«

Nun war Aphrodite, wenn sie auch eine Göttin war, doch gleichzeitig eine Frau. In der Tat bestand ihre Göttlichkeit genau daraus: Weiblichkeit zur höchsten Macht erhoben. Dieses leidenschaftliche Lob erfreute sie sehr. Sie kniete neben Pygmalion nieder, strich ihm übers Gesicht und sagte: »Wahrlich, du bist ein galanter junger Mann. Ich finde deine Argumente sehr überzeugend. Aber was soll ich tun? Ich habe den Müttern Zyperns versprochen, daß du heiraten wirst, und ich darf mein Versprechen nicht brechen.«

»Hast du ihnen gesagt, wann ich heirate?«

»Nein, ich habe keinen Zeitpunkt festgesetzt.«

»Dann gewähre mir dies: Erlaube mir, unverheiratet zu bleiben, bis ich eine weitere Statue gemacht habe. Es wird mein Meisterwerk sein, das eine Werk, auf das ich hingearbeitet habe. Laß es mich jetzt tun, und erlaube mir, unverheiratet zu bleiben, bis ich es vollendet habe, denn ich sehe es vor meinem geistigen Auge, Göttin. Die Zeit ist gekommen. Ich muß diese letzte Statue machen.«

»Von wem?«

»Von dir natürlich! Von dir, von dir! Ich habe dir doch gesagt, daß ich dich mein ganzes Leben schon liebe, ohne dich je gesehen zu haben. Und nun bist du mir erschienen, nun, da ich dich sehe, muß ich dich in Marmor meißeln. So einfach ist das. Das ist der Sinn meines Lebens; das ist meine Art, dich zu lieben, eine Art, die du mir nicht verwehren kannst.«

»Ich verstehe ... Und wie lange wird dich dieses Werk in Anspruch nehmen?«

»Bis es vollendet ist. Was sonst kann ich sagen? Wenn du so gütig sein willst, mich zu besuchen, wenn du die Zeit dazu hast, werde ich meine Augen mit deinem Anblick füllen und nur an deinem Bildnis arbeiten und alles andere beiseite legen. Ein für allemal werde ich in der Lage sein, den flüchtigen, brennenden Traum des Mannes in harten, kalten Marmor zu meißeln, seinen Traum von der Schönheit, seinen Traum von dir...«

»Nun gut«, antwortete Aphrodite, »du magst deine Heirat aufschieben, bis meine Statue vollendet ist.« Sie lächelte ihn an. »Und hin und wieder werde ich kommen und dir Modell stehen.«

Zuerst arbeitete Pygmalion in Ton. Er nahm ihn in die Hände und dachte an Aphrodite – an ihre runden Arme, die feste Linie ihres Nackens, ihre langen, fülligen Schenkel, das sanfte Spiel ihrer Rückenmuskeln, wenn sie sich aus der Taille heraus drehte –, und seine Hände folgten seinen Gedanken und drückten den Ton in die Gestalt ihres Körpers. In der Nacht kam sie zu ihm, glitt in seine Träume und wieder hinaus und erzählte ihm Geschichten von sich. Er verbrauchte eine ganze Wanne voll Ton und machte hundert kleine Aphroditen, alle in verschiedenen Posen. Er erfaßte sie in dem Augenblick, als sie aus dem Meer stieg, das nasse Haar zurückwarf und das Gesicht zum Himmel hob, den sie zum erstenmal sah. Er modellierte sie in der Halle der Götter, in der man ihr die Heiratsanträge machte und in der sie hörte, wie Poseidon und Hermes und Apollon ihre Rechte geltend machten, dabei hatte sie den Kopf zurückgeworfen, hielt die Schultern gerade, lächelte in sich hinein, wollte jedermann gefallen, weigerte sich aber zu antworten. Er modellierte sie erfüllt von erhabener Wut, wie sie Narziß bestrafte, wie sie auf dem Gras kniete, den scheuen Adonis neckte und dann um ihn, den Erschlagenen, trauerte.

Er fing sie ein in hundert Posen, stellte dann die kleinen Tonfiguren rund um sich auf, betrachtete sie eingehend und versuchte, sie in seiner Vorstellung zu einem vollkommenen Bildnis zu modellieren, das er in Marmor meißeln könnte. Er hatte sich vorgenommen, langsam zu arbeiten. Schließlich war das Ganze ein Trick, seine Hochzeit aufzuschieben; doch als er die reizenden kleinen Puppen machte und sie in ihre Abenteuer setzte, einigten sich seine Hände auf einen eigenen Arbeitsplan. Der Traum griff über auf das Tageslicht, und er stellte fest, daß er mit wildem Eifer arbeitete.

Als die Tonfiguren fertig waren, war er bereit für den

Marmor. Er stellte den schweren Block polierten Steines in die Mitte des Raumes und arrangierte seine Tonfiguren darum herum. Dann nahm er Hammer und Meißel und fing an zu arbeiten – es war, als würden die kalten Werkzeuge lebendige Teile seiner selbst. Der Meißel war wie sein eigener Finger mit einem scharfen Nagel; der Hammer war seine andere, zur Faust geballte Hand. Mit diesen lebendigen Werkzeugen drang er in den Marmor ein und bearbeitete den Stein, als wäre er Ton, er hackte, schlug, schnitzte, polierte. Und aus dem Stein begann ein Körper aufzuerstehen, wie Aphrodite aus dem weißen Meeresschaum gestiegen war.

Er wußte nie, wann er fertig war. Drei Tage lang hatte er nichts gegessen. Sein Hirn brannte, seine Hände flogen. Mit dem Schnitzen war er fertig; jetzt polierte er die Marmorfrau mit feinen Feilen. Dann plötzlich wußte er, daß sie vollendet war. Sein Kopf fühlte sich an, als sei er voller Asche, seine Hände hingen wie Fleischklumpen herab. Er fiel auf sein Strohlager und sank in betäubenden Schlaf.

Mitten in der Nacht erwachte er. Er sah, daß die Göttin nahe bei seinem Bett stand. War sie gekommen, um ihm noch einmal Modell zu stehen? Dazu war es zu spät. Da bemerkte er, daß es nicht Aphrodite war, sondern die Marmorfigur, die mitten im Raum stand, und der weiße Marmor hatte alles Mondlicht auf sich versammelt. Die Statue leuchtete in der Dunkelheit und sah aus, als versuche sie, vom Sockel zu springen.

Er ging zu der Statue und versuchte, etwas noch Unvollendetes zu finden, eine Stelle, an der er noch arbeiten könnte. Doch da war nichts. Sie war vollendet. Vollkommen. Ein Meisterwerk. Jede ihrer von seiner eigenen Kraft straff gezogenen Linien streckte sich bis zum Äußersten, ihre Kurven rundeten sich füllig mit all der Liebe, die er einem menschlichen Wesen nie gegeben hatte. Da war sie nun, ein Abbild von Aphrodite. Und doch nicht Aphrodite. Sie war sie selbst, eine Marmorfrau, nach dem Bild der Göttin modelliert, und doch anders, jünger, menschlich.

»Du bist Galatea«, sagte er. »So wirst du heißen.«

Er ging zu einem geschnitzten Holzkasten und nahm Juwelen heraus, die seiner Mutter gehört hatten. Er schmückte Galatea mit Saphiren und Diamanten. Dann saß er zu Füßen der Statue und betrachtete sie, bis die Sonne aufging. Die Vögel sangen, ein Esel schrie; er hörte Kinder rufen und Hunde bellen. Er saß da und betrachtete sie. Den ganzen Tag saß er so und die ganze Nacht. Er hatte immer noch nichts gegessen. Und nun schien es, als kämen all die anderen Marmorfiguren im Raum näher, als seien sie Schatten, die sich um ihn drängten und ihn bedrohten.

Sie bewegte sich nicht. Sie stand da, hochgewachsen, strahlend. Die Juwelen seiner Mutter glitzerten an ihrem Hals und auf ihren Armen. Ihr Marmorfuß stieß gegen den Sockel.

Dann betrat Aphrodite selber den Raum. Sie sprach: »Ich bin gekommen, damit du dein Versprechen hältst, Pygmalion. Du hast die Statue vollendet. Du mußt heiraten.«

»Wen?«

»Wen immer du willst. Möchtest du dir deine Braut nicht selber aussuchen?«

»Doch.«

»Dann wähle. Wähle eine Frau, die du willst. Wer immer sie ist, was immer sie ist, sie wird dich lieben. Denn ich bin zufrieden mit dem Bildnis, das du von mir angefertigt hast. Wähle.«

»Ich wähle – sie«, sagte Pygmalion und zeigte auf die Statue.

»Das geht nicht.«

»Warum nicht?«

»Sie ist nicht lebendig. Sie ist eine Statue.«

»Meine Statuen werden alle überleben, die jetzt leben«, erwiderte Pygmalion.

»Das ist nur so eine Redensart. Sie ist nicht aus Fleisch und Blut; sie ist ein Marmorbildnis. Du mußt ein lebendiges Mädchen wählen.«

»Ich muß die wählen, die ich liebe. Ich liebe das Mädchen, das nach deinem Bild gemacht ist, Göttin.«

»Das darf nicht sein.«

»Du hast gesagt: Wer immer sie ist, was immer sie ist.«

»Ja, aber ich habe keine Statue gemeint.«

»Aber ich meine sie. Du nennst sie leblos, aber ich sage, ich habe ihr mein Blut gegeben, als ich sie machte. Meine Knochen haben die ihren geformt. Meine Finger ihre Oberfläche geliebt. Ich habe sie mit all meinem Wissen, mit all meinem Geist poliert. Sie hat meine ganze Stärke, meine ganze Schwäche gesehen, sie hat mich beim Schlafen beobachtet, mit meinen Träumen gespielt. Wir *sind* verheiratet, Aphrodite, und zwar auf entsetzlich unvollständige Weise. Bitte, liebste Göttin, gib sie mir.«

»Unmöglich.«

»Du bist eine Göttin. Nichts ist unmöglich.«

»Ich bin die Göttin der Liebe. Es gibt keine Liebe ohne Leben.«

»Es gibt kein Leben ohne Liebe. Ich weiß, du kannst es. Sieh nur... ich stehe hier. Ich lege meinen Arm um sie. Und nun gebrauche deine Macht, verwandele auch mich in Marmor. Wir werden in diesem Augenblick eingefroren werden und einander bis in alle Ewigkeit umarmen. Das wird genügen. Denn ich sage dir, ohne sie ist mein Hirn Asche, meine Hände sind Fleisch; ich will nicht atmen, nicht sehen, nicht sein.«

Gegen ihren Willen wurde Aphrodite durch seine Bitten gerührt. Schließlich hatte er die Statue nach ihrem Bild geschaffen. Es war angenehm zu wissen, daß ihre Schönheit, auch wenn sie in leblosen Marmor gemeißelt war, einen jungen Mann in den Wahnsinn treiben konnte.

»Du bist wahnsinnig«, sagte sie. »Ganz und gar wahnsinnig. Doch bei Leuten wie dir nennt man es, glaube ich, Inspiration. Nun gut, junger Mann, leg deine Arme noch einmal um sie.«

Pygmalion umarmte den kalten Marmor. Er küßte die herrlichen steifen Lippen, und dann spürte er, wie Wärme den Stein durchzuckte. Er spürte, wie sich der harte, polierte Marmor in warmes seidiges Fleisch verwandelte. Er spürte, wie der Mund warm wurde und seinem entgegendrängte. Er spürte, wie Arme hochgereckt wurden und ihn fest umarmten. Er hielt ein lebendiges Mädchen in den Armen.

Er stieg vom Sockel und hielt ihre Hand. Sie stieg auch herunter. Sie fielen vor Aphrodite auf die Knie und dankten ihr für ihr Geschenk.

»Steht auf, ihr prachtvollen Wesen«, sagte sie. »Es ist der Morgen der Liebe. Geht in meinen Tempel, schmückt ihn mit Girlanden. Du, Pygmalion, setze die hübschen, kleinen Puppen, die du von mir gemacht hast, auf den Altar. Dankt mir laut für meine Segnungen, denn ich fürchte, die Mütter Zyperns werden mein Lob eine Zeitlang nicht so eifrig singen.«

Sie verschwand. Galatea sah sich in dem großen staubigen Atelier um, das mit Werkzeugen, Marmorstücken und Tonresten übersät war. Sie sah Pygmalion an, der zersaust und unrasiert war, blutunterlaufene Augen und eine fleckkige Tunika hatte, und sagte: »Nun, lieber Gemahl, bin ich an der Reihe, an dir zu arbeiten.«